浅草鬼嫁日記

あやかし夫婦は今世こそ幸せになりたい。

友麻　碧

富士見Ｌ文庫

目次

古《いにしえ》のしだれ桜が、生暖かい春の雨にうたれている——

年々紅《あか》く色づく髪のせいで「醜い鬼の娘」だと疎まれ、父にすら顔を背けられた。
それが酷《ひど》く辛《つら》くて、袖《そで》を濡《ぬ》らして泣き続けた、夜明けの事だった。

ふと、甘く懐かしい香りがしたのだ。

長い髪と小袿《こうちき》を引きずり、御簾《みす》の内側から外廊下へ出た。
呪われた都の、灰色の空に流れて散る、しだれ桜の薄紅の花に魅入る。
まるで私の髪の色みたい……
ふと、視線を感じた。
滝のように流れる枝の隙間から、私を見つめる若い男が居たのだ。

——鬼だ。

憧《あこが》れ続けた、漆黒の髪と瞳《ひとみ》。
だけど人ではない。その象徴である禍々《まがまが》しい鬼の角を持つ、平安京《へいあんきょう》を脅かす鬼。

そして彼は、心掻《か》き乱されるほど美しい青年だった。

「そこから連れ出してやる」

そう言って手を差し伸ばし、彼は私の名を呼んだ。

私の名。

私の名は——………

第一話　浅草には鬼が出る

「……まき……………真紀《まき》……」

誰か呼んでいる。大事な人の声。

「おい真紀！　どうせまだ寝てんだろっ！　分かってんだぞ、さっさと起きろ」

ドンドンドンドン。激しく叩《たた》かれるドアの音のせいで、私はスッと目を覚ました。

懐かしい夢を見たからか、酷く疲れている。

しだれ桜の薄紅のラインが、まだ目の奥から消えないもの……

「真紀！　早く起きろ、学校に遅刻するぞ。おい真紀！」

「………真紀」

ああ、私の名前だ。夢現《うつ》つの中、自分の名さえどこかに置いてきたような気分になる。

西暦二〇一六年、四月。私、茨木《いばらき》真紀は高校二年生になったばかりの女子高生。

枕元では、可愛い牡丹《ぼたん》桜の提灯《ちょうちん》が、淡くぼんやりとした朱の灯を抱いたまま、提灯の表面に不思議な文字を浮かび上がらせていて……

「真紀いいいぃぃっ！　いい加減に起きろ！　ほんとやばいって。二年生になってまだ一ヶ月も経ってないのに、すでに五回は遅刻してるんだぞ！」

「馨《かおる》ってば……せっかちなところはほんと昔から変わらないんだから……ふあ」

私はあくびを一つして、ボサボサ頭の緩いパジャマ姿で玄関まで歩いて、さっきから何度も叩きつけられているドアを開けた。

「おはよー」

「おはよー、じゃねーよ。この自堕落女め」

「だって……昨日、せっちゃんとこの提灯作りを手伝ってたのよ。流石《さすが》は百鬼夜行の為の提灯だわ。まじないと鬼火を込めるから、霊力の消費が大きい……ふわあ……」

むにゃむにゃしながら生真面目に答える。扉の向こうには、真っ黒の髪に真っ黒の瞳、また真っ黒な学ランに身を包んだ、背の高い高校生男子が立っていた。

彼の名前は天酒《あまさけ》馨。私の幼馴染《おさななじ》みであり、同じ高校のクラスメイトだ。

涼しげな目元をした整った顔立ちの美男だが、表情を見るにかなりご立腹の様子。

「いけしゃあしゃあと寝坊の言い訳をしやがって。俺が何回このドアをノックしたと思っている。五十八回だ。見ろ、この手。真っ赤だ。お前を起こすためにこの被害！」

「拳《こぶし》でドアを叩きつけた回数を数えているなんて、相変わらず几帳面《きちょうめん》な男ねえ」

ドアを叩き続けた手を私に見せつける馨。私はそれをちらっと見ただけで部屋に戻る。

馨もまた、ぶつぶつ言いつつ私の部屋へと入った。

「このドア、最近閉まりが悪いのって絶対あんたのせいだと思うんだけど、馨」

「お前が呼び鈴で起きないのが悪い。というか学校のある日に自分で起きてこないのが悪い」

「ああもううるさいうるさい。ご近所迷惑だわ」

「このボロアパートにお前以外の人間は住んでいない。問題ない」

馨はせかせかと私の寝ていた布団をたたみ始めた。

私はその間に制服に着替える。典型的な紺色のセーラー服。赤いスカーフが古風だ。

思春期真っ盛りの高校生男子を前にはしたない……と思うかもしれないが、馨に至っては私の着替えなどどうでも良いらしく、今度は私の荷物をせっせと揃えている。

「あ……鏡を見ると、大きな猫目の美少女が！」

「自分で自分を美少女とか言うな。ぶっちゃけ寝起きのお前は山姥《やまんば》みたいだから。頭、大爆発してるからな」

「仕方がないでしょう、猫っ毛なんだから」

冗談の通じない男だ。でも確かに、赤みを帯びた長い髪が見事にうねりまくっている。櫛《くし》でといて整えれば、まあ、ウェーブのかかった軽やかな髪型に見えるんだけど。

鏡の隣の箪笥《たんす》の上に飾った、両親の写った家族写真をチラリと見て、私は微笑み「おはよう、パパ、ママ」と呟《つぶや》いた。

「さあほら行くぞ！」

馨は自分のカバンと私のカバンを肩にかけ、私の背を押して部屋から追い出す。

「急ぐぞ。十五分の電車に間に合わなければ遅刻だ。お前のせいで俺まで怒られる」

「ねえ馨、私朝ごはんを食べてないんだけど気がついてる？　それとも気がついてないふりをしてる訳？」

「我慢しろ」

質問に答える気も無い、早口な馨。

「無理よ。私が大食いなのあんただって知ってるでしょう？　特に今日はお腹の空き方が尋常じゃないわ。この感じだと、二限目辺りにめちゃくちゃ大きなお腹の音が鳴るわよ」

「腹が鳴った所で、乙女の恥じらいなんぞ皆無のくせに。新学期初日の校長の挨拶《あいさつ》の時も、音が響きやすい体育館で盛大に腹の虫を鳴かせて、それでも素知らぬ顔をしてただろ」

家賃五万円のオンボロアパート〝のばら荘〟の、錆《さ》びた鉄の階段を下りた。

中学生の時に両親が事故で亡くなり、その後は親戚《しんせき》に無理を言って、私はここで一人暮らしをさせてもらっている。

細道の続く先には、赤鳥居を思わせる和風アーケードの〝浅草《あさくさ》ひさご通り商店街〟があり、その南口を出て〝花《はな》やしき通り〟をつっきっていると……

「あ……せっちゃんだ」

〝化猫堂《ばけねこどう》〟の看板を掲げる古い提灯屋の店先の椅子に、誰かが座り込んでいるのを見つけた。化猫のお面を被《かぶ》った、地味な浴衣《ゆかた》姿の女主人だ。

男前な姿勢でプカプカと煙管《キセル》を吹かし、目の前をずらずら歩く赤い小鳥にお米を撒《ま》いている。しんと静かな商店街の少し奇妙な光景だった。

おそらく、今の彼女が見えている者は少ないだろう。

なにしろ〝人ならざるあやかし〟だ。浅草にはそういう輩《やから》が数多く住んでいる。

彼女はこちらに気がつくと、「おや？」と素敵なハスキーボイスで声をかけてくれた。

「おはよう真紀ちゃん。昨日はうちの仕事を手伝ってくれて助かったよ。おかげで次の百鬼夜行に間に合いそうだ」

「そう、良かったわ。せっちゃんの役に立ったのなら」

ニッと笑う。せっちゃんはお面の向こう側の鋭い瞳で私をじっと見てから、「眠そうだね」と申し訳無さそうにしていた。

「大丈夫よこのくらい。学校は面倒くさいけど。じゃあね、また何かあったら言って！」

化猫のお面を着けたせっちゃんに手を振り、前を歩く馨に駆け寄る。

「おい真紀……あまりあやかしに関わるな」

側でこの光景を見ていた馨の表情は硬い。彼もまた、あやかしを見る事が出来る人間だ。

馨は私の腕を引っ張って、耳元で小さく呟いた。

「俺たちはもう、人間なんだ」

浅草寺《せんそうじ》の境内から延びる、仲見世《なかみせ》通り商店街を駆け抜ける。

この界隈《かいわい》には朝っぱらから観光客がちらほらいるので、やっぱり浅草は日本有数の観光地と言える。顔を上げれば少し遠くに、空を突っ切って伸びる、この界隈のシンボル東京スカイツリーが見えたりするのだ。

「あ、もう無理。お腹すいた。江戸《えど》前寿司が食べたいわね……穴子寿司」

「朝から⁉　ありえねえ……」

「あくまで願望を言っているだけよ。そうやって色々と紛らわしているのよ」

馨がドン引きした顔をしていたので、私も言い訳をする。ただ食べたいものを呟いただけなのだ、と。何か文句あるの、と。

腹の虫が連続的に鳴く私を横目に、馨がいよいよため息をついた。

「パンをコンビニで買ってやる。それでいいだろ」

「え、いいの⁉」

私は嬉《うれ》しくて、思わず馨の背をバシバシ叩いた。

「さすが、沢山のバイトを掛け持ちしているだけあって稼いでるわね馨。気前がいいわ」

「…………」

「持つべきものは働き者の夫。時代が変わってもその点は何一つ変わらないわね」

「誰が夫だ？　誰が、誰の夫だ？　寝言は寝て言え」

馨は即否定したものの、通り道にあるコンビニで、巨大なアップルデニッシュリングと、パックのコーヒー豆乳を買ってくれた。

東京《とうきょう》メトロのホームで電車を待ったった三分の間にそれをぺろっと。

「おいしい。でも足りない……」

「ふざけるな。見ろ、このデニッシュリングのカロリー。1225カロリーだぞ。半日は活動できるカロリーだ。……つーかこれ半端無くカロリー高いな」

「デニッシュ系の菓子パンは鬼カロリーよ。女子はみんな知ってる。……あ、電車きた」

電車に乗って三駅先の上野《うえの》駅で降りる。

上野駅から徒歩数分のところにある〝都立明城《めいじょう》学園〟が、私たちの通う高校だ。

とはいえ、もう遅刻ギリギリの時間。

「真紀、このままじゃ間に合わないぞ」

「なら裏の壁を越えて行けばいいじゃない。一番の近道よ」

私たちは学校を囲う高い壁沿いに走り、一番下駄箱に近い場所で、二メートル以上はあろう壁に向かって猛ダッシュ。タンと壁の前で強く跳んで、軽々壁を乗り越えた。

敷地内の芝生の上に無事着地し、休む間もなく下駄箱に駆け込む。

朝から校庭の掃除をしていたおじいさんが腰を抜かしてぽかんと口を開けていたけれど、気にしている暇も無かった。チャイムと同時にクラスに駆け込み、席に座ってホッと安堵する。何とか間に合ってよかった……

四限目の終わりを告げるチャイムが響く。

「お昼だよ真紀ちゃん。お弁当食べよう」

驚異的なカロリーだったあのデニッシュリングも虚《むな》しく、再び空腹に襲われ机に倒れ込んでいた私は、声をかけられげっそりとした表情で振り返った。

そこには学生らしからぬ、端正で洗練された空気を持つ男子が立っていた。

「由理《ゆり》……あんたの爽《さわ》やかな笑顔は今の私には眩《まぶ》し過ぎるのよね」

「え、何それ」

柔らかい髪と色白の肌も相まって、いっそう女顔に拍車がかかる。

彼の名前は継見《つぐみ》由理彦《ゆりひこ》。

浅草に古くからある老舗《しにせ》旅館の跡取り息子で、私と馨の幼馴染《おさななじ》みでもある。

「私今日、お弁当を持ってきてないのよ」

「ほんと？　真紀ちゃんがお弁当を持ってこないって、珍しいね」

「寝坊しちゃったの。昨日、あやかしのお手伝いをしていて、霊力を沢山消費しちゃったからね。くたくたなのよ。今日は食べても食べてもきっとダメよ」

「ああ……そりゃ、馨君がご立腹な訳だ」

この話を聞いて、前の席の馨が、不機嫌な顔をして振り返った。

「当たり前だ。朝から真紀を起こすのに苦労させられる。俺が迎えに行って、こいつはやっと目を覚ましやがった」

「言ったでしょ。昨夜は化猫堂で遅くまで提灯《ちょうちん》作ってたの。溶かしたロウで、こう……提灯の表面にまじないを書くでしょう？　そして鬼火を閉じ込めた鬼灯《ほおずき》を一つずつ入れておくの。百鬼夜行前で繁忙期なのよ。私も百個作ったわ」

「おいバカ。化猫とかそんな……あんまり大きな声で言うな」

馨は焦り顔になり、声を小さくして私を叱った。お昼休みの、ガヤガヤと騒がしいクラスの中では、私たちの話なんてすぐかき消されるのに。

「真紀、お前もそろそろあいつらと関わりすぎるのはやめろ。あいつらに奉仕したって大した金が稼げるわけでもないし、浮世離れに拍車が掛かるぞ」

「この私が無償で働いたと思ってる訳？　昨日は牡丹《ぼたん》桜の柄が綺麗《きれい》な提灯をもらったわ」

「そんなもん貰《もら》ってどうするんだよ。せめて人と関わるアルバイトをしろ」

「化猫堂の提灯を持ってれば百鬼夜行に参加できるのよ。買うと高価だし、日本全国のあやかしたちが皆こぞって欲しがるものよ」

「あ――っもう、あやかしとか百鬼夜行とか、そんな単語使うな！　また変な奴だって思われるぞ。そもそも人間のお前が百鬼夜行に参加する必要は一つも無い」

「あーあー。うるさい馨。馨うるさい！」

「ま、まあまあ二人とも……教室で痴話喧嘩《ちわげんか》はやめて……」

言い合う声が強くなってきたので、クラスメイトたちはこちらを気にし始めた。

こういう時に私たちを止めようとするのが、いつもの由理の役割だ。

「ね、部室に行こうよ。民俗学研究部。真紀ちゃん、僕のお弁当を分けてあげるからさ。母さんが張り切りすぎて重箱を持たせてくれたんだ。みんなで食べてって」

「え、いいの!?　わーい、豪華なお惣菜《そうざい》が食べられる！」

「ね、馨君も。部室ならその手の話も自由にできるし」

「……そうだな。ここじゃまともに真紀を叱れそうにない」

「私は叱られる覚えはないわよ」

「まあまあ」

教室を出て廊下を歩いていると、教室に居る以上に、あちこちから視線を感じた。

とても大人しく毎日を過ごしているつもりだけど、私たちは案外目立ってしまう。

特に女子の、馨への視線が熱烈だ。

馨って昔から、本当にずっと昔から、モテまくる……

そりゃあ幼馴染《おさななじ》みの私から見てもイケメンだし、学校の成績も良いし運動神経も抜群だけど、馨の場合かなり異常なほど異性に興味を持たれるので、これはこれで大変だ。

「相変わらず馨君への女の子の視線は熱いね。そういうところは昔から変わらない」

「……俺は特に興味は無い」

由理がちょっとからかっても、馨はすかした態度を貫いているので、私は言ってやる。

「馨に興味なくても女子にはあるのよ。ほら、向かい側十メートル先の曲がり角、あんたに告白したくて待ち伏せている女子とその取り巻き多数。あれは三組の本郷《ほんごう》さん一派ね。学年カーストのトップ層に君臨する、チア部所属のリア充系のギャルよ」

「回避します」

馨はただ一言そう言って、私の肩を引き寄せる。

「馨、また私を盾にして、相手に告白させないつもりね」

「あの手の女子は厄介だ……もし告白を断ってみろ。自信満々だからこそプライドを傷つけるかもしれない。恨まれるかも」

「なにそれ。過去のトラウマ？　情けない男ね……」

馨はとある過去の経験から、その手の女子の怨念《おんねん》の怖さを知っている。

「まあ気持ちは分かるし、別に良いけど。じゃああんたは私に何をしてくれるのよ。タダで頼みごとを聞いてやるほど、私は甘くないわよ」

　ほれほれと見返りを要求すると、馨は冷汗垂らして声を絞り出す。

「……放課後、浅草グルメを奢《おご》ってやる。これで手を打て」

「わーいわーい！　馨大好き！」

「随分安い〝大好き〟だな。だがそんなに付き合ってられないぞ。放課後はバイトだ」

「分かってる分かってる。働くあんたは好きよ。〝結婚〟してからも沢山稼いできてね」

「ふざけんな。お前のATMになる気は一切ない」

「あんたのものは私のもの、私のものは私のもの」

「堂々とジャイアニズムを発揮しやがって。お前どこの悪ガキ大将だよ！」

「悪ガキ大将じゃないわ。あんたの妻よ」

「離婚だ。いますぐ離婚だ」

「……ま、まあまあ落ち着いて……てか君たち、今はまだ結婚してないでしょ……」

　由理がやっと私たちの言い合いを止めに入った。

　馨が女子の告白を回避する為だったのに、高校生らしくない本気の痴話喧嘩がヒートアップして、私たちは本郷さんたちの前を通り過ぎたことにも気がつかなかったのだ。

　彼女たちは多分、相当腹立たしかったでしょうね。背中に女子的怨念を感じるから……

　辿《たど》り着いたのは、旧館にある美術室……の隣の、古い美術準備室。

　ドアには〝民俗学研究部〟と書かれた段ボール板が貼り付けられている。

ここが、私と馨と由理の本拠地だ。

美術準備室を拠点に活動している、たった三人の民俗学研究部の部室。

開きにくいドアを開け室内に入る。壁にずらっと並んだ本棚には、古い美術雑誌や怪しげな図鑑、いつのものか分からない漫画雑誌が積み上げられている。

また窓際には石膏《せっこう》像やデッサン用の牛骨、イーゼルなんかが並んでいるが、ずっと使われていないものばかりで、埃《ほこり》をかぶっている。

出入り口側にはホワイトボードがあって、会議後のような言葉が羅列して書かれていた。

タイトルはこうだ。


『なぜ我々あやかしは人間に退治されなければならなかったのか』


うーん、ちょっと、いやかなりいかがわしい感じがするわね。他にも……

『安倍晴明《あべのせいめい》および源頼光《みなもとのよりみつ》に葬られたあやかしの皆さんについて』

『京妖怪《きょうようかい》と大江戸妖怪の確執がヤバい』

『クソみたいな陰陽局《おんみょうきょく》の連中をぶっ殺す』

『前世の黒歴史を無かったことにしたいし文献を燃やしたい』

『タダで隠世《かくりよ》へ行く裏技』

などなど。中央のテーブルの上には、同級生に覗《のぞ》き見されたら確実にイタい視線を送られそうな会議内容のファイルが、適当に放り出されている。

表向きは民俗学研究部と名乗っている我々三人だけど、活動としては〝あやかし関連〟ばかりを扱っているのよね。

なぜかというと、私たち三人組にはあやかしが見えていて、〝とある理由〟から無視することが出来ず、なんだかんだと関わりを持ってしまうから。

それ故に、私たちが〝人間になりきれない〟から、ってところかしら……

「あ！　たけのこと厚揚げの煮物だ。美味《おい》しそう〜」

重箱の中身は、春野菜の煮物と、ふきの煮物、だし巻き卵に鶏の唐揚げ、黒豆、たけのこご飯と梅紫蘇《しそ》の小さなおむすびだ。私は戸棚から、素早く紙皿などの食器を取り出す。

「相変わらず由理の弁当は凄《すご》いな。花見の弁当みたいだ」

「うちの旅館の料理長から教わった料理を、母さんはすぐに作りたがるんだ。だからいつも弁当が重箱みたいになる」

「いいじゃねーかよ。毎日手作りの弁当作ってくれる母親なんて。うちの母親なんて俺のことは放置して、ここ数日男のところに行ってるぞ」

馨が冷蔵庫からお茶のペットボトルを取り出しながら、とんでもない家庭環境をごく当たり前の様に暴露している。私と由理は、ちらりとお互いに顔を見合わせた。

「いただきまーす」

やっとご飯にありつける。私は紙皿におかずを取って、たけのこの煮物をぱくり。

ダシがしっかりしみこんだ柔らかいたけのこ。味も濃すぎず、品の良い甘みとたけのこの風味が口いっぱいに広がる。梅紫蘇のおにぎりと一緒に食べるとさらに美味しい。

「やっぱり、昔ながらのお料理っていいわよね～。由理のお母さんのお料理は優しい味だし、私、本当に大好き……」

それに、季節の素材を使った手作りのお料理、歴史のある文化的なお料理というものは、食べると霊力回復を手伝ってくれる。今日の私の五臓六腑《ごぞうろっぷ》に染みる訳だ……

「あ。そうだ真紀ちゃん馨君。放課後、どうせ浅草寺あたりをふらつくんでしょう？　僕も一緒に行っていい？　習い事の前に芋ようかんを買っていかなきゃ」

由理がわざわざ断りを入れるので、私と馨はお弁当を食べつつ、顔を見合わせた。

「別に、いつもみたいに一緒に帰ればいいじゃないか」

「だって、夫婦水入らずのデートを邪魔する気がしたから」

「はあ？　夫婦じゃねーしデートじゃねーよ。俺が理不尽にバイト代を搾取され続ける恐怖のじかん……」

馨がなんか言いだしたので、私はパンと手を合わせる。

「あ！　じゃあ三人で浅草寺のお参りをして、おみくじを引きましょうよ。私予言する。

絶対馨は凶を引くわ」

「真紀め。話を逸《そ》らしやがって……」

「という訳で今日は校外活動。あやかしが大好きな仲見世通りの浅草グルメ研究……と」

すぐ側で山積みになっている、あやかし関連の研究ファイルの中から、日々の活動を記する為の部活動日誌を抜き取った。

「あ」

ズザザアア。他のファイルが雪崩落ち、危うく私のマグカップが倒れそうになったが、直前に馨がそれを持ち上げる。

ファイルの隙間から覗く単語は、酒呑童子《しゅてん》、茨木童子《どうじ》……あやかし、前世、安倍晴明、鬼退治、源頼光……そんな怪しいものばかり。

「ほら見ろ。お前が片付けずにそこらに放り出してるからだ。俺だったら絶対誰にも見られたくないから、石膏像の裏にある鍵《かぎ》付きの金庫に、厳重に隠す」

「いちいちそんな所から取り出す方が面倒くさいじゃない」

「そういう問題じゃねーよ。いいか、こんな……あやかしとか酒呑童子とか茨木童子とか……安倍晴明とか！　こういう単語を今時の高校生がやたら気にしてたら、それはただの中二病、もしくはスマホゲーマー、または妖怪オタクだ」

「別に間違ってなくない？」

「いいや！　もうちょっと恥じらいを持て！」

馨が勢い良く机の上に私のマグカップを置いたせいで、マグカップの中身が飛散した。

その勢いのまま、彼は断言する。

「たとえ！　俺たちの前世が、平安時代の〝あやかし〟だっただろうが何だろうが。そういうのはなあ、普通はありえない話なんだ！」

「……あ。馨、自分で言っちゃった」

私と由理は、何故かパチパチと拍手。

その事実を馨がわざわざ認めるのは、結構レアだからね。馨は何故かとてつもなく赤面して、私たちに背を向けてしまった……敗北感に打ち拉《ひし》がれている。

「だけど、本当に不思議な話。あれって平安時代の話なのよ。千年も経ったこんな時代に、私たちが人間として生まれ変わるなんて……」

埃くさい美術準備室の、春のうららかなお昼時。

この部室の窓から見える、中庭に植えられたしだれ桜の枝が、ゆらゆら揺れる……

嘘の様な、ほんとの話をしよう。

民俗学研究部の、茨木真紀、天酒馨、継見由理彦――

私たちはそれぞれ、複雑な前世の〝記憶〟を片手に握りしめ、この世にただの人の子として生まれてきた存在だ。

○

昔々、ある京の都に、平安を脅かす二匹の悪い鬼がいた。

その名も、酒呑童子と茨木童子。

多くのあやかしを従えていた彼らは、大江山《おおえやま》から都に降りて、沢山の悪事を働いていた。

彼らはとにかく乱暴で残酷。それでいて酒飲みで大食いで、人間たちを襲っては、何かを奪ったり、何かを壊したりしていたと言う。

困り果てた朝廷は、陰陽師である安倍晴明に悪事の正体を占わせる。

安倍晴明が酒呑童子と茨木童子の仕業だと告げると、帝《みかど》は源頼光とその配下に、二匹の鬼の討伐を命じたのだった……

これは現代にも残る、とても有名な鬼退治の伝説。

だけど、この伝説の悪役である酒呑童子と茨木童子が、実は〝夫婦〟だったと知る者は少ないかもしれないわね。

この悪名高い鬼夫婦、酒呑童子と茨木童子こそ、馨と私の前世の姿だ。

かつて酒呑童子と茨木童子は、鬼神《きしん》とまで言われたその強い霊力をもって、あやかしたちを束ね、大江山に特殊な縄張りを作って暮らしていた。

当時あやかしたちを問答無用に調伏していた陰陽師たちから、あやかしを守り、平穏に暮らすためだった。

しかし私たちの居場所は、当時最も力のあった陰陽師・安倍晴明によって暴かれ、鬼退治という名目で源頼光一行によって襲撃された。

なんという無念。安倍晴明と源頼光、許すまじ……

私と馨だけでなく、由理もまた『平家物語《へいけ》』でおなじみの大妖怪・鵺《ぬえ》の記憶を持って生まれてきた身だ。鵺は私たち鬼夫婦の友人だった。だけど鳴き声が不気味という理由で人間たちに退治された、哀れなあやかし……

死後、私たちはあやかしの記憶、そして前世と変わらない強い霊力を持ったまま、なんの因果かこの時代に生まれ変わる。

あやかしだった感覚、人に退治された恨みをいまだ忘れることが出来ずにいるのに、人としてそれぞれの家庭があり、当たり前のように学生生活をしている。

それはとても異常な事だと、どこかに違和感を抱きながら。

○

浅草に商店街は数あれど、雷門《かみなりもん》から入って浅草寺まで続く〝仲見世通り〟の賑《にぎ》わいは常に衰えを見せない。

「ねえ馨。まずはあれ、あれ、あづまのきびだんご！　冷やし抹茶も一緒に」

「来て早々はしゃぎやがって。……やっぱりお前の気の済むままに奢らされる訳だな」

浅草寺の仲見世通りに着くなり、お気に入りのきびだんごのお店〝あづま〟の行列に並び、馨に五本入り三百円のきびだんごと、冷やし抹茶を買ってもらった。

きな粉たっぷり小ぶりのきびだんごは、まだ出来たての温かいうちに、紙袋に包まれ手渡される。一緒に買った冷やし抹茶も、ほのかな甘みがあって飲みやすく、大好き。

このきびだんごと冷やし抹茶は、店の横のテーブルで立ち食いするのが基本。食べ歩きはNGよ。

「真紀ちゃん相変わらず豪快に食べるね。一口で一串《くし》食べちゃった」

「まるでしとやかさが無いからな、昔から」

由理と馨は二人で一袋を分け合い、珍獣の食事を観察するがごとく私をチラ見しては、こそこそ何か言っている。失礼な奴らだ。でも美味しいものは美味しいからね……

「うーん、これこれ。五本なんてあっという間に食べられちゃうわ」

「満足か？」

「まだまだよ。とりあえず次も甘いもの。その次に浅草メンチで締め！」

「……まあでも、その程度で勘弁してくれるんだな」

「流石《さすが》にあんたのバイト代も、無限にあるって訳じゃ無いでしょうしね」

学生のバイト代なんて微々たるものだ。馨はそんな中、私に美味《おい》しい浅草グルメを奢《おご》ってくれたのだ。

それに今後の人生は長い。学生のうちから無駄遣いを覚えてはいけない……

悟った心地で、冷やし抹茶をゴクゴク飲み干す。

「あ、そうだ。僕もお土産に芋ようかん買わなくちゃ」

忘れていたのか、由理がその事を思い出し、ポンと手を打った。

芋ようかんが売られているのは浅草の老舗《しにせ》和菓子屋〝舟和《ふなわ》〟。

芋ようかん以外にも、寒天であんこを包んだ丸いあんこ玉も有名だ。

「あ、焼芋ようかん」

由理が芋ようかんの箱詰めを買っている間に、私はただならぬ香ばしい香りを漂わせている〝焼芋ようかん〟に目をつける。角柱形の芋ようかんが、店の鉄板にずらずら並べられ、今まさに側面を焼かれている。

芋の素朴な甘みを上品に生かした、芋そのものを食べているような感覚に陥る舟和の芋ようかん。このまま食べても勿論《もちろん》美味しい浅草スイーツなのだが……

「ねえ馨、私まだあの焼芋ようかんっての食べたことない」

「……買えってか」

「こんがり焼き目をつけてバターのっけて食べるのよ。絶対美味しい！」

ガクガク馨の学ランの襟元を揺らし、お客の列まで連れて行って一緒に並ぶ。

馨は律儀に三人分買ってくれた。じゅるりと舌舐《したな》めずりしたあと、ふーふー、パクリ。

「あつあつ……はああ、バターがとろけて塩甘い幸せな味」

「なんだそりゃ」

細長い焼芋ようかんは手に持って食べやすい。本当に焼芋を食べているかの様だ。

私がそれを頬張る様子を、馨が何かとつっこみながら眺めている。

「おまたせー」

由理もしっかりお土産をゲットし、戻ってくる。

「ここの芋ようかんとあんこ玉、お茶の先生に持っていくんだ。先生大好きだから。あ、馨君、僕の分まで買ってくれたの？　ありがと～」

「お前は金払え」

由理には容赦無く代金を要求する馨。まあ、由理はお金持ちだからね……。

さて。焼芋ようかんを楽しんだら、今度は仲見世通りと十字を描くようにして横に延びる〝伝法院《でんぼういん》通り〟へと向かう。

「浅草メンチ、今度は浅草メンチ」

「これが最後だからな」

〝浅草メンチ〟とは、その名の通り浅草でとても人気のメンチカツで、揚げたては特に美味。サクサクの衣に、旨味《うまみ》たっぷりの合挽《あいび》き肉。一口食べれば肉汁が口いっぱいに広がり、そのコクと甘みにびっくりする。

「ああ～これこれ。これよ、これを食べなければ浅草の民とは言えないわね。美味しいものが沢山あるし、浅草万歳。もう一生浅草に住むわ」

「相変わらず浅草愛が強いな。女子高生って普通はもっと、渋谷《しぶや》とか原宿《はらじゅく》とかシャレた街が好きなんじゃないのか？」

「まあ僕ら普通の高校生とは言い難いからね……」

なんだかんだと言っても私たちは浅草大好き三人組なので、三人揃ってほっこり気分で浅草メンチに舌鼓を打つ。……やっぱり美味しいからね。

さて。浅草グルメ巡りはここで終わりだ。

今度は浅草寺の境内で、お目当てのおみくじを引いてみる。

浅草寺のおみくじは、小さく折りたたまれたおみくじと違って、巨大なおみくじ箱を振って出てきた木の棒の番号を確かめる仕組みだ。

すぐ側に設置されている棚から、同じ番号の引き出しを開け、紙を一枚取り出す。

「げっ！」

そして案の定、馨が凶を……って、いや、違う！

「大凶よ！　馨ってば大凶を引いたわ！」

「わあ……馨君は流石の運の無さだね」

「前世の行いが悪いのよ。私、知ってる」

「うう、うるせえよ！　浅草寺は凶が出やすいんだよ。前世の行いが悪いってだけならお前たちだってみんな大凶のはずだろうが。見せてみろ！」

「私は大吉」

「僕は……半吉。ごめん」

「……あー。やっぱり俺だけですよねー」

この天酒馨という男。実はとても運が無い。

浅草寺でおみくじを引いたのもかれこれ五回はあろうかというところだが、その全てが凶だったし、今回に至っては大凶だ。

へこんでいるのか、馨はちょっと俯《うつむ》いたまま、おみくじを何度も読み返している。

「……ダメだこりゃ、もうすぐ大怪我を負うらしいぞ俺。そして家が燃えるらしい」

「あはは、なにそれー……って、ん？　馨、怪我するの？　燃えちゃうの⁇　それは最悪よ。私、馨が怪我するなんて嫌だわ……心配すぎるわ」

最初は笑っていたけれど、徐々に不安になる私……なんだかんだと、馨の場合、その手の災いはありそうな気がする。実際に、笑えないほど不幸を呼ぶ男だから！

「ねえどうしよう由理。馨が燃えるって」

「いや俺じゃなくて家がな。家もヤバいけど」

「ふふ。まあそう心配しないで二人とも。浅草寺のおみくじはいつも意地悪な事ばかり書いてあるんだ。それに悪いおみくじを引いても、今以上悪くならないとも考えられるし、戒めにすれば回避できるとも言うからね」

「そ、そうよね。確かにここのおみくじ、基本辛辣《しんらつ》だもの……私のおみくじだって……」


望み事が叶《かな》いそうですが、大いなる災いによって隔てられてしまいます。

天と地をひっくり返すような出会いがあるでしょう。


ほら。なんだか嫌な予感がする。これで大吉か。

「いいえ、問題は気持ちよ。気を取り直して参拝しましょう。浅草かんのん様にお願い事をして、災いを回避するのよ」

私たちは三人揃って、立派な浅草寺の拝殿に上り、賽銭《さいせん》箱の前に並んだ。

私は五円玉、馨は十円玉、由理は五十円玉を賽銭箱に投げ入れる。け、経済格差……

いえいえ、大事なのは気持ち。私は手を合わせて、「南無《なむ》観世《かんぜ》音菩薩《おんぼさつ》」と唱えた。

「えっと、二年生になったけど、みんな仲良く楽しく過ごす。それが一番大事。そして浅草のあやかしたちの商売が繁盛しますように。美味しいものがたらふく食べられて、私と由理と馨が長生きできますように。……馨がアルバイトで沢山稼いできますように」

「俺の稼ぎはお前のもんじゃないから」

　参拝中だと言うのに、つっこむ事は忘れない馨。

「俺は至って普通の真人間としての生活を求める……今度こそあやかしに振り回されたりしない平穏な生活を……そして俺の稼いだバイト代を真紀から守る事ができますように」

「馨君ってば切実な願いだね」

「そういうお前は何を願うんだ、由理」

「僕……う～ん、そうだなあ。僕の家族がみんな元気でいることと、とりあえず君たちが幸せな結婚をすること、かな」

「なんだそれ、お前、嫌がらせか？」

　なんだかんだ言い合いつつ、それぞれ目を瞑《つぶ》って静かにお祈りをする。

　口に出せないけれど、人生をかけてでも叶えたい願い。

　今世こそ幸せになれますように……

「茨木の姐《あね》しゃん茨木の姐しゃん〜」

お参りを終えて拝殿から降りている時、小さなものたちが私に声をかけてきた。

「あら、隅田《すみだ》川《がわ》の手鞠《てまり》河童《かっぱ》たちじゃない」

彼らは拝殿の柱に隠れていた。頭にお皿を載せた、緑色のナマモノ。いわゆる河童。

特にこの手鞠河童という種類は、河童の中でも小さくて柔らかい。

その名の通り手鞠サイズで、マスコットキャラクターの様にコロンとしていて愛くるしいから、愛玩《あいがん》あやかしとしてその手のマニアに大人気だったりする。

「お助けくだしゃいでしゅ、茨木の姐しゃん。僕たちこのままでは過労死するでしゅ」

手鞠河童たちは、つぶらな瞳《ひとみ》をうるうるさせていた。

よくよく見るとお皿の水が乾いていて、ヒビが入っている。

「何かあったの？」

私はかがみこんで、二匹の手鞠河童に問いかける。

「おい真紀。今のお前、何もない場所に喋《しゃべ》りかけているようなもんだからな」

馨がすかさず私に忠告した。まあ確かに、あやかしの見えない普通の人間からしたら、私の行動はかなりの不思議ちゃんでしょうよ。

私は手鞠河童二匹を手のひらに乗せて、人目のつかない境内の隅っこまで連れて行った。

馨と由理も、なんだかんだと私たちについてくる。

「実はかくかくしかじかなのでしゅ～」

手鞠河童が言うことには、彼らは合羽橋《かっぱばし》の地下にある新しい食品サンプル工場で、朝から晩まで過酷な労働を強いられているらしい。工場は牛鬼《ぎゅうき》というあやかしたちが仕切っていて、か弱い手鞠河童たちは日給千円ときゅうり一本で働かされているんですって。

おかげで手鞠河童たちは過労死寸前。

この二匹は見張りの牛鬼の目を盗んで、私に助けを求めてやってきたのだった。

「日給が千円ときゅうり一本は酷《ひど》いな。時給の間違いじゃないのか？」

「日本のブラック企業も真っ青な労働環境だね……」

流石の馨と由理も、河童たちの衝撃的な労働環境には哀れみの目を向けている。

「せめて日給二千五百円ときゅうり三本は欲しいでしゅ！」

「それも大概、少ないけどね」

人間界のあやかしたちは、生きていくためにお金を稼げる仕事を探している。

この人間界にはあやかしが安心して住める場所が少なく、また生きていくために必要な霊力を補える食べ物が少ない。

だからこそ、あやかしが人を襲って食べたり、力を暴走させて怪奇現象が起きたりする事がある。そんな事件が起きたら、今度はあやかしが人間に排除されてしまう。

まさに、食うか食われるかの関係だ。

あやかし側が人間との共存を望むのなら、〝お金〟というわかりやすいものが必要になってくるし、またお金を稼ぐには〝仕事〟が必要になる。

現代では人間たちに交ざって逞《たくま》しく商売をするあやかしも沢山いるけれど、仕事を見つけられないあやかしや、低級のあやかしたちをこき使って自分だけボロ儲《もう》けしようとする悪徳あやかしもいたりするのが、ここ近年の問題だ。

「ここはひとつ、浅草あやかし界隈《かいわい》の水戸《みと》黄門《こうもん》、最強の茨木の姐しゃんにお願いでしゅ。どうか工場長を改心させてくだしゃいでしゅ！」

「んー……よし、わかった。ならばその牛鬼、この私が成敗してくれるわ。その代わり、何かお礼をちょうだい。タダ働きはしない、貰《もら》えるものは貰う主義よ」

「わーいわーいでしゅ。じゃあ隅田川の土手に埋めてるかっぱの埋蔵金あげるでしゅ」

「別にお金じゃなくても良いけど」

「わーいわーいでしゅ。了解でしゅ。きゅうりを一本贈呈するでしゅ」

「きゅうり一本……まあいいわ」

埋蔵金からきゅうり一本と、謝礼のレベルが一気に落ちたが、仕方が無い。

あやかしたちの秩序を守るため、ここは浅草の水戸黄門とか言われてしまっている私の出番というわけだ。私たちを頼ってやってくるあやかしは、思いのほか多いからね……。

「あ、俺もうすぐバイトだわ」

「ごめん真紀ちゃん……僕ももうすぐお茶のお稽古《けいこ》が……」

しかし男二人はまるで乗り気ではない。協力してやろうとか、頼りがいのあるところを見せてやろうとか、そんな気持ちも無さそうでとても冷めている。わかっていましたとも。こいつらがあやかし関連の事件に関与したがらないことくらい。

「ふん、いいわよ。私一人でなんとかするわ」

「おいおい真紀、いつも言ってるだろ。もうあやかしたちの問題に首を突っ込むな。俺たちに一つも利益は無い。前世のことを忘れたのか」

「……なら分かるでしょう。私、あやかしたちのことは放っておけないのよ」

「バカか。お前はほんとバカだな……真紀」

馨はいつもの調子ではなく、複雑な面持ちで、僅《わず》かに視線を落とす。

私は手鞠河童たちを肩に乗せ、立ち去り際に軽く言い返した。

「馨はバイトを頑張って稼いできなさい。由理もせっかくお土産を買ったんだから、お稽古に行かなくちゃ」

「…………」

「……真紀ちゃん」

「ここからは私の慈善活動だわ。今世くらい徳を積まなくちゃ」

馨と由理が、なんだかんだと私を心配しているのは分かる。

それは、私が正義面して牛鬼という凶暴なあやかしを懲らしめに行くことが、危険だからという訳ではない。彼らは私が、その程度のあやかしに負けるはずはないと知っている。

ただ、心配は別のところにあるのだ。

私があやかしと関わりすぎるということ……助けようとしてしまうこと……その先にある、人間との対立を。

「さすがは最強の茨木童子しゃま。僕たちを助けてくれる、大妖怪《ようかい》様でしゅ〜」

だけど肩の手鞠河童たちだけは、暢気《のんき》な顔をしてはしゃいでいる。

私のことをいまだ〝茨木童子〟と呼び、自分たちを助けてくれる者だと信じているのだ。

かっぱ橋道具街。

それは台東《たいとう》区西浅草に位置する、有名な道具街だ。

調理器具や食器、食品サンプル、料理飲食店器具や様々な飲食店の制服など、食に関する道具を揃える店がこれでもかというほど軒を連ねている。

またその名と、この土地の古い河童伝説から、マスコットキャラクターに河童を起用している。

河童のイラストや河童の像が至る所にある河童まみれの商店街なので、河童好き河童マニアには大変オススメなスポット。そんな人が居るのかは知らないけど……

さて。合羽橋の河童伝説とはこうだ。

江戸時代の商人・合羽屋喜八《かっぱやきはち》は、この周辺の水はけが悪く、度々洪水によって悩まされていたため、私財を投資してこの付近の掘割工事を行った。この様子を見ていた隅田川の河童たちは、喜八の心意気に感銘を受けて、夜な夜な工事を手伝ったのだとか……

このような流れがあり、合羽橋は河童にとって仕事を見つけやすい場所と言われている。

しかし、この合羽橋にやってくるあやかしは、何も河童だけではない。

そもそも浅草は数多くのあやかしが潜む、日本でも有数のあやかし密集地帯だ。

他の土地からここへやってきて、新たに事業を発足し、河童という都合の良い働き手を使って、あくどい商売をするあやかしもいる。

それが今回の場合で言う、牛鬼たちである。

あやかしが浅草で商売をする時、浅草地下街にある労働組合に参加し、許可を得なければならないのだが、どうやらこの牛鬼の工場は不法に運営されていた様で……

「みかんの着彩するでしゅ……」

「抹茶アイスの型取りするでしゅ……」

「白玉量産するでしゅ……つるつるにニスを塗るでしゅ……」

手鞠河童の言っていた通り、合羽橋の地下にある食品サンプル工場の労働環境に劣悪だった。河童たち、目が死んでるもの。

「おら、ふらふらしてんじゃねえ！」

「あぎゃー、でしゅー」

延々と食品サンプルを作らされている手鞠河童たちは、少しでも休もうものなら見張りの牛鬼に首輪から電流を流されて、痛い目に遭わされる。

その様子を、私と私を呼びに来た手鞠河童たちで覗《のぞ》き見していた。

「なんて酷い……あんな状況で、よく逃げて来られたわね」

私に知らせに来てくれた手鞠河童たちは、さぞ決死の思いで脱走したのだろうと思っていたが、肩に乗っかる彼らは愛らしく小首を傾げた。

「運良く首輪が外れたでしゅ」

「軟体なので割と上手《うま》くいくでしゅ〜」

「へえ。そういうとこ結構適当なんだ……」

現代あやかし特有のヌルさと詰めの甘さだ。

元悪役妖怪としてはそこが気になってしまうけど、それでもこの小さな手鞠河童たちが牛鬼によって酷使され、苦しめられている光景は目に余る。

牛鬼とは、頭のツノと牛の尻尾《しっぽ》がくっついている牛面の鬼だ。人間の作業着を身にまとい、半端に人に化けている。

工場長は頬に傷跡がある男だ。ガタイが大きく、髪は短めの茶髪。

いかにも悪いことをしているおっさんの見た目だ。

「おいそこのガリガリかっぱ！　かき氷のシロップの色は、東京スカイツリーにちなんだハワイアンブルーだって言っただろうが！　なんでやぼったい緑色にしてんだてめえ。しかもなんかきゅうりのスライスがのってるし！」

「……き、きゅうり味きゅうりトッピングのかき氷でしゅ……かっぱ界隈では夏に先駆け、流行間違いなしのかき氷でしゅ」

「かっぱ以外に需要の無い食品サンプルなんて要らねえ！　せめてメロン味にしろ!!」

「あぎゃー、鞭打《むちう》ちやめるでしゅー」

一際ガリガリに痩《や》せた手鞠河童が、牛鬼に鞭打ちされそうになった直前。

「やめなさい！」

いよいよ見過ごすことができず、私は声を上げて表へと出た。

馨と由理と別れた後、いったん家に戻って取ってきた、相棒……もとい、縦長くて大きくてごわついた袋を抱えたまま……

夏場に向けて冷たい和甘味やかき氷の食品サンプルを作っていた手鞠河童が、げっそりとした面持ちで顔を上げる。鞭打ちしようとしていた牛鬼もその手を止めた。

「なんだてめえ……人間？」

牛鬼は、目の前に現れたちんまりとした私に顔をしかめる。

「茨木の姐《あね》しゃん来たでしゅ〜〜っ!!」

「大勝利確定でしゅ!!」

ただ手鞠河童たちが飛び跳ねて歓喜したので、牛鬼は戸惑い、「な、なんだ⁉　一体何なんだ⁇」と工場内を見渡した。

「私、茨木真紀って言うの。手鞠河童たちが日給千円ときゅうり一本でこき使われてるって、私に泣きついてきたのよ。だから私、今からあんたを懲らしめるわ」

「はあ？」

「どこから来たのか知らないけど、あんた、よそ者のあやかしの様ね。この浅草のルールをまるで分かっていないみたい」

「お嬢ちゃんこそ、俺様がいったい何者なのか知らねー様だな」

「そりゃ、あんたなんて知らないわよ。あんただって私のこと知らないでしょう？」

私が生意気な物言いをして、生意気な態度で髪を払ったもんだから、牛鬼の工場長はピキッと額に筋を作り、自らに親指を差し名乗った。

「俺は鎌倉《かまくら》で名を馳《は》せた牛鬼、名を元太《げんた》。かの有名な源頼光と戦ったと言われる〝牛御《うしご》前《ぜん》〟……の末裔《まつえい》だ！」

へえ。牛御前と言えば、隅田川添いの〝牛嶋《うしじま》神社〟の神様じゃない。

「浄瑠璃《じょうるり》で有名なあの牛御前だぞ。源頼光の軍勢を隅田川で滅ぼした。俺は格が違うぜ！」

「別にあんたが源頼光の軍勢と戦った訳じゃないでしょう。牛御前なら私も友だちだけど、自分の末裔がこんなことしてるって知ったら、きっと悲しむわね……」

「……ん？」

「まあいいや。私が代わりに懲らしめれば良いだけの話だわ」

私はニヤリと口元に弧を描き、手に持っていた長い袋のヒモを解《ほど》いて、中からごつごつしたバットを取り出した。木製のバットに、釘《くぎ》を打ち付けたやつ……

「それ何でしゅか〜」

「バットよ。見て分かるでしょう？」

「なんかめっちゃ釘とか刺さってるでしゅ〜」

「血の跡とかあるでしゅ」

「霊木を削って作ったバットに、私の霊力を塗り込めた釘を打ち付けてるだけよ。ただのバットだと、牛鬼なんかのゴツいあやかし相手にはすぐ折れちゃうから、こうやってコーティング強化してる。……私が小学生の頃に生み出した歴戦の釘バットな訳だけど、なんか文句あんの？」

「な……なんにも無しでーしゅ」

肩の上で必死になって首を振る手鞠河童たち。ひそひそと「茨木の姐しゃんは殺《や》る気でしゅ……」とか何とか言い合ってる。聞こえてるし、殺らないわよ。

牛鬼の工場長は、私の〝鬼の金棒〟を見て少し怯《ひる》むが、強気な怒りを露《あらわ》にして「やっちまえ！」と手下の牛鬼どもをけしかけた。奴らは作業着を破いてまで巨大で恐ろしい姿を露にし、私に向かって飛びかかってきたのだ。なんてベタな展開。

「せーの」

私も嬉々《きき》として、牛鬼に向かってバットを振るう。

釘バットごときであやかしの体に傷をつけることなどできないが、釘には古くから呪術を強く打ち込み、ふわふわしがちな霊力をそのものに固定する効果がある。

だから私の霊力を留《とど》めた一振りは豪風を生み、牛鬼どもが勢い良く弾《はじ》け飛んで行くのよね。彼らは壁や天井に体を打ち付け、目を回しながらぽろぽろ落ちる。

連鎖してあちこちで色んなものが崩れ落ち、ガシャンゴシャンと嫌な音を立てて壊れている。手鞠河童たちも汗まみれになって、あちこち逃げ惑っていた。

「あちゃー……食品サンプルもぐしゃぐしゃだわ」

いや、手加減はしているつもりなんだけど、前世から持ってきちゃった有り余る霊力と、身体能力、この自慢の腕っ節と歴戦の釘バットのせいで……

牛鬼の工場長はあっけにとられていたが、やがて顔を真っ赤にして怒り狂う。

「生意気な小娘め！　さてはこの界隈《かいわい》を取り締まってる〝陰陽局〟の退魔師だな⁉」

「いや……別にそんなのじゃないけど……」

「くそう！　鎌倉でも奴らにやられた。あいつらが鎌倉妖怪の商売を邪魔しなかったら……居場所を追われなかったら、俺だってこんな……っ」

「……？」

「だがしかし、人間ごときに負ける俺様ではない！」

怒髪天を衝《つ》く勢いで自らも本来の姿を現し、工場長は五メートルはあろうかという巨大な牛鬼に変化した。

「お、でかい」

今までの中級牛鬼と違って、蜘蛛《くも》に似た手足がある。

上級牛鬼の証《あかし》だ。鬼瓦《おにがわら》のような大きな顔と鋭い牛角、牙《きば》が光り涎《よだれ》の滴る口元をして、四《よ》つん這《ば》いになっているこの姿は、身震いする程恐ろしい……と思う。

ただの人間、ただの一般人が見てしまったのならそう感じるに違いない。

「お前なんて頭から食いちぎってやる！」

牛鬼の工場長は無数の牙をむき出しにして、私に覆い被《かぶ》さろうとした。

しかし怯む事無く、私は悠々とバットを構えた。

「馬鹿ね。私はあんたよりずっと大物よ」

大きく振るったバットは牛鬼の胴体にジャストヒット。

それがちょっと快感だったもので、私は満面の笑みで、バットを思い切り振りきった。

「あははっ、場外さよならホ―――ムラン！」

牛鬼は私の荒々しい霊力を横っ腹に受け、そのまま地下工場の端っこに積み上げられていた、出荷前の食品サンプルが詰まった段ボール箱まで吹っ飛ばされた。

ガラガラと音を立て崩れた段ボール箱に埋もれ、牛鬼はすぐに這《は》い出ようとするが、うまく動けずにいる。

「おっと」

奴が起き上がる前に、目の前で堂々と立ち、重たいバットで地面を突いた。

ガツンと、大きくへこむ地面。牛鬼はそれを見て、体をブルッと震わせた。

「もう動けないでしょ？　私の霊力って、打ち込まれると体が痺《しび》れちゃうの」

私はそんな牛鬼を見下ろし、今一度ニッと勝ち気な笑みを浮かべる。

私との力の差を感じたのか、牛鬼は抵抗を諦《あきら》めた様だ。

「このっ、このクズっ、クズの工場長でしゅっ」

手鞠河童たちが今こそこの恨み晴らさんと、工場長に群がって小さな水かき付きおててでペチペチ攻撃をしていた。あんまり効いてないみたいだけど。

「!?」

ちょうどその時、空を切る様な音が真後ろを通り過ぎ、私の髪が風に流された。

ぎゃあと鳴いて倒れた中級牛鬼が、斜め後ろに一匹。どうやら凄《すさ》まじい豪速球（食品サンプル）をぶつけられたらしい。

まあ、投げた者は分かっている。出入り口からこそこそ入ってきた黒髪の男子生徒だ。

「馨……やっと出てきたわね。ずっと居たくせに」

「お前も気を抜くなよな。後ろから狙われてたぞ」

「そんなの気がついてたわ」

私の事を叱りつけていたくせに、馨は後から絶対に追いかけてくる。

「……お前たち……いったい何者だ？　本当に人間なのか？」

工場長は弱り切って掠《かす》れた声で、私たちに問いかけた。

「違うな。お前たちは人間だが、人間の退魔師なんかとは格が違う。だがあやかしでもない……何なんだ、いったい……」

「さあねえ……そんなのは私が一番聞きたいわよ」

私はとぼけたような顔をしてみせた。

ずっとずっと、考え続けても答えの出ない立ち位置。

大妖怪《ようかい》としての記憶と力を持ち、無意識で居ればあやかしの感覚のままに行動してしまうのに、それでもやっぱり人間として生まれた人の子だ。

鼻で笑って、地面につけたバットを支えに、牛鬼の工場長の顔を覗き込んだ。

赤く緩やかな長い髪が、肩から流れて落ちる。私の赤き霊力と共に……

「浅草はあやかしに寛容よ。日本で最も〝あやかしが働きやすい土地〟だもの。でもルールはしっかり守ってくれなくちゃ。鎌倉で何があったのか知らないけど、私が制裁しなくても、いつか誰かにお灸《きゅう》を据えられていたでしょうよ」

「……でも、じゃあどうしたら良かったんだ。鎌倉での損失を取り戻すには、セコいことをするしか無かった。借金もあったんだ。……こんなしょうもねえ、俺たちみたいなゴロツキ、雇ってくれる場所なんて無《ね》えよ」

何もかもやる気を失くしている工場長。図体はデカいくせに、めそめそし始める。

「真面目にやり直す気があるのなら、浅草地下街へ行くと良いぞ」

私の隣までやってきた馨が、工場長に提案をした。彼は泣きっ面をゆっくりと上げる。

「浅草地下街には、あやかしたちがこの浅草で働く為の労働組合がある。人間とあやかしが協力して作った組合だ。借金があるなら相談に乗ってくれるだろうし、お前たちが浅草でやっていく為の仕事と居場所をくれるだろう」

工場長はそれを聞くと、長く息を吐きながら意識を失ってしまった。あちこちで手鞠河童たちが「解放でしゅ〜」「工場長ざまあでしゅ〜」と喜び、踊り回っている。

「おい手鞠河童ども。働けるからって、こんな怪しい工場に勤めるなんて迂闊《うかつ》だぞ。時給と労働環境の下調べは大事だ。数多《あまた》のアルバイトを経験している俺が言うんだから」

「はーい、でしゅ。酒呑童子しゃま〜」

分かっているのかいないのか。ピュアな手鞠河童たちは愛らしく手を挙げた。

「……はあ。それにしても、こりゃあ後片付けが大変そうだ。組合に連絡しないと」

散らばる食品サンプルと、倒れ込んでいる牛鬼たちをいちいち確認しつつ、馨はスマホを取り出して、知り合いの組合員に連絡していた。

その間に、私は牛鬼の工場長を「いよっ」と抱えて、出入り口の側の、平たい場所に横たえる。いまだへばりついて、ぺしぺし叩《たた》いている手鞠河童の甲羅を摘《つま》んで引き離し、しゃがみこんで、ぼそっと呟《つぶや》いた。

「……次は真面目に頑張んなさい……ここはみんな優しいから」

またやり直せる。この浅草ならば、あやかしだって……

「おい真紀、組長怒ってたぞ。怒って嘆いて泣きそうにしてた。また茨木か、って」

「でも殺してないから！　ほら息してる」

横たえた牛鬼の口元に手を当てて、確かめる私。う、うん、細いけど息してる！

「はあ、全く。俺も、お前の頭を地面に押し付けて並んで土下座、までしかしないからな」

馨はかなり機嫌が悪そうな顔をしている。でも、私はそれが、少し嬉《うれ》しかった。

「なに笑ってんだよ」

「あんたってなんだかんだ文句言ってても、私の味方なのねえ……って」

「俺は面倒事が嫌なだけだ。暴れん坊将軍のお前の破壊行動が行き過ぎた時、穏便かつ平和的に解決するには……俺が出ていった方が早い」

「うんうん。そうよね」

「……調子に乗ってるな真紀。だいたいお前は1」

馨が説教を始めようとしたので、私は馨の顔を真正面から見上げて、「いつもありがとうね、馨！」と満面の笑みで感謝を述べた。すると馨は、口元まで出かけていた嫌みを飲み込み、ため息をまた一つついて、まめまめしく周囲を片付け始めるのだった。

いとも簡単に重たい牛鬼たちを担ぎ、入り口付近の工場長の横に、適当に転がす。

ふと、私がかつて愛した酒呑童子の、強くて無慈悲で、それでいて几帳面《きちょうめん》な面影を思い出す……。いえ、かつてではないわね。私は今も馨が大好き。

「ふふ、馨、私も手伝うわ！」

「いや手伝うっていうか……これ全部お前がやった所業……」

そんな私たちの足下に群がる手鞠河童は、空気も読まずにこんな風に喚《わめ》いていた。

「流石《さすが》は伝説の酒呑童子と茨木童子。最強のあやかし夫婦、浅草に降臨なのでしゅ！」

《裏》 馨、江戸前寿司を買っていく。

「あ……半額の江戸前寿司」

デパ地下の漬物屋でのアルバイトを終え、目の前のスペースに店を構える江戸前寿司の売り場を覗《のぞ》く。

この俺、天酒馨の目当ては、半額シールの貼られた売れ残りなのだが……

「穴子寿司、そう言えば真紀が食いたいって言ってたよな……」

何となくそんな事を思い出して、気がつけば穴子寿司を買ってしまった。ついでに鉄火巻きと河童巻きまで。

デパ地下から出て、こんな時間でも人がいる明るい浅草寺の境内を横切り、花やしき通りを通過して、浅草ひさご通りに隣接する真紀のアパートを訪れる。

「はっ」

また俺は真紀の為に土産を買って、あいつの家へやってきてしまった……

かなり無意識でここまでやってきてしまったのは、これがいつもの事だからだ。

朝、あいつを迎えに行くのも、夜、バイトの後にあいつの元へ訪れるのも、逆らいようの無い俺自身の習慣なのだ。まるで平安時代の通い婚……

「いやいや、今は夫婦じゃないから」

自分で自分にツッコミを入れる。

気を引き締めて呼び鈴を鳴らすと、朝と違って真紀はすぐに出てきた。

真紀もすっかりお腹をすかせて待っていた様だ。要するに、俺がアルバイトの帰りにここへやってくると、信じきっていた。

「おかえり馨ー……って、ああっ、その袋はもしや……お寿司⁉」

「扉を開けて、速攻買い物袋を漁《あさ》るな」

「わあああ、穴子寿司と細巻き〜」

真紀は大喜びで、俺の手を引っ張って部屋に引き入れる。

「今日は河童たちが、先日のお礼にってきゅうりを持って来てくれたの。だからポテトサラダと浅漬けを作ったわ。あと関係ないけど揚げ出し豆腐」

「寿司とポテサラと浅漬けと揚げ出し豆腐……謎の組み合わせだな」

「あんたのバイト先で貰《もら》ってきた浅漬けの素があったじゃない？　あれで作ってみたら凄《すご》く美味《おい》しかったの。あとお豆腐が安かったのよね〜」

六畳一間の真ん中に、古いちゃぶ台。部屋の角っこにテレビ。

ただそれだけの、女子の部屋とは思えない質素な部屋だ。

女子高生らしく好きなアイドルや歌手のポスターを部屋に貼ったりもしないし、そもそも真紀にはそんな奴がいない。壁に貼ってあるのはこの商店街で配っていた超ダサいカレンダーだけ。

小さな箪笥《たんす》の上には、死んだ両親と写った写真が一枚だけ飾られている。

「…………」

真紀となんとなく似ている、彼女の父と母……

俺は疲れ切った足を崩し、中央のちゃぶ台の前であぐらをかく。ちゃぶ台の上には、ポテトサラダときゅうりの浅漬けが、大きな器に盛りつけられ並んでいた。

真紀は大ざっぱそうに見えて、結構料理ができる。

凝った料理はしないが、一人暮らしをしているせいもあり、メジャーな家庭料理や自分が好きな料理は、一通り作れるのだ。

「お前……ポテトサラダつまみ食いしただろ。一角がやたら減ってるぞ」

「だって、お腹空いてたし」

「普通に飯、食ってれば良かったじゃないか」

「……あんたと一緒に食べたかったんだもの。つまみ食いは別だけど」

「お前なあ……俺が来なかったらどうするつもりだったんだ」

「ほぼ毎日入り浸ってる奴が、何言ってるんだか……」

「………」

まあ……真紀の言う通りだ。ゴホンと咳払《せきばら》い。

真紀が台所に戻り、まだ作り途中だった揚げ出し豆腐を仕上げて丼《どんぶり》に盛りつけていた。

彼女が老いたあやかしを助けた時、お礼で貰ったとか言っていた骨董《こっとう》品の丼鉢だっけ。

良い品物なのかは分からないが、ペアもの。

台所に立つ彼女の背中を横目に、俺も卓上に寿司を並べる。

おお、こうして見ればなかなか立派な食卓だ。

「わーい、美味しそう美味しそう」

揚げ出し豆腐を持って来た真紀は、すぐにちゃぶ台の前に座って、手を合わせ「いただきます！」と元気よく言って、さっそく大好きな穴子寿司に手を伸ばす。

結構大ぶりの身が載っていたが、一口でぱくり。

「うーん、最高に美味しい！　ここの穴子寿司、身はふっくらしてるしタレもちょっと甘めで濃過ぎないから、私、大好きなのよね。シャリも美味しいし」

「そりゃよかったな」

「馨ありがとう。私が食べたいって言ってたの、覚えていてくれたのねえ」

「…………」

幸せそうに頬張る真紀を見ればこそ、一時間分のバイト代が土産に消えたとしてもまあ良いかと言う気分になってくる……

俺は温かい揚げ出し豆腐の器を持ち上げ、まじまじと眺めた。

揚げた茄子《なす》も添えられた、俺の好物料理の一つだ。

こんがり揚げ焼きした絹豆腐に、たっぷりの大根おろしときざみネギをのせて、甘めであっさりした、でも風味豊かなつゆをかけて出来上がりの、簡単な家庭料理だ。

大根おろしときざみネギにつゆを染み込ませ、豆腐薄い衣が半分トロッと、半分カリッとしているうちに食べるのが美味しい。

全てが絡まった時の味わいときたら……ああ、たまらない。

働いた後の温かい飯は良い。やっぱり心安らぐ。

「はいポテトサラダも食べて。あんたの好きなハムと茹《ゆ》で卵も入れてるから」

今度は、ガラスの器にたっぷりポテトサラダを盛る真紀。

まだ形の残るゴロゴロとしたじゃがいもと、きゅうり、にんじん、玉ねぎという典型的な野菜の他に、ハムや卵、マカロニもたっぷり入った欲張りなポテサラだ。

見た目はごつごつしてインパクトがあるが、食べると薄口で、じゃがいもの甘みが楽しめる。お酢と塩で下味を付け調理し、少なめのマヨネーズで仕上げているらしい。

パンチの効いた濃い味が好きな高校生には不釣り合いだが、精神的にジジババくさい俺たちには丁度良い。

作る料理や使っている調味料が変わっても、前世からずっと食べてきた真紀の〝基本の味〟ってものは変わらず、俺にとって母の味以上に馴染《なじ》みがあったりする。

俺は自宅に居るより、こいつのこの部屋に居ることの方が多く、真紀も当たり前の様に俺の分の夕食を作っていたりするから、まあ俺が何かを奢《おご》ったり買って行ったりしても、結局お互いに必要なものを与え合って、助け合っているに過ぎないのだった。

嫌みやわがままを言い合っているように見えるかもしれないが、それもまた、ずっと昔から変わらない、俺たちのやりとり。

それを夫婦というのなら、そうなんだろう……真紀の前では絶対に言えないが。

「美味しい？」

「ん……まあな」

「きゅうりの浅漬けも取ってあげる」

「ってお前、俺に副菜を食わせて寿司を独占する気だな。俺も穴子寿司を食う」

「あ、一番大きいの取った！　馨のくせに生意気よ‼」

こういういつもの喧嘩《けんか》をしながらも、俺と真紀は騒がしい夕飯を楽しんだのだった。

食後は、借りている海外ドラマのＤＶＤを並んで鑑賞していた。

俺たちは二人とも前世には無かった映像コンテンツが大好きで、何かとＤＶＤを借りて来て一緒に観ている。ブルーレイプレーヤーが欲しいのだが、いかんせん金の無い高校生。なのでＤＶＤ。

そんなこんなで夜もふけた。

「おっと。そろそろ帰らないとな。十一時を過ぎて外にいたら、警察に補導される」

「もう帰っちゃうの？　今日も一話しか観られなくて、先が気になるんだけど」

真紀は俺が帰ると言うと、文句を垂れて俺の袖《そで》を引っ張る。

どうやらさっきまで観ていた海外ドラマが、〝主人公死す⁉〟みたいなところで終わったので続きが気になっているらしい。

「お前だけ、先に観てれば良いじゃないか。そのためにここに置いてるのに……」

「嫌よそんなの。驚きは共有しなくちゃ面白くないわ。あんたと観るから待ってる」

「あっそう」

「どうせならここに泊まれば良いのに。そして一晩中ＤＶＤを観ましょう。で、朝から死んだように寝るの。明日、学校お休みだし」

「馬鹿か。一人暮らしの女子高生の家に泊まり込むなんて不健全だ」

「クソ真面目野郎なんだから……別に良いじゃない元夫婦なのに」

唇を尖《とが》らせている真紀。

俺はそんな彼女を横目に、立ち上がって帰る準備をして、玄関のドアを開けて外に出る。

「明日は来る？　何時に来る？」

真紀は俺を玄関まで見送りつつ、問いかけた。

「朝からずっとバイトだから、夕方かな」

「そう。分かった。……ねえ、明日何か食べたいものある？　今日は沢山奢ってもらったし、明日は休日だから、ちゃんとしたの作るわよ、私」

「んー……なら生姜《しょうが》焼き食いたいなあ。豚の」

「あんた好きよね～。分かった、明日は豚の生姜焼きよ。買い物行かなくちゃね……」

真紀は必要な食材を何となく数え上げている。

そんな彼女をじっと見て、俺は少し忠告した。

「ついでに言っとくけど、お前……俺が夕方までいないからってまたあやかしたちの問題に首つっこむんじゃねーぞ」

「え？　あ、うん……」

真紀の表情が変わった。ついでに視線も俺から逸《そ》らされ、スイーと横に流れる。

こいつ、やっぱり明日も朝から浅草のあやかしたちに会いに行く気だったな……

「おい、分かってるだろうな。一人で危ない事だけは絶対に……」

「あーあー。分かった分かった。早く帰らないと補導されるわよ！」

「はいはい。……じゃあな」

「……じゃあね。気をつけて帰るのよ」

最後は真紀に追い出される形で、このボロアパートの一室から出る。

階段を下り、真紀の部屋を見上げると、真紀は窓から顔を出して「ばいばーい」と大げさに手を振っている。そして、俺が見えなくなるまで窓から見送っているのも、いつものこいつの習慣だった。

そういう真紀の姿を見ると、少しだけ帰るのがキツくなる。

明日も出来るだけ早く、あの家へ行こうと思ってしまうのだった。


言問橋《ことといばし》を渡り、東京スカイツリーに向かう大通りのマンションに、我が家はある。

鍵《かぎ》を開けて部屋に入り、居間の電気をつけるも、やっぱり誰も居ない。

今朝、俺が学校へ行く為に家を出た時からものの位置が変わっていない。新聞やテレビのリモコンの位置とか。要するに、誰かが何かをした痕跡《こんせき》すらも無いのだ。

「…………」

我が家は絵に描いた様な家庭崩壊をしている。

遊んでばかりで家事をしない母。家庭を放置し不倫相手の元へ入り浸る父。

そんな二人を冷めた目で見続けてきた俺……

俺には前世の記憶がある。

それがあやかしだったとしても、一度大人になっているし、我ながら自立しているし、ただの人間の子どもとして両親に何かを期待している訳じゃない。

だが、騒がしい真紀の家から自宅に戻ると、何だか虚《むな》しい気持ちになる。

「まあいい。さっさと寝て、明日も朝からバイトを頑張ろう……」

そして稼いで稼いで稼ぎまくって、明日は真紀に何か美味《おい》しいケーキでも買っていってやろう……真紀も、俺の好物である豚の生姜焼きを作ってくれるみたいだし。

ああ、でもそうだ。そもそもどれだけ稼いだら、将来あいつを何不自由無く食っていかせる事が出来るのだろうか？

真面目に高校で勉強をして、進路を決めて大学へ行って、福利厚生のしっかりしたホワイトな企業に就職、もしくは国家公務員になって、それで……

「あれ、いかんいかん。何考えてんだ俺……結婚なんて考えたら真紀の思うつぼだ。前世のあいつの鬼嫁っぷりを忘れるな馨」

入浴中に無意識に考えていた、高校生らしい様で、まるでらしくない将来への葛藤《かっとう》。

その行き着く先にドッと疲れを感じ、俺は温かいはずの湯船で軽く身震いしたのだった。

第二話　ツキツグミの鳴く夜に

放課後の、民俗学研究部の部室にて。

私は今日配られた進路調査の紙とにらめっこするのをやめて、部活動日誌を開いている。

馨《かおる》は向かい側で漫画雑誌を読んでいる。由理《ゆり》は委員長会議に出席中でここにはいない。

「ねえ馨、知ってる？　現代の日本人女性が夫に求める四低の話」

「は？」

「テレビで見たの。低姿勢、低依存、低リスク、低燃費。なんですって」

「真紀《まき》、お前何が言いたいんだ？」

「低姿勢ってのは、妻に対して威張らない事。低依存っていうのは、家事を妻に頼らない事。低リスクってのはリストラされない職業についている事。低燃費ってのは無駄遣いしない事……なんですって」

「ほお。なら俺は凄《すさ》まじく現代的にベストな夫な訳だ……ふっ」

馨は漫画雑誌を閉じ、めちゃくちゃ得意げな顔をしていた。

でも確かに、言われてみると馨はこの条件のほとんどを満たしている。

嫌みくさいけど、甲斐甲斐《かいがい》しいというかマメな奴だ。休みの日は私の家のお風呂《ふろ》を勝手に掃除してくれるし、しかもパイプの奥とかまで熱心に洗ってたりする。

お金のかかる趣味もそんなに無いし、そもそも馨はお金が好きなので無駄遣いしない。

職業に関しては学生なので未知数だけど、成績優秀で真面目だし……こいつの現実的な性格を思えば、福利厚生のしっかりした堅実な職業に就くでしょうね。

まあそんなスペックの話は関係なく、馨が良い夫であることなんて、私はとうの昔に知っているんだけどね。

「でもやっぱり少し、低姿勢の部分を強化しなきゃと思うのよ。時々頭が高いっていうか」

「なんだよ頭が高いって。お前はどこぞの女王様か？」

「女王様じゃないわ、あんたの妻よ」

「鬼嫁め……お前はこうだ。高飛車、高望み、高打撃力！　この三高をどうにかしろ」

「高飛車ってのは自覚あるから否定しないわ。ただ私は高望みじゃ無いわよ。私はあんたが良いのであって、それ以上でもそれ以下でも無いもの」

「…………」

「あと高打撃力は私の長所だから。今の時代、女も強くなくっちゃ」

馨はじとっとした訳の分からない目つきをしていたが、結局言葉にならない様なことをぶつぶつぼやき、側に置いていた缶コーラをがぶ飲みしていた。

そう。かつて私は馨の妻だった。

民俗学研究部の一番前にあるホワイトボードには、ここ数日我々私たちが熱心に語り合っていた題材について、そのまま会議の跡が残っている。

『なぜ我々あやかしは人間に退治されなければならなかったのか』

一番上に掲げられているテーマは、いつだってこれ。

私と馨は、千年も昔に平安京《へいあんきよう》を騒がせた鬼の生まれ変わり。

有名な〝酒呑童子《しゆてんどうじ》〟と〝茨木童子《いばらきどうじ》〟だったのだから。


時は平安。

雅《みやび》やかな貴族の世界などはほんの一部の話で、都では大飢饉《ききん》が発生し餓死者が多く、都中に放置された死体などが腐敗し、疫病が流行《はや》った。また混乱した都には夜盗も多く、治安も劣悪だった。

これらはあやかしの仕業、あやかしの祟《たた》りだとされていた。

朝廷にも焦りがあったのだろうが、政治の不始末を全てあやかしのせいにしたため、あやかしは問答無用で居場所を追われ、調伏され、退治された。やられまいとするあやかしも人間たちを襲った。

そういう時代の話だ。

争いの流れの中で、酒呑童子という鬼が現れ、大江《おおえ》山《やま》の奥にあやかしの為だけの隠れ里を作った。あれはある意味、とても小さな国だったと思う。

当時、行き場を失っていたあやかしや、あやかしだと疑いをかけられ虐げられていた人間も沢山いたから、そういう者たちを招き入れ、食事と寝床、そこで生きていくための仕事と居場所を提供したのだ。

しかし、私たちの平穏は、かくも簡単に崩される。

かの有名な陰陽師《おんみょうじ》、安倍晴明《あべのせいめい》。

当時あやかし退治といえば最強を誇っていた武将、源頼光《みなもとのよりみつ》。

また源頼光の配下に居た四人の家臣、渡辺綱《わたなべのつな》、坂田金時《さかたのきんとき》、卜部季武《うらべのすえたけ》、碓井《うすい》貞光《さだみつ》。

私たちはこの者たちに隠れ里を暴かれ、騙《だま》され攻め込まれ、城を落とされ……まあ、殺されてしまったわけだ。

史実上、酒呑童子率いるあやかし一派は、都で女子供を攫《さら》って食ったり、金品を盗んで好き放題に暴れたりして、甚大な被害を出した野蛮な山賊と言われているが、こんなもの、人間にとって都合の良い解釈でしかない。

確かに酒呑童子が都から攫った〝姫〟もいたけれど、その正体こそまさに、私だったりするのだから……

全ては人間サイドから見た、悪者退治の英雄譚《たん》。

私たちが人間たちに討伐された理由は、ただ「あやかしだったから」というとてもシンプルなものでしか無かったのにね。


「どうして私たちって、人間に生まれ変わっちゃったのかしらね」

部活動日誌の上で頬杖《ほおづえ》をついて何となく呟《つぶや》くと、馨がすかさず「何だいきなり」と。

「だって不思議じゃない？　輪廻《りんね》転生の概念は人間たちにもあやかしにもあるけれど、私たちみたいに〝あやかし〟だった記憶を持って生まれ変わった人間なんて、他にお目にかかったこと無いもの」

「俺たちが例外なんだろ。強過ぎる霊力が関係しているのかもしれないし……そもそもあの時代、平安京は様々な呪詛《じゆそ》に溢《あふ》れ、複雑な災いを引き起こしていた。なんか俺たちの転生のあり方を歪《ゆが》めたものがあったのかも」

「それはありうるわね。陰陽師たちの怨念《おんねん》とか」

日誌の今日のページに書き込む。これはきっと陰陽師の呪い、と……

時は移り変わり、時代も、文明も、あやかしと人間の関係すらも大きく様変わりしたこの現代日本。

十七年間生きてきたけど、馴染《なじ》む部分もあれば、違和感の消えない部分もある。

「せっかく全うな人間に生まれ変わったんだから、人間らしく生きるべきだな。と言う訳で、あやかしにむやみやたらに関わるんじゃないぞ、真紀」

「また馨の説教だわ。前世のあんたは暑苦しいくらい、あやかしたちに親身だったくせに」

「あ、おいその話やめろ」

「酒呑童子は、現代でも日本史上最強の鬼って言われているのよ。あやかしたちの英雄。まさに伝説。小説や漫画やゲームにも沢山出てる。……当時のあんたは太刀を振るって、かよわいあやかしを助け、悪い人間をやっつけていた。座敷牢《ざしきろう》に閉じ込められていたお姫様な私の事も助け出してくれたし……うん、格好良かった」

「あああもうっ、やめろ！ その話は俺にとって黒歴史だから！ ほんと死にたくなるから」

「何をそんなに恥ずかしがっているんだか……今日の日誌に追加で書いときましょ。馨は前世の黒歴史を思い出すと死にたくなる。そのくせ酒呑童子の強キャラが出ている少年漫画を毎週熱心に愛読している、と」

「べ、べべ、別に俺はそのために毎週購読してる訳じゃなくて……っ！」

私が酒呑童子の話を出す度に見られる馨の反応は、痛々しい若気の至りを暴露され、恥ずかしさのあまり悶《もだ》えている思春期真っ盛りの男子のよう。というか、まあ現代の年齢的に「思春期」である事は間違ってないんだけど……

それでも私は、酒呑童子伝説における馨の後悔は、何となく分かっているつもりだ。

あやかしを守りたかったが為に、人間と敵対し、戦い続け、結局全てを失った。

何かを間違い、大事な者たちを死に追いやってしまった。

そういう葛藤とトラウマがあるからこそ、彼は現在、あまり積極的にあやかしに関わろうとしない。陰でこそこそと手助けしているのを、私は知っているけどね。

「ただいまー」

そんな時、部室のドアが思い切り開かれ、幼馴染みかつ前世のあやかし仲間である由理が、委員長会議から戻ってきた。

「ねえねえ。馨君の古傷を抉《えぐ》っている途中、悪いんだけどさあ」

「お前どこから聞いてたんだ？　てか全然悪いと思ってないだろ、その顔」

由理は優しそうに見えて、ささやかながら腹黒ドライ。

馨の剣幕をにこやかに躱《かわ》し、人差し指を立てて続けた。

「二人とも、今夜僕の家にお泊まりしに来ない？」

「えっ、いいの⁉」

私は思わず立ち上がった。お泊まりってことは、寝るギリギリまで馨や由理と一緒に遊んだり、おしゃべりできる！

由理は薄い唇をV字にしたまま「実はね」と続ける。

「今日はうちの両親と旅館のみんな、社員旅行でいないんだ。僕が一人で残るから、母さんが、真紀ちゃんと馨君と我が家でお泊まり会でもしたらって」

由理のお母さんは、小さな頃から私や馨の事を気にかけてくれていたし、とても信用してくれている。私たちをお泊まり会に呼んでくれるのも、度々あることだった。

「それと……実はちょっと相談ごとがあるというか」

「……ん、相談ごと？」

「真紀ちゃんと馨君なら、どうにかしてくれるかもと思って。……ふふ」

人差し指を自らの口元に当て、意味深な事を言う由理。

女子みたいに綺麗《きれい》な顔をした由理の最後の微笑みには、少しだけ黒みが……

「あ。帰りに駅前のスーパーに寄っていこう。今夜はみんなで焼肉パーティーだよ」

「やっ、焼肉⁉」

だけどこの一言で、私はもう一度飛び上がった。

私の目はかなりマジだったのだろう。あの由理が一歩後ずさり、戸惑いがちに頷《うなず》く。

「え、えっとね……良い宮崎《みやざき》牛を親戚《しんせき》から頂いたんだ。あれ、母さんがぜひ真紀ちゃんと馨君にって。でもあんな量じゃ、とても真紀ちゃんを満足させられないだろうから、スーパーでお肉や野菜を買い足して行こう」

「行く行く！　早急に行きましょう！」

私は急いで、そこらにポイと置いていた進路調査の紙や筆箱を鞄《かばん》に詰め込んだ。

部活動日誌だけは持って帰らず、いつもの通り机の下の引き出しに仕舞う。

「こういう時だけ支度が早いな」

「うるさい馨。あんたもすぐ支度をなさい」

部屋を出る時に、ふとホワイトボードに記された会議の跡が目に入った。

昨日皆で考えていた、とある〝議題〟があるのだけれど、最後がぐだぐだな会議になっちゃったから中断したのよね。

まあ、ホワイトボードは消さなくていっか。まだ結論出てないしなー……

「おい真紀、人を急《せ》かしておいて、なに立ち止まってるんだ。早く行くぞ」

「ああ、待って待って」

馨を追いかけつつ、密《ひそ》かに昨日の会議内容を思い出す。それは、私たちがあの時代、人間たちに殺されずに仲良く共存して生きる道があったのかどうか、という事だ。

こんなこと、今更考えたって意味が無いと思うかもしれない。

ただ、老人が同じ様な昔話を繰り返し語り合うように、お茶とお菓子を側において、あーだこーだと前世の未練を口にしている。ただそれだけ。

皆の中にそれぞれある、あやかしから人間へと生まれ変わった戸惑いや、いまだ拭《ぬぐ》う事の出来ない葛藤《かっとう》を、同じ様な生い立ちを持つ者たちで語り合うことが、何より重要なのだった。

あの時代の無念を、未練を、感情任せに表に出さないように。

「ねえねえ、ちょっと良い？」

帰宅のため旧館の廊下を歩いていた時、渡り廊下で待ち伏せしていた三年生の女子生徒に声をかけられた。

それが誰だか分かると、私たちは三人揃って「げ」と嫌な声を漏らす。

彼女は学校でも有名な〝新聞部〟の部長、田口《たぐち》先輩だったからだ。

ショートの茶髪頭にカチューシャをつけた、背の高い女子。

健康的な笑顔とは裏腹に、学校内のエグいスキャンダル記事を書き上げる事で、教師陣や生徒会をも操作すると噂されている……

「私、新聞部の田口って言うんだけど、ちょっと良いかなあ⁉」

「何も良くないですね」

「あー待った待った待った」

先輩は立ち去ろうとする私たちをダッシュで追いかけ、その前に立ちふさがった。

怖いくらい爛々《らんらん》とした目つきだ。手には剣より強そうなペンを持っている。

「ねえ知ってる？　巷《ちまた》じゃ君たち民俗学研究部は、結構な噂の対象なんだけど。既に学校の七不思議の一つに数えられているんだけど！」

「は？　七不思議？」

私が思わず反応すると、馨が「無視しろ、目を合わせるな」と私の頭を小突いた。

「話題も話題、超話題。二学年一のイケメンと秀才美少年、そして美少女が、旧棟の美術準備室に引きこもってるなんて、誰から見ても異常だよね！　気になっちゃうよねぇ〜っ」

「…………」

「そもそも君たちの部活って何してるの？　そこからもう、全然分からないんだけど」

私たちはギクリと肩を上げ、「え、えっと」とあからさまに目を泳がせた。

田口先輩はそういうのを見逃さず、何かをメモに取っている。

「た、大したことはしてないですよ。その名の通り、日本の民間伝承なんかを調べて、レポートにまとめている様な、至って真面目で地味な部活動でして」

由理がすぐに当たり障りの無い事を言うも、田口先輩は一度ちらりと私の方を見て、納得できないと言う顔をした。

「うーん、でもなんかイメージと違うんだよなぁ〜」

「…………」

「君たちってほんとミステリアスっていうかー。まあだからこそだけど、この学校の誰もが君たちの事を知りたがっている訳よ！　何と言っても女子の興味は、そこの君、天酒《あまさけ》君にあるんだけど！」

「はい？」

今の今まで目すら合わせようとしなかった馨も、田口先輩のこの言葉に反応してしまい、はっとして口を押さえた。

田口先輩はニヤリと口角を上げ、まるでマイクのごとく馨にペンを突きつける。

「二年一組、天酒馨。今時珍しい黒髪正当派イケメン。成績も常にトップテンに入る優等生。何と言っても大人っぽい色気がたまらないと話題に。あちこちの部活から勧誘が途絶えないほど運動神経も抜群に良い。そこらの雰囲気イケメンやチャラ男とは格が違うという話だよ！」

馨が白目をむいている間に、今度は由理に向かってペンを突きつけた田口先輩。

「二年一組、継見《つぐみ》由理彦《ゆりひこ》。女子と見まがうほどの色白美少年で、成績は一年生の時から誰にも一位を譲っていない秀才。お家は浅草《あさくさ》の老舗《しにせ》旅館〝つぐみ館〟で、お金持ち。高校生男子とは思えない落ち着いた雰囲気が、男女の生徒と先生という幅広い層に人気」

田口先輩は自分のメモ帳に書いてある情報を得意げに読み上げ、恍惚《こうこつ》とした表情でいた。

うん。前世がどうとか言ってる私たちも大概だけど、この人も負けず劣らずヤバい。

「で……えーと、二年一組、茨木真紀。学校一の美少女と謳《うた》われているのに、本人はそんなこと興味無さそうで、いつもクラスの窓際一番後ろの席で早弁している……。成績も中の下……授業中の居眠り常習犯……あ、ただ運動神経は良くて、この前のバスケットゴールにダンクをかまし、そのままゴールをもぎ取ったことが話題に」

「…………」

なんか……なんか私の情報だけ変なの多くない？

「で、どう？　君たちって、最近気になる子とかいる？　特に天酒君」

あ、本命はそこでしたか。

流石《さすが》は馨。酒呑童子の時も、あまりの美男っぷりに数多《あまた》の女子を恋煩いで殺したと言う伝説がある程のモテ男だったわけだけど、このスキルは今でも健在の様で。

「そういうのはノーコメントで」

「要するにフリーってこと？」

馨は私をチラリと見て、「契約社員みたいな」と意味不明な濁し方をした。

しかし田口先輩は「契約社員……契約社員……」とメモ。

「じゃあ継見君は？　君のファンも結構いるし、むしろガチっぽいのはここに集中しているという説もある。男女共に」

「……ガチっぽいとは？　男女共にとは⁇」

「そもそも君たち三人ってどんな関係なの？　部員で唯一の女子である茨木さんは、結局どっちと付き合ってるの？　イケメン二人を侍《はべ》らせてる気持ちって、どんな感じなの⁉」

最後は私にとんでもない質問をぶつけられた。

そんな事を言われましても、私に答えられる事なんて一つしか無い。

「私たちの関係は、付き合うとか付き合わないとか、そういうものをとうに超えています。私は馨の妻であり、由理の親友という名のお母さ……」

「ああああああああああああああああっ‼」

しかし私の返答は、馨と由理の大声によってかき消された。

田口先輩から一刻も早く離れなければと、二人は私を引っ張り下駄箱へ猛ダッシュ。

最中、私はちらりと、置いてきた田口先輩の方を見やる。

こそこそっと活動しているつもりだが、良い意味でも悪い意味でも、私たちは目立ってしまうわね。

目立つ者、人とはどこか違う者を、最初は誰でも、興味深く思うでしょう。

でもね。いつしか怖くなって、どこかに閉じ込めたり、追いやったり、排除しようとしだすのよ……

「おい真紀、あの人にいい加減なことを話すなよな！」

「うちの学校の新聞部、あんまり良い噂を聞かないんだよね」

馨と由理が、下駄箱で私を注意した。二人とも随分と田口先輩を警戒している。

「でも、何を言った所で、人間は自分に都合の良い言葉しか耳に入れないし、自分が望む解釈しかしないものよ」

「……真紀？」

私がいつもと少し違う感じで答えたからだろうか。馨と由理は顔を見合わせていた。

なので下駄箱の靴と上靴を履き替えながら、フッと笑って皮肉を言ってやる。

「それにしても、高校生ってのは恋の話題が好きなお年頃ね。男女が同じ学び舎《や》に居るだけで、やれ誰と誰が付き合っている、誰が誰を好きらしいとか、勝手に噂が流れてるんだもの」

「そんなの平安時代はもっと凄《すご》かったぞ」

「そうそう。意味も無く恋の歌を何度詠んだことか」

馨のつっこみはもっともだし、由理も歌人として有名だったため、雅《みやび》やかな千年前を懐かしんでいる。

た、確かに。あの時代は、恋愛沙汰《ざた》しか刺激が無かったからね……

「お肉は何種類買う？　牛はカルビと、ロースと、あ、はらみも食べたい。ああ、でも豚バラも塩こしょうふって焼くと美味《おい》しいわ。あ、あと、手羽先も。あ、あとあと、せせりも。せせりも焼く！」

「はいはい、全部入れて良いよ」

浅草でよく行くスーパーの、お肉コーナーにて。

まるで、お菓子は何円まで買っていいのお母さん？　と聞く子供のように、肉を持って来て由理に了解を得る私。

「おい真紀。人様んちの夕食に招かれている分際で遠慮が無いな」

「でも高級なお肉は入れてないわよ？　鶏肉や豚肉で量を増してるの」

「お前は質より量なんだな……」

「あ、そうだ。牛タンも。牛タンは忘れちゃ駄目よ……。馨も好きでしょ？」

「た……確かに牛タンは必要だな。しかしあまり遠慮なく買うのは……」

「はいはい。牛タンね牛タン」

何てことなく牛タンのパックをカゴに入れる由理。

「くそう……っ、金持ちめ」

とか言いながら、気がつけば由理を前に首を垂れる私と馨。

ありがとうございます由理さま仏さま。

創業二百年を誇る老舗旅館〝つぐみ館〟。

由理のお家は、通称〝浅草仏壇通り〟沿いにある、このお宿だ。

著名人や文化人に多く愛された高級旅館であり、良くテレビでも紹介されている。八階建ての新館では、最上階の大浴場からスカイツリーが見えるとか何とか。

しかし私たちがやってきたのは大きな新館ではなく、本館の裏手にある旧館。入り口から江戸情緒たっぷりの、瓦《かわら》屋根の古い建物にはいつも圧倒される。今では継見家の自宅兼、つぐみ館の事務所だ。

「なんか久々に来たなー由理の家」

「ふふ、今日は貸し切りだよ」

「妹さんは？」

「旅行について行っちゃった。僕はお留守番。……まあ、一人って訳じゃないけどね」

由理は裏の玄関から中へ入り、私たちを招いてくれた。ギシギシと音の鳴る古い木目の床を歩き、居間へ辿《たど》り着く。

リフォームされたばかりのフローリングの洋室だが、窓や襖《ふすま》、家具などにも随所に和モダンなこだわりがあり、インテリアにもお金がかかってそう……

さっそく夕食の準備をして、我々三人だけで鉄板を囲む、楽しい焼肉の宴《うたげ》が始まった。

ジュージューと肉の焼ける音と匂いは、空腹の高校生たちにはたまらない。

何と言っても、目の前で焼けているのは宮崎牛なのだから。

「ああ……宮崎牛なんて初めて食べたわ。なにこれ……口の中で脂の甘みが溶け出したと思ったら、スッと溶けちゃった……」

宮崎牛……一口食べただけで、その味の虜《とりこ》になる。

さすが日本一のブランド和牛と名高いだけあるわ。生肉見てるだけでも芸術品かってくらい綺麗《きれい》なのに。さっと焼いて口に入れた時のお肉の旨味《うまみ》ったら言葉にできない。

色鮮やかな赤身、バランスの良いサシ。

甘くて濃厚なのに、後味の良い脂身……最高。

「あ、それお前、人がせっかく焼いた肉を……っ」

「馨がぼさっとしてるからよ。鉄板の上は戦場なのよ。食うか食われるかの」

「お前はさっきから俺の肉を奪い過ぎなんだよ。まだ生っぽいのに……腹を壊しても知らないぞ。野菜も食え」

「野菜も食べてるわよ。焼いたタマネギは甘くて美味しいし、ピーマンとカボチャも好き。お肉の肉汁が絡まった炒《いた》めもやしも最高よね……」

炒めもやしをがっつりお皿に取って、ちょっとだけ焼肉のたれをつけて食べる。このしゃきしゃきした歯ごたえが、こってりお肉の後に欲しくなるのよね。

馨は私がお肉から目を逸《そ》らしている間に、「今だ！」と言わんばかりに鉄板の上の焼けた肉を取って、白い米と共に口に掻き込んでいた。

「真紀ちゃんっていつから大食いになっちゃったんだろう。元々藤原《ふじわら》家の、か弱くて麗しいお姫様だったのに……気がつけば大食いになって、金棒とか大太刀とか振り回して、お肉を丸かじりするようになってたっていうか、逞《たくま》しくなったというか……」

由理は鉄板に新しいお肉を並べつつ、私の大食いっぷりを眺めている。

改めて言われると、私も良く分からない。気がつくと沢山食べる様になっていた。

そして大食いな所は、生まれ変わった今でも健在。

馨も由理も、成長期の男子という事を抜きにしてもそこそこ食べる方なので、おそらく霊力を使う人間の特徴の一つだと考えている。

そしてあやかしたちも、基本的に人間より大食いであり、グルメである。

さて。焼肉を楽しんだ後、私たちは由理のお母さんが用意してくれていた高級なフルーツアイスに度肝を抜かされる。

つぐみ館が何かとお世話になっていると言う、銀座《ぎんざ》の老舗フルーツパーラーで買ったらしい、数種のアイスクリーム。

立派な木箱に、六種のアイスカップがお行儀良く詰められていて、更に一つのカップがとても小さい。ただならぬ高級感だ。味は、桃クリーム、柚子《ゆず》はちみつ、ストロベリーチーズ、メロン、マンゴー、ブルーベリー……

「じゃんけんして選ぼっか」

由理が全てをテーブルの真ん中に並べ、さっそく三人でじゃんけんをする。

まず大勝利した私が、激しいガッツポーズの後、狙っていた桃クリーム味を選ぶ。

その次に勝った由理が柚子はちみつ味、やっぱり勝てない馨がメロン味を選んだ。

「まあでも？　どれも美味《うま》そうだし……残り物には福があると言うし」

ことごとくじゃんけんに負けた馨が負け惜しみっぽい事を言っていたけれど、そんな言葉は聞き流し、私はさっそく自分の選んだ桃クリーム味のカップの蓋《ふた》を開ける。

果肉入りの濃い桃のアイスと、真っ白なミルクのアイスが、綺麗なマーブルを描いている。十分鑑賞した後、一口パクリ。思わず目をぎゅっと瞑《つぶ》る。

「ああ……甘いっ」

桃を丸かじりしたような、フレッシュな甘みと、ほんのりある酸味に悶《もだ》えた。

果汁と果肉たっぷりの濃厚なアイスクリームで、一口食べた時から爽《さわ》やかな桃の香りが口一杯に広がる。それでいて、桃のアイスを包むミルクアイスが、まろやかな後味を作る。

焼肉の後にはぴったりなアイスクリームだわ。

由理も馨も、それぞれのアイスに舌鼓を打っている。

「現代にはアイスクリームがある……それだけで凄い話よ。平安時代のスイーツって言ったら、まず果実の水菓子か、唐菓物《からくだもの》だったもの」

「唐菓物か……懐かしいな」

私たちは懐かしいそのお菓子を思い出す。

唐菓物とは、平安時代の貴族たちが食べていた、遣唐使によって唐より伝わった揚げ菓子だ。米粉や小麦粉などに甘葛《あまづら》の汁などを加え、胡麻油《ごまあぶら》などの油で揚げて作る。

あの時代はそれでも高価な御馳走《ごちそう》だったけれど、今となっては、よりバラエティ豊かでたまらなく美味しいお菓子が、巷《ちまた》に溢《あふ》れんばかりに存在する。

現代に生まれた価値は〝食〟にありという気もしてくるわね。

調子良く宣言する……現代人万歳！

数々の高級アイスクリームを楽しんだ後、皆で後片付けをして、その後はまったりとトランプでもしながら過ごしつつ、お風呂《ふろ》の時間となった。

一番風呂に入る権利を、〝大富豪〟の真剣勝負で決める。

こういう時だけ勝てる私が、一番風呂の権利を得た。

「ああ、極楽極楽」

継見家には大きな檜《ひのき》風呂があって、たっぷりお湯を張った浴槽に肩まで浸《つ》かるのが最高に気持ち良い。檜の香りも心落ち着く。ユニットバスの我が家ではこうはいかないわね〜。

お風呂から上がったら、由理が用意してくれていた浴衣を着る。

「それにしても可愛い浴衣ね」

白地に赤い小梅が散る、愛らしくも上品な浴衣《ゆかた》。

由理の旅館は、女性の宿泊客には好きな柄の浴衣を選んでもらっていると言っていたから、これもそのうちの一つなんでしょうね。

「お風呂が空いたわよ〜……次は誰？」

私がタオルで髪を乾かしつつ客間に戻ると、テレビを見ながら由理とだらだら喋《しゃべ》っていた馨が「俺だ」と即答して、何だか待ちわびていたような顔をして立ち上がった。

「ねえ馨、見て、浴衣」

何か言う事は無い？　と期待感溢れる眼差《まなざ》しで馨を見上げていたのだが、馨は真顔でぼそっと。

「お前、髪はちゃんと乾かせよな」

そして、いそいそとお風呂場まで行ってしまった。馨、お風呂大好きだから……

一方、やるせない思いでぶるぶる震える私。

「まあまあ、真紀ちゃん。似合ってるよ真紀ちゃん」

「由理は由理で、まるで心にも無い適当な言葉だしね」

「そんな事無いよお」

「…………」

はあ……とため息。

さっきまで馨が座っていた客間のソファに座りこみ、タオルで髪の雫《しずく》を拭《ぬぐ》う。そしたら由理がすぐ側までやってきて、「貸してごらん」と私のタオルを取って髪を拭《ふ》いてくれた。

「髪、拭いてくれるの？」

「うん、良いよ」

由理の柔らかい微笑みの前に、私は母に背を向け髪を預ける子どもみたいになる。

由理の手つきはとても優しく、髪を拭かれているだけなのに温かい何かが髪に伝わって、背中までぽかぽかしてくる。それは彼の、澄み切った優しい霊力のせいだ。

「ねえ由理、あんた、さっきの大富豪わざと負けたでしょう？」

「そんな事無いよ。あの時、僕は劇的に手札が悪かったからね」

「……まあそういう事にしといてあげる」

「ほんとだよ？」

由理はあっけらかんと。本心は相変わらず読めない。

「それにしても、馨も由理くらい紳士的だったならな。さっきのあれは無いわよ」

「あはは。馨君は恥ずかしがり屋なだけだよ。君が一番良く知っているだろう？」

「それはそうだけど……」

「馨君はああ見えて、真紀ちゃんがいないとダメなんだから」

諭す様な口調で、由理は私に語りかけた。

「前世だけの話じゃないよ。今だって、馨君は君が側にいるから、君の事を思って色々な事を頑張れる。バイトだって勉強だってね」

「君たちはまごう事無く良い夫婦だと、僕は思う」

「……由理」

由理は微笑んでいるのに、どこか物悲しげな眼差しをしている気がした。

この顔には少し覚えがある。

由理もまた、前世は平安時代を騒がせたあやかしであり、酒呑童子や茨木童子と同じ時代を生きた大妖怪《ようかい》、〝鵺《ぬえ》〟だった。

鵺というあやかしの正体には、様々な説がある。

猿の顔、狸の胴体、トラの手足と蛇の尾を持つなどとされていたり、資料によっては、別の動物が体の一部とされていたり、様々な獣の合成で語られる事が多い。

しかし、私たちの知っている鵺とは、白く美しい鳥獣のあやかしだ。

高度な〝まやかし〟を得意とし、長い間その姿を偽り、人間に化け、朝廷に関与し続けていたあやかし……それが鵺。

鵺は平安の都の大内裏で、権力を持った藤原家の公卿《くぎょう》として働いていた。

私も見鬼の才を持つ藤原家の姫として生まれた時から、何かとお世話になってたっけ。

だから今も、由理のことは保護者の様な気持ちで頼りにしてしまう事がある。

彼は長年、人間とあやかしの営みのバランスを朝廷の内部から保っていたのだけれど、結局それが人間にバレて、退治されてしまったのよね。

私や馨の様に、完全にあやかしたちの味方であったなら話は単純だった。

けれど、彼の場合どちらも捨てきれなかったのだから……

それはある意味で、とてつもない孤独だったのではないかと思っている。

「はい、出来たよ真紀ちゃん」

昔の事を悶々《もんもん》と考えている間に、長い髪は櫛《くし》で梳《と》かされ、しっとりふわりと乾かされていた。乾いた髪を一房とって指で弄《いじ》りつつ、私は振り返る。

「ありがとう由理。霊力をドライヤー代わりにするなんてそんな器用な真似、由理にしか出来ないわ」

「大した事じゃないよ。現世ではこんな事にしか使い道が無いし、せっかく大きな霊力を持って生まれ変わったんだから、何かしら役に立てないとね。馨君にもやってあげようかな、風邪ひいたら大変だし」

「馨はなんか嫌がりそうだけど。由理ってほんと、昔から私たちのお母さんみたい」

「…………」

由理は明後日《あさって》の方向を死んだ魚のような目で見つめている。

うーん、今のは褒め言葉じゃなかったみたいね。

「でも私……由理には本当に感謝してるわ。由理と馨は、かつての私の恩人だもの」

「……真紀ちゃん」

「この時代は平和で、豊かで、美味《おい》しいものも沢山食べられて、何も無かった千年前の苦しみが……ほんとに嘘みたい。それでも、今は今で悩み事は絶えないけどね。学校の成績とか将来の進路とか、日々の生活費とかー」

「ふふ」

お互いにクスクスと笑い合った。そして私は由理に向き直り、強く断言する。

「何かあったら、絶対に力になるからね、由理」

素直な笑顔を作った私に、由理は少しだけ驚いた顔をしていたけれど、彼もまた優しく微笑み返し、頷《うなず》いてくれた。

「あ、そうだ。由理の髪も、後で私が乾かしてあげる。私の霊力をちょちょいと使って」

「そ、それは遠慮しとくよ。真紀ちゃんの霊力は、なんて言うか刺激が強いし、絶対僕の髪を焦がす……。いや、それならまだマシだ。下手したら全部無くなる……毛根も」

「失礼ね。上手《うま》くやるつもりよ？」

元々肌の色素が薄いのに、更に顔が青白くなってしまっている由理。私の霊力は毒薬か何かか。

あ。そう言えば由理、そもそも私たちに、何か相談があるって言ってなかったっけ
……？

「はあ……いまだに由理んちは迷いそうになるな。部屋が多すぎて」

ちょうど馨が、お風呂から上がって戻って来た。

「お風呂場が一番奥にあるからね〜。元々お宿だったのもあって、ちょっと不便な作りなんだ。ごめんね、少し廊下が暗かっただろう？　お湯加減は良かった？」

「ああ、良い湯だった。ここの風呂は広くて羨《うらや》ましいよ。家もでかいし」

「あはは。まあ古くて無駄に歴史があるもんだから〝変なの〟もいる家なんだけどね……」

「……変なの？」

由理は笑顔で意味深な事を言い残し、「じゃあ僕も入ってくるよ」と客間を出て行った。

私は馨をまじまじと観察。冷たい水を飲みながら、馨は「何だ？」と妙な顔をした。

「馨、浴衣着てる……昔の酒呑童子みたい」

「あ？　ああ……まあな」

自分の着ている浴衣、そして私の着物をチラチラと見て、馨はすぐそこのソファにストンと座った。しばらく二人で、客間のテレビを付けて、ちょうど続きが気になっていたドラマを観てたんだけど……馨が突然、こんな事を言った。

「なあ真紀……ちょっと変な感じがしないか？」

「え、何？　もしかして私の浴衣姿、変？」

「は？　そうじゃなくて……この家だ。前はこんな感じじゃなかったのに」

馨の言葉にピンと来て、私は周囲の気配を探ってみた。

確かに……何か変な感じがする。

「……見られているような気配があるわね」

スッと視線を横に流し、襖《ふすま》の隙間に睨《にら》みを利かせた。

今までのほのぼのとしていた空気が、一瞬でピンと張りつめる。

途端に、私たちを見ていたものの気配がスッと引いた。

「待てい！」

ガラッと襖を開け放ち、逃げようとしていたものを捕らえようとした。

しかし、開け放った襖の向こう側には誰も居ない。暗く長い廊下が続いているだけだ。

「……どこへ行ったのかしら。絶対何かいたと思ったんだけど」

「あやかしか？」

馨が私越しに廊下をじっと見つめる。

私たちは顔を見合わせ、頷き合うと、そろそろと廊下へと出ていった。

ギシ……ギシ……

誰もいない、薄暗い旧旅館の廊下。しんと静まり返っているからこそ、廊下の奥の闇、天井や壁の染み、床の軋《きし》みが嫌に気になる。人間はそういうものから、あやかしや霊的なものを見いだしたとも言う。ひんやりとした空気が、しっとりとした肌に絡み付く……

「幽霊だったらどうする、馨」

「あやかしも幽霊も、そんなに違わねーよ」

「全然違うわよ。私、物理攻撃ができないものはちょっと……」

「俺はお前が怖い。切実に。……ん？」

馨がぴたっと足を止めた。耳を澄ますと、どこからか変な鳴き声が聞こえる。

ヒョー……ヒョー……

細く、不気味な鳴き声だ。その鳴き声は、どうやら上の階から聞こえてくる。

私たちは導かれるように、暗い階段を上り、古い客室の並ぶ二階の廊下に出た。

「ここね」

私たちは不気味な鳴き声のする部屋の前まで、足音を立てずに歩む。

人様のお家《うち》のお部屋を勝手に開けるのはダメだけど、何か変なのがいる方が、よっぽどまずい。というわけで私はドアに手を伸ばした。馨もその隣で、ごくりと息を呑《の》む。

しかし私がドアを開ける直前、ポンと肩に置かれた手があり、

「ぎゃあああああああああっ！」

私と馨は揃って凄《すさ》まじい悲鳴を上げた。

「ちょ、ちょっと……どうしたの？」

振り返ると、きょとんとした顔の湯上がり少年が。白い浴衣に藍《あい》染めの茶羽織を羽織った姿で、確かに淡く儚《はかな》い雰囲気があるが、別に幽霊でも何でも無い。ただの由理だ。

「由理！　脅かさないでよね！」

「え？　驚いたの？　君たちが⁇」

馨と私はお互いに身を寄せ、ガクガクガク、と。

由理は私たちの態度に、たまらず腹を抱えて笑い出した。

「あんたなに笑ってんのよ」

「なんか腹立つな」

「だって、おかしいよ。君たちって歴代のあやかしの中でもトップクラスの強さを誇った酒呑童子と茨木童子だよ？　現代の陰陽局《おんみようきょく》が公式で出している、歴代調伏難易度ランキングSS級に君臨してる鬼だよ？　それなのに……ふふ、こんなビクビクして……あははは」

だんだんと恥ずかしくなってきて、顔を赤くして掲げる拳《こぶし》を震わせる私たち。

そりゃあ確かに元大妖怪の私たちが、こんな所でビクビクしている姿は、事情を知っている者からしたら異様なんでしょう。でも、私たちだって驚くことくらいあるわよ。

「ふふ。でもその扉の向こう側の者たちの方が、もっとずっとビクビクしていると思うよ。君たちのような大物がすぐ近くまで来てるんだからさ」

由理はそのドアを開け、中の襖を開く。驚いた事に、小さな一つ目小僧や座敷童《わらし》、なんか良くわからない小動物系あやかしが、その部屋の隅っこで身を寄せ合って震えていた。

「え、なんで由理の家にあやかしが？　ここは普通に、人間の住んでいる場所なのに」

「ぬえさま〜っ」

か弱いあやかしたちは涙目で由理の足下に縋《すが》っていた。

彼らの頭を撫《な》でながら、由理は困った顔をして笑う。

「弱くて……人に化けて働く力も無い、この都会に居場所の無いあやかしたちが、僕を頼ってここへ来ちゃうんだ。部屋は多いから、静かに暮らしてくれる分には良いんだけどね」

よくよく周囲を見ると、小さくてか弱いあやかしや、今にも消えそうな火の玉が、この部屋に集い始めていた。この旧旅館に住み着いているあやかしたちだ。

「……由理、大丈夫なの？」

「そうだね……限度はある。この家は、あくまで僕の家族のものだ。最近、家族のみんなが少し、この家の空気に違和感を覚えつつある。特に、僕の妹が……」

ヒョーヒョーと言う不気味な鳴き声が再び聞こえた。

由理はその鳴き声を聞くと、側の窓辺へ寄って行って、障子と窓を開ける。

明るい、月の綺麗《きれい》な濃紺の空。そこから、窓辺の出っ張りに飛んできた、小さくて白い鳥がいた。この月夜のように青白く発光した、美しい鳥のあやかし。

「これは……鵺鳥《ぬえどり》？」

私はこの鳥から、なんとなくかつての由理の姿を連想した。

「そう。あやかしの鵺鳥は白銀に発光する羽を持っているから、ツキツグミとも呼ばれる」

「鵺の超低級バージョンか。それにしても、こんなところにいるなんて珍しいな」

馨は興味深そうにそのツキツグミを観察していた。

由理が窓辺に腰掛け、白い指を伸ばす。ツキツグミは迷わず由理の指にとまり、「ヒョーヒョー」と細い声で鳴く。

「もしかして、お前が相談したい事って、こいつの事か？」

馨は、由理の事情を察した様だった。

「……うん。実は少し困っているんだ。このツキツグミの鳴き声が夜な夜な我が家に響き渡るせいで、少しだけ霊力の強い、僕の妹が眠れなくなっちゃったんだ。今日の社員旅行に妹が連れて行かれたのは、安眠出来るようにって僕が勧めたから……なんだよね」

あやかしというものは、どんなに密《ひそ》かに暮らしていても、何かしら人間に影響を与えてしまう厄介な存在だ。悪意が無くとも、妖気《ようき》が人間に害を及ぼす事がある。

特にツキツグミの鳴き声は、昔から人々に恐れられ、災いの前兆とまで言われたものだ。

毎夜得体の知れない鳴き声が聞こえてくるのは、あやかしの事をほとんど知らない人間からしたら、ただただ怖いだけでしょうからね。

「あやかしたちが僕を頼ってここへ来てくれるのは嬉《うれ》しいんだけど、僕はもう人間だ。人間として、大事な家族の生活を守らなきゃならない」

「それはそうだろう。この家はお前の家族のものだ。不法侵入して勝手に暮らしているあやかしたちの方が問題なんだから」

ギロリと馨に睨まれた低級妖怪《ようかい》たちは、ガクガクと震え出した。

確かにこれは困った問題だ。

行き場の無いあやかしたちや、問題を抱えたあやかしたちが、私たち元大妖怪を頼ってやってくる事はままある。由理の場合、元々優しくて清らかなあやかしだった分、か弱いあやかしたちに慕われ、愛されがちだ。部屋の余った古い和式の旧旅館というのもあって、あやかしが住み着きやすいのだろう……

だけど由理はもう人間だ。家族が一番大事だと、彼は常々言っていた。

「この子が僕の元へ通い始めたのは、二週間くらい前だったかな。まだ小さいのにこんな都会に迷い込んでしまって。本来は森で生活し、思い切り空を飛んだり鳴いたりして、自然の空気や霊力に触れて過ごすべきなんだけど……ここら辺には、この子が暮らせる場所が無くてね」

「確かに。人に化ける力の無い小動物系あやかしに浅草は不向きだな。かといって、そいつの羽は一部のマニアに高値で売れるし、森に放してもすぐ捕らえられて、売り買いされる可能性もある。そう言う悪徳な商売をしている輩《やから》は、あやかしにも人間にもいるからな」

「うん。自分で身を守れるようになるまでは、勝手に森へ連れて行く訳にもいかなくてね」

馨も由理も、腕を組んで、眉根《まゆね》を寄せ唸《うな》った。

人間の世界でも、貴重な動物の毛皮や角が密猟されたり、動物たちが売り買いされるように、あやかしたちにもそのようなパターンがある。

例えば、この小さなツキツグミのあやかしの場合、その美しい姿と発光する羽のせいで、あやかしが見える人間たちの間で、高値で売買されるのだった。

私は、じ……と、由理の指にとまるツキツグミを見つめる。

「ねえ由理。なら私がしばらく、その子を預かっておくわよ。私には家族がいないし、あのアパート、ボロ過ぎるのと曰《いわ》く付きって事で、人間は一人も住んでいないし」

「……またお前はそうやって、あやかしの面倒事を引き受ける」

得意げに申し出た私の提案が、馨は少し気に入らない様だ。

「でも、私ならこの子をきっちり鍛えてあげられるわ。人間に変化できるようになるまで」

「眠れなくなっても知らないぞ。そいつは夜に鳴きまくるあやかしだ」

「大丈夫。私、どんな雑音の中でも寝られるし……」

「相変わらず繊細さに欠ける女だな」

言い合っていると由理が毎度のごとく「まあまあ夫婦《めおと》漫才はやめて」と。「夫婦漫才じゃねえよ！」と馨が文句を言うところまでワンセット。

「でも、やっぱり真紀ちゃんに迷惑はかけられないよ」

「大丈夫よ由理。その子、確かに由理に懐いているみたいだけど、私だってこれでも元大妖怪。ツキツグミを忠実な私の僕《しもべ》にしてみせるわ」

「あれ、なんか趣旨変わってねえ？」

馨のつっこみは無視して、由理の指にとまっているツキツグミに「こちらへいらっしゃい」と声をかけ、指を差し出す。

「あんたは由理の元から離れなくちゃならないの。大好きな由理に迷惑をかけたくないでしょう？　明日からは私のところへいらっしゃい」

ツキツグミは由理と私を交互に見つめた後、一度私の指をガジッと噛《か》んで、窓からスイーと飛び去っていった。

「あいたた……っ、私の指を噛んでどこかへ行っちゃった！」

「ふふ。あれはスキンシップだよ。真紀ちゃんのこと、一応気に入ったみたい」

私が噛まれた指を撫でていると、由理はそっと私の手を取った。

伝わってくる温かい霊力のせいか、すっと痛みが引いてく……

「……ありがとう、真紀ちゃん」

お礼を言う由理の笑顔は、相変わらず儚い。

彼はそうして、視線を月夜の空に向ける。端整な横顔は憂いを帯びていて、青白い月明かりの下、それは際立って綺麗なもののように見えた。

ずっとずっと昔……まだ鵺《ぬえ》と呼ばれた大妖怪だった時代も、彼は時々こんな表情をして月の夜を見上げ、世を儚んでいたっけ。

ヒョー……ヒョー……

平安の時代、この細く不気味な鳴き声を聞くと災いが起きると信じられていた。

今夜はこの凶鳥ツキツグミの鳴き声を聞きながら寝る事になりそうね。

「って、やっぱり……なかなか寝付けない」

ツキツグミの鳴き声も原因だが、それだけではない。

うーん……なんかさっきから、隣の部屋でパチパチ、ごにょごにょ、音がするのよね。

襖《ふすま》で仕切られた隣の部屋では、馨と由理が寝ているはずなんだけれど……

そろっと襖を開けて覗いてみると、この宿に住み着いている火の玉の灯りを頼りに、将棋を指している馨と由理の姿が。

「あああっ！　二人でこそこそ遊んでる！　パチパチ変な音がすると思ったのよね！」

スパーンといきなり襖を開け放ったものだから、馨と由理は将棋を指したり何か考え込んでいるポーズのまま、首だけこちらに向けた。

「やはり来てしまったか……」

　馨はこの状況を少し予想していたらしい。奴らしい嫌みなため息をついた。

「由理、だから言ったろ。真紀は鍵《かぎ》付きのシングルルームに閉じ込めるべきだって」

「う、うーん」

「つーか真紀。お前、さも当たり前のように男子の部屋に入ってくるなよな。いったいなぜ俺たちが別の部屋で寝かせられているのか分かっているのか？　まあそもそも襖で仕切られただけの部屋なんて、俺たちの安眠を守るには甘すぎたみたいだが」

「何言ってんのよ遊んでたくせに。というか、私たち三人が隣り合って寝てたって、老人の川の字でしかないってあんたいつも言ってたじゃない」

「そういう問題じゃねーよ」

　馨はきっぱりと言いきった。

「あんたたちだけ一緒に遊んで、おしゃべりして、なんか狡《ずる》い」

「おしゃべりじゃないよ。今夜は雨が降るらしいって、天気について少し話してただけだよ……将棋で遊びながら」

「あと健康について少し……将棋で遊びながら」

「年頃の男子が夜中にこそこそやってる遊びがそれなんて、あんたたち本当にただの老いぼれじじいね。……まあでも、あんたたちが将棋とか囲碁とか好きだって、私も幼稚園時代から……むしろ前世から知ってるから。続けてどうぞ。……でも襖は開けといてよ」

こういうと、二人は一度顔を見合わせ、遠慮なく将棋を続けた。

私は襖を開けっ放しにして、ちょろちょろと飛んできて、じゃれつく火の玉の灯をお供に、ごそごそ自分の布団に戻る。

あ、そうだ。この火の玉を抱き枕にしよう。きっと温かいわ。

と言う訳で、側を浮遊していた火の玉を取っ捕まえ、布団に引きずり込んで抱きしめる。

この様子を見ていた馨が「火の玉が真紀に補食されたぞ！」と指差して何か言ってる。

無視無視無視。火の玉を抱き枕にする女子高校生はあまりいないと思うけど、これが結構ふよふよぷにぷにで気持ちいいんだから……

心地よく思っていた時、しとしとと小雨が降る音と、雨の匂いにハッとする。

「あれ、本当に雨が降り始めたわ」

私は今一度布団から出て、慌てて開けたままだった外廊下の窓を閉めに行った。

由理や馨も、そそくさと内廊下側の窓を閉めに向かう。

「……ん？」

外廊下の窓の向こうは庭になっているのだが……

そこには、佇《たたず》む白金の狐が一匹。毛並みは小雨の中でも、煌々《こうこう》と輝いている。

「びっくりした……。妖狐《ようこ》？　もしかして、由理を頼って来たのかな」

外廊下で膝《ひざ》をついて、閉めようとしていた窓から顔を出し、「あんたどうしたの？」と声をかけてみるも、その狐はじっと私を見つめただけで、音も無くスッと逃げてしまった。

何だったんだろう……とても綺麗《きれい》な狐だったし、どこか懐かしい感じもした。

窓を閉めてしまって部屋に戻る。由理と馨も戻って来た。

「ねえ二人とも、さっき庭に狐が……」

さっき見た狐の事を伝えようとした、その時だった。

眩《まばゆ》い光が目に飛び込み、ドーンと雷鳴の音が響いて飛び上がる。

私と馨と由理はぎょっとしたまま、身を寄せ合った。

「…………え？」

再びの雷光。そして、外廊下側の障子にパッと映し出された、人影。

私たちは皆それを目撃してしまい、あんぐりしたまま、言葉も出ない。

ゴロゴロ鳴る雷が遠くなった頃には、人影はもう見えなくなったけれど……

「……見た？」

「え、あ、ああ……」

私はぐっと表情を引き締め、勢い良く障子を開けた。

しかしそこには誰もおらず、左右確かめても暗い外廊下が続いているだけ。

何だかその奥にある異様な闇に、先ほどは感じなかった怖気《おぞけ》を感じてしまった。

「もしかして泥棒とか？」

「でも、ホームセキュリティの会社入ってるんだけどな……うち。そもそも、そういう輩が入ってきたら、ここに住んでいるあやかしたちが教えてくれるだろうし」

由理も馨も、残り香の様に漂う異様な何かに、ゴクリと息を呑《の》んでいた。

しとしとと雨の降る丑三《うしみ》つ時《どき》……遠くゴロゴロと鳴る雷……

「ん？　あれ……真紀ちゃんそれ持ってきてたの？」

「え？」

不思議な事は、もう一つ起こっていた。

由理が最初に気がついたのだが、外廊下に立つ私の足下に、民俗学研究部で使っている〝部活動日誌〟が、表紙が一枚めくられた状態で落ちていたのだ。

『なぜ我々あやかしは人間に退治されなければならなかったのか』

見開きに堂々と書かれた、私たちの永遠のテーマ。

ずっとずっと考え続けて、それでも答えの出ない、もやもやした文句や不満、未練、嫌み、そんなものが詰め込まれた私たちの活動の記録……

私はゆっくりと、目を見開く。

「え……な、なんで⁉　私、ちゃんとこれを机の引き出しに仕舞ったわよ」

混乱したまま拾い上げ、何となく、その日誌を胸にぎゅっと抱きしめた。

まだ胸がバクバクしている。どういう事なの……

「真紀、お前、間違って持って帰ったとか……」

「いや、この感じだとそれは無いっぽいよね。真紀ちゃん固まっちゃってるし」

馨も由理も随分と驚いている。二人とも私が机に仕舞うのを、ちゃんと見ていたもの。

ならば、いったい誰がここまで持ってきて、ここに置いたと言うのだろうか。

さっきのあの、人影……？　じゃあ、あれは誰？

私たち三人は不可解と言う顔をして、それぞれ視線を交わし合った。

やっぱり何かこの家にいる……いや、いたんだろうか……

その後、他の部屋を見回ったんだけど、住み着いている低級あやかしたちにこの件を尋ねてみても、不審な者や不審なあやかしを見たと言う情報は一つも無かった。

得体の知れない状況に、私は結局、今夜に限っては馨と同じ部屋で眠る事になる。

由理がそうした方がいいと言ってくれたのだった。

由理だけはちゃっかり自分の部屋に戻っちゃった訳だけど。

「おい真紀……お前の刺激的な霊力が体に刺さりそうだ。チクチク痛い……」

「私は今、毛を逆立てた猫と同じ状態だから」

布団に入ったまま、私は警戒モード。

この私がこんなにピリピリと警戒してしまう程、さっきのあれは、足下の冷える感覚だった。結局、何だったのかはわからなかったけれど……

「ねえ馨」

「はい、寝た。俺は寝たから喋《しゃべ》りかけんなよな」

話しかけた途端にこのツンツンした態度だ。こっちに背中を向けてるっぽいし。

でもまだ起きているわね。

「さっきのあれ、この悪寒具合から、悪霊か何かだと思うんだけど……ねえ馨」

「未練を残して死んだ魂は霊になる。人間やあやかしに限らずな。それに、強い未練や恨みは悪霊を生む。……今までもこの手の輩《やから》は見て来ただろ」

左側の布団から飛んでくる淡々とした馨の正論に、「そりゃそうだけど……」と鈍い返事をする。布団から顔を半分だけ出し、警戒心はそのまま、物思いに耽《ふけ》った。

暗い部屋の中で思い出されるのは、前世の、まだ弱々しいお姫様だった頃のこと。

見鬼の才があったせいで、悪霊に体を乗っ取られかけた経験が数えきれないほどある。だから、今でも、私は霊は少し苦手なのだった。

あやかしだって似た様なものと馨は言うけれど、あやかしはまた特別。あやかしに狙われた経験も星の数ほどあったけれど、同じだけ、あやかしには助けてもらったから……

「真紀……？」

私が大人しくなったのが、馨には少し気がかりだったのだろうか。

彼は天井を見上げる体勢になって、一度だけこちらに顔を向け、ボソッと私に声をかけた。

「……似合ってたよ」

「ん？　何の話？」

「今日の浴衣《ゆかた》姿……昔のお前……みたいだったな」

「…………」

いきなりだったので、私はただただぽかんと口を開けて、フリーズ。

だけどすぐに正気を取り戻し、布団から腕を伸ばして、強く馨の体を揺さぶった。

「え、何？　もう一回！　もう一回言って！」

「いきなり元気になりやがって。あーもー絶対言わない。死んでも言わない……つーかお前のその馬鹿力で人を揺さぶんな！　死ぬ」

馨ときたらまた恥ずかしがって……

私はいそいそと自分の布団の一番端っこまで行って、馨に「手を出して」とお願いしてみる。すると馨は、もう要らないものだから好きにしろとでも言う様に、投げやりな感じで右手を布団から出した。私はそんな彼の手を、ぎゅっと握る。

「熱い……お前の手って、いつも熱いよな」

「私は体温が高いの。きっと代謝が良いのね。馨の手は相変わらず冷たいわ……」

しばらく無言で、馨の手を握っていた。馨の大きな骨張った手が、強く私の手を握り返す事は無いけれど、触れているだけで落ち着く。

雨は少しの間だけ降って、また上がってしまったらしい。

真夜中の、通りすぎていっただけの雷雨だった。

明るい月明かりが差し込み、障子の格子の影が、白い布団に映り込んでいる。

そしてふと、私は、何かの話の続きのような事を呟《つぶや》いた。

「ねえ、馨。なぜ、私たちは幽霊にはならずに……こんな時代に生まれ変わったのかしらね」

その言葉に、馨は何も答えなかった。答えられなかったのかもしれない。

その代わり、さっきまで適当に繋《つな》いでいた手をほんの少しだけぎゅっと握り返してくれた。

枕元に置いている、私たちの前世の事が記されている日誌……

あの平安の時代、確かな未練と無念だけを抱いて死んだけれど、私たちは怨霊《おんりょう》や悪霊の類《たぐ》いにはならなかった。その手の存在に成り果てていてもおかしくはなかったのに……

私たちは今、確かに人として転生を果たし、〝現代〟を生きている。

「ヒョー……ヒョー……」

部屋が静かになると、途端に耳につくツキツグミの鳴き声。

何だか分からない事ばかりで、すっかり疲れてしまった。

こういうのは考えていても仕方が無い。それに眠い。馨が側に居るのだから、怖いものなんて何も無いわよね。

明日は休日だ。ゆっくりと寝て、思い切り寝坊しよう。

《裏》新聞部部長・田口さき、見てはいけないものを見る。

私の名前は田口《たぐち》さき。新聞部三年、〝ハイエナ部長田口〟とは私のことだ。

突撃インタビューでは例の三人組に軽くかわされてしまった訳だが、諦《あきら》めの文字は私の辞書には無い。来月の校内新聞で、何としてでも奴らの記事を一面に持っていく。

この野望は止まらない止められない！

という訳で、真実を求め、誰も居ない民俗学研究部の部室までやって来た次第だ。

「出来れば読者が知りたい面白い情報が欲しいんだけどな〜、恋愛系の」

誰もいないし、漁《あさ》り放題。そんな黄昏《たそがれ》時の旧館美術準備室に、無事潜入。
まず気になったのは、この埃《ほこり》っぽくて無駄にものの溢《あふ》れた物置みたいな狭苦しさだ。
そして……ホワイトボードに書かれた謎の言葉の羅列。

『なぜ我々あやかしは人間に退治されなければならなかったのか』
〜死亡エンドは、いったいどうしたら回避できたの？」〜
・酒呑童子が色男じゃなかったら　↑はあ？
・そもそも鵺《ぬえ》が道長《みちなが》を止められなかったせいだから　↑わかる
・茨姫《いばらひめ》が安倍晴明をぶっ殺していたら　↑なるほどわからん
・源頼光が〝童子切《どうじきり》〟を持っていなかった場合　↑神回避
・源頼光が〝神便鬼毒酒《じんべんきどくしゅ》〟を貰《もら》わなかった場合　↑神回避
・というか源頼光めっちゃゲスい　↑わかる
・酒呑童子が全力を出せていたら……っ　↑はあ？
・そもそも我々があやかしじゃなかったら？　↑はあ？
・諸行無常の響きあり　↑わかる
・盛者必衰の理《ことわり》をあらわす　↑すごくわかる
・結論↓↓↓おごれる者も久しからず　ただ春の夜の夢のごとし

《《超訳：鬼神《きしん》に横道なきものを！》》

「…………はあ？」

当然、声が出た。意味不明すぎたからだ。

安倍晴明とか、酒呑童子とか……アイテムの名前もあるし、ゲームでもやってんのかな。

ぶっちゃけ痛ましく、気恥ずかしい単語が羅列している。

誰もが憧《あこが》れるあの三人組が、なんでこれ？

「ほ、他に何か無いかな」

こんな電波なのじゃなくて、私は皆がキャーキャー言ってくれる情報が欲しいのよ。

ふと目についたのは、木製の長机の引き出し。私はそれを何となく開けてみた。

「……部活動日誌？　おっとー……これは掘り出し物じゃないの？」

面白い事が書いてあるかもと思って手に取った。

もちろん速攻で開いてみる。すると、

『なぜ我々あやかしは人間に退治されなければならなかったのか』

などという、意味不明な記述をしており……

なんのこっちゃ。さっぱり分からん。

「ま、まあいいわ。この日誌、今日借りて帰って、熟読しよう。考えるのはそれからにして、明日の朝一でここに返せば良いんだわ」

とりあえず日誌を脇に挟んで、本棚に置きっぱなしにされているものを物色する。

やれ〝あやかし百科事典〟、やれ〝未確認生命体の謎〟、更に〝本当にヤバいパワースポット〟などの怪しげなタイトルの本や雑誌ばかりが出てくる。

なんなんだよ！ ほんとあいつら何やってんだよ‼

「…………」

チッチッチッチッ……

夕暮れ時にひと気の無い部屋に居るせいだからだろうか。

埃被《かぶ》った掛け時計の針の音が、嫌に耳につく。

「と……っ、とにかく。あの三人は、かなり電波な研究をここでやっているって事ね。趣味なのか本気なのかわかんないけど、かなりオカルトチックで中二病な……こんなネタ、誰が喜ぶのかな……ま、まあ良い。真実を記事にしなくっちゃ。謎のヴェールに包まれたあの三人組の活動が今こそ……」

なんて、メモ帳とペンを取り出し、独り言を言って士気を高めようとしていた時だ。

いきなり背後から鋭い視線を感じて、バッと入り口の方を振り返った。

「……え？」

確かに、そこには人影があった。

だけど直後に頭がクラッとして、目の前が真っ暗になる。

そして遠く響く、低い男の声。


……今見たものは全て、忘れろ。

暗い視界の奥で、ちらちらと揺れる美しい金の尾を見た気がした。


「先輩、田口せんぱーい……ちょっと起きてくださいよお」

空も淡い紺色に覆われ、チラホラと星が見え始めた頃。

私は旧棟と本棟の間にある中庭のベンチに座って、居眠りをしていたらしい。

二年生の新聞部員、みっちゃんこと相場満《あいばみちる》が私を呼んでいる。

「先輩ったら、何でこんな所で寝てるんですか～？」

「はれ……なんでだっけ？」

「もー、先輩しっかりしてくださいよお～。突撃インタビューするって出て行ったきり帰ってこないから、あたし迎えに来たんですよ～。例の三人組の情報、手に入ったんですか？」

ああ、そうだ。私は、民俗学研究部の部室へと潜入したんだった。

特に恋愛系のがあったらなと思ったんだけど……

「……それが、なーんにも分からなかったんだよね。あの部屋には小汚い美術用の備品ばかりで、めぼしいものも、情報も無かったの」

あれ、そうだっけ？　なんか見つけたものもあった気がするんだけど。

まだ寝ぼけてるのかなあ、私。

「じゃー、ここは同じクラスのあたしが頑張るっきゃないですねえ。二年生は林間学校や学園祭、修学旅行なんかのイベントが目白押しですしー。新聞部はイベントごとに起こった事件や、湧いたカップルを特集して記事にしてますけどー、今後は例の三人は執拗《しつよう》に追ってみます〜」

「みっちゃん……流石《さすが》は私の一番弟子……」

私は新聞部の後輩の成長に感動を覚えつつ、立ち上がって背伸びをした。あくびも一つ。

やっぱり、私はさっきから夢見心地。

確かにあの部室に入って、めぼしいネタが無いかを漁った。

何も無かった。何も無かった……？

少し冷たい風が吹いて、民俗学研究部の手前にひっそりと佇《たたず》むしだれ桜の枝が、ゆらゆらと揺れている。

「……おごれる者も久しからず　ただ春の夜の夢のごとし……」

ふと、口をついて出て来た言葉。

なんで平家《へいけ》物語？　何かで見かけたっけ……？

「せんぱ〜い、もう下校時間ギリギリですよ。さっさと帰りましょうよお」

みっちゃんが呼んでいる。私は「ごめんごめん……」と彼女の方に駆けて行きながら、足早にこの場を去ったのだった。

第三話　水蛇の妖しい薬屋さん

突然の雨に振られた。

天気予報では、ここ数日はぽかぽか春日和の晴れですって言ってたのに。

学校の帰りに、今夜の夕食の為にピーマンとひき肉を買って、小雨に濡《ぬ》れながら急いで自宅のアパートに帰ってきた所だ。しかし……

「あれ……何やってんの、明美《あけみ》ちゃん」

二階の一番手前の部屋の、そのドアの前で、小雨に濡れながら一人寂しく缶ビールを飲むOLの明美ちゃんに遭遇した。

明美ちゃんはこのアパートの住人の一人。

ここには私以外の人間は住んでいないので、要するに彼女も、人間に化けて生活しているあやかしだ。

「あー真紀《まき》ちゃんだ。ふふ、ねえ聞いてよ真紀ちゃん。ふふふ。私……私……彼氏にフラれちゃったうわあああああああああっ」

飲み干したビール缶をぐしゃっと片手で握りつぶした明美ちゃん。

廊下で喚《わめ》いて、暴れ出す始末だ。

「ヒステリックはよしてよ明美ちゃん。予報が外れたのは明美ちゃんのせいか……彼氏に振られたって、それ、例の会社の先輩？」

「そうよ……結婚の約束もしてたのに、ううう……っ」

「何があったの？　かわいそうにねえ」

私よりずっと年上に見える明美ちゃんの頭を撫《な》でる。

明美ちゃんは私にひしと抱きついて、ひたすら号泣していた。

「あいつったら酷《ひど》いのよ！　デートがいっつも雨なのを私のせいにするの！　間違ってないけど！」

「…………」

「しかも私の手作り弁当が、なんかババくさくて湿っぽいって文句言うんだから！　こちとら何年雨女《あめおんな》やっとると思っとんのじゃわれ！　死ねえええええっ‼」

「明美ちゃん、口調が荒れてるわよ」

彼女は〝雨女〟というあやかしだ。

肩で切り揃えた黒髪に、タイトなパンツスーツ姿が特徴的で、ぱっと見はしっかりして見える。人間社会ではすでにアラサーという立場で、会社ではかなり出来るＯＬらしい。

お仕事は順調なんだけど、ただ男運がすこぶる悪い。そして一度落ちるととことん落ち込むネガティブな面も。

「もう人間の男は諦《あきら》めて、あやかしの男と結婚したら？　いっぱい余ってるわよ、浅草《あさくさ》のあやかし男子。深刻な嫁不足が度々問題になってるって」

「嫌よ！　私は人間の男と結婚するって決めてるんだから！」

本人は雨女という歴《れっき》としたあやかしのくせに、人間の男と結婚するという野望を抱いている。人間同士やあやかし同士ですら、最近は「一人の方が気楽」とか言って、結婚率も大幅に下がっている昨今だと言うのに……

人間とあやかしのカップルは確かにいるんだけど、途中でダメになる確率も相当高いのよね。色々な価値観の違いのせいで。

でもあやかしの男は人間の女に恋い焦がれ、あやかしの女は人間の男に憧れる。

不思議だけど、これ昔っからの常識なのよね……

「……って、明美ちゃん、何だか凄《すご》く体が熱いわよ。熱があるんじゃないの？」

「雨女が雨にふられて熱を出すなんてお笑いぐさだわ……男にもフラれるし」

「そんなこと言ってる場合じゃないから。……ほら、もう家に入ろうか。ね？」

屍《しかばね》の様なＯＬを一匹引きずって、私は明美ちゃんの部屋を開けた。

開けた瞬間からアルコール臭が凄い。まず部屋が汚いのは置いといて、ゴミの中から敷きっぱなしの布団を探り当て、明美ちゃんを横たえる。

体温計を探したけど全く見つからなかったので、一度自分の部屋に戻り、食材を冷蔵庫に入れた後、体温計とりんごを一つ持って、再び明美ちゃんの部屋へと向かった。

「あ……三十八度」

やっぱり熱があるみたいだ。

「ここ最近、あったかい日も涼しい日もあるからね。婚約者に裏切られたショックが加わって、心身共に弱っちゃったって所かしら」

ゾンビみたいにうーうー唸《うな》って転がっている明美ちゃんの首まで布団をかける。

私は食器が積み上がっている台所をさっさと片付け、おろし器を発掘。

それでりんごを擂《す》りおろし、ハチミツとレモン汁を加えたものをガラスの器に盛って、明美ちゃんの寝ている布団の側にそっと置いた。

「じゃあ、もし食べられそうだったらこれを食べて。私、今から薬を買ってくるから」

「……うー」

唸り声で返事をした明美ちゃん。そのまま白目を剝《む》いて寝てしまった。

全く……手の焼けるOLだ。私は今一度傘をさし、お薬を買いに出かける。

「あ、そうだ」

階段を下りる途中、気がついた事があって、一度自分の部屋の前まで戻った。鞄《かばん》をガサガサ漁《あさ》って、メモ帳とペンを取り出し、でかでかと書いたものを扉に貼り付けておく。

「千夜《せんや》漢方薬局にいます　真紀」


ここは浅草国際通り。駅や大きなホテルもあって、常に人が多く栄えた大通りなんだけど、少し脇道に入ったところに、一際異彩を放つ奇妙な薬局が営まれている。

可愛い手ぬぐい屋の隣に店を構えるその薬局。その名も千夜漢方薬局。

まず入り口からただならぬ妖しい雰囲気で、一般人は入り辛《づら》い。

掲げられた看板の文字はおどろおどろしく、ショーウィンドウには埃被《ほこりかぶ》った瓶詰めの怪しい葉っぱとか、何かの干物とかあるからね。

でもここは、知る人ぞ知る、人気の漢方薬局なの。

重々しい扉を開けたら、ちょうど帰るところだった、ここのお客たちと鉢合わせた。

「……おや」

「…………」

黒い着物と羽織を纏《まと》った、鬼の面をかぶったあやかし……まさしく、鬼だ。

他にも数人お供のあやかしたちがついている。

鬼はお面を少し上げて、その紅の瞳《ひとみ》で私を見下ろし、小さく微笑んだ。

「こんにちは、茨姫《いばらひめ》」

「……こんにちは、鬼神《きしん》」

低く、どこまでも落ち着いた、強い霊力にのって頭に響く声。

簡単な挨拶《あいさつ》だけをすませて、彼らはこの店を後にした。

従者の者が和傘をさし、鬼はしとしと雨の、夕方の浅草の街に消える。

「……あーびっくりした」

しばらくぼやっとしていたけど、ここへ来た用を思い出し、改めて店に入る。

チリンチリンと鈴の音が響き、つんとした薬草の香りに一度鼻を擦った。

「あれ、真紀ちゃんか。珍しいねえ、君からここへ来てくれるなんて」

胡散臭《うさんくさ》い片眼鏡《モノクル》と切れ長な目元が特徴的。そんな着物姿の男が、店内のテーブル席からちょうどお茶を引き下げているところだった。

見た目の年齢で言うと三十歳手前という感じ。

着ている深緑色の着物は、どこか異国情緒ある派手な刺繡《ししゅう》が施されたもので、ぱっと見怪しい中国人の薬屋か、インチキ占い師にも思える。

彼の名は水連《すいれん》。私はいつも、スイと呼んでいる。

「スイ……なんか凄い大物が来てたみたいね」

「うん。あの方は隠世《かくりよ》のお客様だ。とある宿屋の大旦那《おおだんな》様。古い付き合いというのもあるけれど、俺の薬は、世界の垣根を越えて需要があるのでね。現世にしかない薬もあるし、俺は逆に、隠世にしか無い薬の素材をあの方から買い取ったりする」

「隠世……か」

隠世とは、ここ現世とは違う、あやかしが治めるあやかしの為の世界だ。

人間たちに支配された現世で必死に生きているあやかしも居れば、あやかしの支配する世界で堂々と暮らすあやかしも居る。あちらとこちらの行き来は、ちょっと面倒な手続きと多額のお金が必要なので、そう簡単なものじゃないんだけど……

「ねえスイ、大仕事の後に悪いけど、雨女に良く効く風邪薬が欲しいの」

「なになに〜？　雨女って事は明美ちゃんかな？　まさかまた失恋した？」

「野暮な事は聞かないでやってよ。……まあそうなんだけど」

「どうりで今日は天気予報が外れたわけだ。しばらく雨が続きそうだねえ……」

スイはさっそく、カウンターの内側の陳列棚を一回転させ、あやかし専用の漢方薬を作る為の、特殊な生薬が並んだ棚に切り替える。

乾燥した植物、キラキラと色のついた粉末、斑点《はんてん》模様のついた鉱石、何かの尻尾《しっぽ》のオイル漬け、異国のマンドラゴラの干物などなど……見るからに怪しいものばかり。

「俺の薬は五行の思想に基づく、あやかしの特徴を考慮したオーダーメイドの漢方薬だ。雨女の風邪薬なんてちょちょいのちょいだよ」

そう、ここ千夜漢方薬局は、浅草で唯一と言って良いあやかしの為の漢方薬局だ。

人間たちにも評判のお店だが、大半のお客はあやかし。

と言うのも、あやかしたちにとって人間の薬が合わない場合もあるからだ。

ここには種族ごとに長年研究され尽くしたレシピがあり、それを元に薬の調合をする為、他の何より効果は抜群。

まあ、そもそも主《あるじ》が、千年前に中国から渡って来た力のあるあやかしだからね。

「調合に少し時間がかかるから、真紀ちゃんには薬膳《やくぜん》のお茶でも出そう。最近体調の面で気になる事とかある？」

「んー、すぐお腹が空く」

「それはただの育ち盛りだねえ」

「すぐ眠くなる」

「良く眠れない人の為のお茶ならあるけどねえ」

「じゃあ、眼精疲労とか。最近目が疲れるのよね……テレビの見過ぎかもだけど。おかげで肩も凝るし」

「わあ。なんかいきなりリアルなの出して来たねえ」

スイは顎《あご》に手を当てて少し考え、棚に並んだ瓶をいくつか取り出して、カウンターの内側でお茶の用意をしてくれた。

私は窓際の来客用のテーブルに座って、しとしと雨の外を眺めて待つ。

静かな時間と、この店に充満している独特の漢方の匂いは、よく似合っている気がする。

「粗茶でつが」

私にお茶を運んで来たのは、この千夜漢方薬局の助手である、二足歩行のカブの精霊。

真っ白の体からちょびっと生えた手で、一生懸命お茶を運んでいる。

まず背丈が低く、カップをテーブルに置く事が出来ずプルプルしているので、私は体を低くしてそれを受け取った。

「ありがと、カブ太郎《たろう》」

「でつ〜」

カブ太郎は額を撫でて褒めると喜ぶ。変な野菜だ。

ここには他にも、高麗人参の精霊やなつめの精霊、黒豆の精霊など。野菜や草花、木の実から生まれた小さなあやかしたちがいて、あちこちでスイの手伝いをしているのだった。

スイいわく、漢方の研究の過程で発生した、意思を持ったものたちだとか。

とても忠実なスイの眷属《けんぞく》であり、褒めると仕事をすぐ覚えるらしく、彼らが居れば人件費が要らないとか何とか。

「……わあ、可愛い」

透明のガラスのカップには、白い華と赤い木の実の浮いたお茶が注がれていた。

なんて良い香り……

「ジャスミン茶がベースで、クコの実と菊花をちょいと足している。ジャスミン茶は心を落ち着かせてくれるし、菊花は見た目も愛らしい。美容に良くお肌の乾燥を防ぐよ。そしてクコの実は、君の眼精疲労を解決してくれる。目に良いんだ」

「へえ〜いただきます」

一口この薬膳茶を飲んで、スッと体を行き交う霊力が落ち着くのを感じた。

体に良いのは勿論《もちろん》の事、スイの術が施された漢方や薬膳は、直に体内の霊力に響き、溶け込む。体の不調が霊力から改善するべきものであれば、スイの薬ほど効果的なものは無いのだ。

「あー……美味《おい》しい。スイの薬膳茶は癒《いや》されるわ」

「良かったら少し持って帰りなよ。君の愛《いと》しい旦那《だんな》にでも飲ませてあげたら？　学生の身の上で、いつもせっせと働いてるみたいだし〜」

「そうねえ……あいつ手先が冷たいから、冷え性だと思うの」

「なら、なつめとシナモンのお茶がいいかもねえ」

ゴリゴリゴリ……

カウンターの内側の台の上で、小さなすり鉢で薬の素材を擦る音が響く。

スイは手慣れた様子であれこれ加えて、最後に五芒星《ごぼうせい》を描き、ぶつぶつお得意の呪術を唱えて終わり。

店の名がしっかり書かれた紙袋に、服用法の書かれた紙と雨女の風邪薬を詰め込み、また馨《かおる》の為の薬膳茶も用意して、スイは私の待つテーブルにやってきた。

「はい、お薬と、馨君の為のお茶」

「ありがとう。明美ちゃん、これできっと良くなるわ」

「……でも、この薬だけではダメだよ」

スイは向かい側に座って、広い袖《そで》から年代物の長い金属煙管《キセル》を取り出し、ぷかぷか吹かした。

「漢方は、心と体、自分を取り巻く複雑な環境、全てのバランスを整えて成り立つ薬。これは陰陽五行説に基づく思想だ」

五行の思想は、「水」「火」「金」「木」「土」の五つの要素に基づく。

これらは「水は木を生かす」「木が火を生む」などのお互いに助け合う〝相生〟の関係と、「水は火を鎮める」「火は金属を溶かす」など、お互いを滅したりコントロールする〝相克〟の関係があり、特に相克関係は五芒星を描く。

「これはそのまま五臓の考え方に基づく。まあ五月って、五月病があるくらい皆気分がふわふわうつうつしている時期だし、気が滅入《めい》っていると体調にも影響を及ぼしてしまう……下手したらバランスって簡単に壊れるからねえ」

スイは自分にも持ってこられたお茶を、例のカブ太郎から受け取り、スッと一口啜《すす》った。

プーアール茶ベースの、黒豆のお茶っぽい。

「俺の薬にできるのは、血と水、陰の要素と言われるこの二つを整える事だ。勿論、薬膳ドリンクなんかで気分をリラックスさせることは出来るけれど、心の問題ってのは薬で解決できるものじゃない。心が病んでいれば、どんなに良い薬があったとしても、体調の改善は難しいからね」

「……分かってる。明美ちゃんは頑張り屋さんだけど、ちょっと自分に自信が無いのか、ネガティブな思考に陥りやすいから。そこは私が、支えるわ」

「うん。流石《さすが》は俺の茨木童子《いばらきどうじ》様。千年前からお変わりなく、あやかしへの愛情が強い」

スイは灰皿にコンコンと吸い殻を捨てて、少し物悲しい顔をした。

「そういう君は……もう古い眷属なんて必要無いかい？」

コポコポ……コポ……

心地よい水の流動を、私は聞いた。彼の背後には、巨大な水蛇が見え隠れする。

乱れの無いその音は、時に清らかで神聖な存在として祭り上げられる水蛇のあやかし〝みずち〟の霊力に他ならない。

「………」

スイの言葉の意味は、私には良くわかっていた。

千年前、茨木童子には忠誠を誓った〝四眷属〟という者たちがいたのだが、スイもまた、水蛇《みずち》と名高いあやかしであり、かつての私に一生の忠誠を誓った者だった。

「違うでしょう、スイ。あんたにもう、私は必要無いって話が正しいわ。あんたは立派に商売をしているし、独り立ちしている。むしろ私が、こういう時に助けてもらってばかりだもの」

「あはは。何それ……実家の母親みたいな目線で言わないでよ。真紀ちゃんまだ女子高生なんだからさあ」

眉《まゆ》を八の字にして、クスクスと笑うスィ。

嬉《うれ》しがっているのか面白がっているのか……。

「母親の様な気持ちにもなるわよ。あんたは手のかからない、しっかりした眷属だった」

「……でもね、ふがいない話だけど……君が居なくなってから、俺の気は随分乱れてしまったんだよ」

「…………」

漢方の思想にある、〝気〟という概念。それに喩《たと》え、彼は切なく呟《つぶや》いた。

しかしすぐに、いつもの胡散臭《うさんくさ》い笑みを浮かべて、ずんだら長い袖をひらひらさせる。

「まあでも？　確かに俺は立ち直ったし、商売はずーっと上手《うま》く行っているし、世渡り上手だ。そう言う意味ではしっかりしている方かもねえ。他の兄弟眷属は、いまだに君を求めて彷徨《さまよ》っているのかもしれないし。君の死を受け入れられず、人間を恨んだ者もいた」

「確かに、ちょっと心配な子たちもいるのよね……」

　四眷属はそれぞれ違うあやかしであり、また全然違う性格をしていた。

　この世知辛い世の中、人間界で上手くやって行けているのか、凄《すご》く気がかりな子もいる。

「まずどこに居るのか分からないし、ぶっちゃけ会いたく無い奴もいるけど、また皆で揃う事があったら愉快だろうねえ」

「……そうね。皆がまた側に集まってくれたら、って思う事もあるわ。でもそれぞれが生きる道を見つけて、誰か大切な人を見つけて、どこかに根を下ろして生活しているのなら、それはそれで嬉しい。あれ、ほんとお母さんみたい、私」

　ズズズ……とお茶を啜って、苦笑い。

　しかしスイは、その蛇めいた目元を更に細めた。

「でもね、真紀ちゃん……俺たちはきっと、真の意味で君以外を大事に思う事は無いよ」

「ん？」

「かつての忠誠心もそうだけど、君は千年前からあやかしに愛されやすかった。そして今、君は人間の女の子になって生まれ変わったんだ。それがどういう意味だか分かる？」

「……いえ」

「あやかしは霊力の強い人間の女の子に酷《ひど》く恋い焦がれる。それはもう、古《いにしえ》から僕らあやかしに刻まれた本能みたいなもので、それがいっそう、人間とあやかしの争いに拍車をかけてきた。茨姫だって、もうずっとあやかしたちに狙われていたのを、酒呑童子《しゅてんどうじ》が攫《さら》っていったんだからさあ」

スイは私に顔を近づけ、まるで秘密の話をするように小声になる。

「君はまた、そういう存在になったということだ。それも……一度あやかしになった茨木童子と変わらない力をもってね。君ほど霊力のある人間の女の子は、この世のどこを探しても居ないだろうね」

「…………」

「誰もが君を欲しがる。今はまだ、浅草以外のあやかしに君の存在は知れ渡っていないけれど、もし何かがきっかけで広がってしまえば、大物なんかは君を無視できない。故に君は……やっぱり今でも、あやかしにとっての〝憧《あこが》れの花嫁〟なんだよ」

ニコリ。いつものスイの、胡散臭い微笑み。

漂う薬くささと、煙草の香り。不思議な心地で、私は眉を寄せ一言。

「何か怖いわね」

「あはは。でしょうねえ」

スイは膝《ひざ》を叩《たた》いて笑う。

「一方的な愛情を多方面から向けられても、恐怖以外の何ものでもないからねえ」

「どのみち私に勝てない奴は論外よ。それが出来るのは、唯一あいつだけだし」

「そうだねえ……だから俺も、君の眷属になった訳だけど。でも、眷属になれた者たちはまだ、幸せだったと思うよ」

その立場こそが、誇りだった。彼はぽそっと呟いた。

「でもね真紀ちゃん。もしまた君が俺の力を必要としたら、俺はすぐにでも君の眷属となる契約をしよう。その気持ちに、変わりは無いからね」

「……ふふ、ありがとう、スイ。あんたはやっぱり、しっかりした長男眷属ね。気持ち的には今でも、私にとってあんたは大事な眷属なのよ？」

「そう？　嬉しいねえ嬉しいねえ」

胡散臭さの中にも、素直な笑みが溢《あふ》れる。

パッと見は全然年上の、いい歳こいたあやかしだけど、今でも私にとっては可愛い水蛇の眷属だ。ある意味、息子と言っても良いのかもしれない。

茨木童子と酒呑童子の間に、子どもはいなかったからね……

チリンチリン。店の扉が開かれた。

強い雨のせいで若干湿りがちな馨が、ちょうどここへやってきたのだ。

「おっと〜……良い所だったのに邪魔が入った。真紀ちゃん、旦那様のお越しだよ〜」

投げやりな感じで言うスイ。馨とスイは、何とも言えない視線をお互いに交わしている。

一馨。今日バイトが終わるの、早かったわね」

「雨が強くなってきたし客も来ねーし、早めに切り上げる事になったんだ。今日は浅草寺《せんそうじ》の参道の屋台でバイトだったからな。おかげで稼ぎも少ないときた……」

「そう。あんたってほんと不運ね」

「しかもお前んち行ったら、ここに来てるって張り紙があったからな」

馨は余りまくっていたから貰《もら》ったという人形焼きを一袋、スイの方にずいと差し出した。

「これ。ここの精霊たちにでも分けてやれ」

「あーありがとう馨君。相変わらず律儀だねえ。ほーらみんな〜、このしかめっ面のお兄ちゃんが人形焼きをくれたよ〜。集まってー貪《むさぼ》ってー」

スイの掛け声によって、野菜や豆の精霊たちがあっちこっちからわさわさ湧き出る。

一匹一匹に人形焼きを配ると、甘いお菓子が好きな彼らは、必死になって貪るのだ。

「じゃあスイ、私そろそろ帰るわね。明美ちゃんの様子を気になるし」

「うん。また何かあったらおいで」

「ありがとう」

にこやかな視線を、そのままスッと馨に向けたスイ。

「あと馨くーん？　真紀ちゃんの事は、くれぐれも頼んだよ〜」

「お前に言われなくともな、インチキ水蛇野郎」

「酷い！　俺の薬はインチキじゃないんですけど！　確かに見た目のせいでインチキ祈禱《きとう》

師とかモノクルおじさんとか言われる事もあるけどねえ〜」

自覚アリのスイに見送られ、強い雨の中、私たちは急いでアパートへと戻ったのだった。


漢方薬を煎《せん》じるはの少し手間がかかる。

土瓶に一日分の薬と水を入れ、後は弱火でひたすら煎じる。袋には45分と書かれていたので、きっちり時間を計って。って、これは馨が作業をしてくれたんだけどね。

煎じている間、私は明美ちゃんの為のおかゆを作った。ついでに自分たちの晩ご飯も。

元々はピーマンの肉詰めを作るつもりだったんだけど、予定を変更して、栄養満点の鶏ひき肉入り梅ハチミツのおかゆを作る事にした。

刻んだピーマンとネギ、鶏のひき肉が主な具材で、あとは梅肉と生姜《しょうが》、ちょっとのハチミツと昆布出汁《だし》で味付けをした、さっぱり味で食べやすいけれど、コクもあるおかゆだ。美味《おい》しいし、栄養満点で風邪にも効く。

「おい真紀。薬、濾《こ》し終わったぞ」

馨が、煎じ続けていた漢方薬を、茶こしで濾してくれた。

使用方法の紙には、この漢方薬は食前に飲むとある。普通のお薬とは違うのね。

漢方の苦い香りと梅ハチミツのおかゆの香りが、同時に左右からやってきて、鼻腔《びこう》と空腹を刺激してくる……。これらをお膳《ぜん》に並べ、さっそく明美ちゃんの家を訊ねた。

「明美ちゃん、入るわね」

「わ……真紀の部屋より凄《すさ》まじいな」

明美ちゃんは布団でごそごそしていたが、ふわりと漂う梅はちみつのおかゆの香りに誘われ「うー」と唸《うな》って、のっそりと起き上がる。

「お腹すいた」

「でしょうね。……ほら、先に煎じた漢方薬を飲んで。千夜漢方薬局のものだから、めっちゃくちゃ苦いけどよく効くはずよ」

「うえええ〜〜、げ〜〜〜〜」

「げーじゃない」

明美ちゃんになんとか薬を飲ませる。

「ひーにがい〜〜っ。って、ああああっ！　馨君が来てる！　ややっ、やだーお姉さんこんなはしたない姿で!!」

苦い苦いと文句ばかり言ってたくせに、急にテンションを上げ、嬉しそうに頬を両手で包み込む明美ちゃん。というのも明美ちゃんは馨の顔が超どストライクらしく、勝手に写真を撮って、勝手にアイドル事務所のオーディションに履歴書を送った事もある。

当然書類選考には通ったのだけど、馨がそれをまるっきり無視したんだったたっけ。

それからたまに、馨を熱心に追いかけ回す、あやしい芸能事務所のおじさんがいたりするんだけど……それはまた別の話。

「明美ちゃん、はしゃいだら熱が上がるわよ。ほら、おかゆ。これ食べて元気出して」

「馨君が食べさせてくれたら、お姉さん元気出るかも〜」

「は？　何言いってやがるこのアラサー雨女。さっさと食って寝ろ」

馨は過去のあれこれも相まって、若干イラッとしているが、私は「よし」と頷《うなず》いた。

「馨、一回くらいやったげなさい」

「はあああ⁉　お前、もしやその為に俺をここに連れて来たんだな⁉」

「知ってる？　漢方薬は体調だけじゃなくて、気を整える事も重視しているのよ。心が病んでいたら、良い薬も効かないって」

「…………」

明美ちゃんはすっかりその気になって口を開けているので、馨がげっそりしつつも、匙《さじ》でおかゆを食べさせてあげている。

「ん〜おいひい……梅はちみつの……さっぱり甘いおかゆ……」

いやー、明美ちゃんは嬉《うれ》しそうだ。食欲もあるし、霊力や体力はすぐに回復しそう。

「はあ。イケメン男子高校生におかゆを食べさせてもらえるなんて……幸せ」

「と言う訳で明美ちゃん。漢方のお代はちゃんと貰うからね」

「あっ、私の財布っ！」

どこからとも無く明美ちゃんのお財布を取り出し、さっとお代分いただく。代わりにレシートをぽい。

薬を飲んで、ご飯を馨に食べさせてもらって、少し元気になった明美ちゃん。

今一度寝かせて、布団をしっかり体に被《かぶ》せ、お薬を枕元に置く。また、明日の朝ご飯にと作った、お豆腐とわかめの中華風スープを冷蔵庫に入れておく。

「ありがと……二人とも。私なんかの為に……ううっ」

「明美ちゃん、あんまり引きずっちゃダメよ。きっとまた良い人が現れるわ。もっと明美ちゃんを理解してくれて、もっと大事にしてくれる人」

「うん。真紀ちゃんは良いなあ……今度は馨君みたいな人……探してみようかなあ」

「言っとくが、男子高校生に手を出したら犯罪だからな」

一応馨が忠告していた。一応。

帰る間際、明美ちゃんは微熱のある赤い顔をして、スウッと眠りについたのだった。

一筋だけ流れた涙は、体調の不調からか、それとも……

まだ、大好きだった人の事を、忘れられないのかな。

「あ……今日は雨が上がってる」

その後、二日ほどぐずついた天気が続いたのだけど、今朝にはすっかり雨が上がって、うららかな春を思わせる、暖かな晴れ日となった。

いつものように、馨が私を朝に迎えに来て、学校へ行く為に家を出る。

ちょうど明美ちゃんも部屋を出た所で、彼女は私たちを見るとグッと親指を立てて、元気一杯の笑顔になる。そこに数日前の弱り切った明美ちゃんの姿は無い。

「じゃ、お仕事行ってきまーす」

急いでいるのだろう。カツカツとヒールを鳴らし、慌ただしく階段を下り、彼女は腕時計とにらめっこをしながら商店街を抜けて行くのだ。

それは、逞《たくま》しくこの現世を謳歌《おうか》する、現代あやかしの女性像でもある……

「明美ちゃん、元気になったみたいね。良かった」

「雨が上がったのはそのせいか。やれやれ……」

「って、私たちも急がなきゃ。また遅刻する！」

ここ二日ずっと雨が降っていて、階段を下りた所に迷惑極まりない大きな水たまりトラップがあったけど、それをぴょんぴょん飛び跳ねながら、私たちも学校へ急いだ。

……この雨上がりの匂いが、凄《すご》く好きだったりする。

第四話　林間学校の神隠し（上）

五月下旬の事だ。私たちは林間学校へ向かうバスに乗っている。

「林間学校かあ〜。カレーが楽しみね」

「カレーかよ。そんなもん自分一人でも作れるだろ。お前一人暮らしなんだし」

「バカね。野外で作るカレーはひと味もふた味も違うわよ」

バスの中にて通路を挟み、馨《かおる》とカレー談義中。

「でも、中学生の頃の林間学校で作ったカレーは、酷《ひど》い味だったたね」

馨の隣で本を読んでいた由理《ゆり》がひょいと顔をのぞかせ、笑いながら中学時代の林間学校の話をする。

「あの時はお米が上手《うま》く炊けなかったのよね。芯《しん》が残っちゃって」

「飯ごうで炊くの難しいからなあ〜」

「水の分量を間違った張本人がなんか言ってるわよ」

おやつのおせんべいをかじりながら、私は横目で馨を見た。

馨は怯《ひる》むも、言い訳をぼそぼそっと零《こぼ》す。

「仕方が無いだろう。飯ごう炊爨《すいさん》なんて、奇跡でも起こらないと上手く炊けないぞ」

「ま、見てなさい。私が班にいるんだからカレー作りもレクリエーションも楽勝よ。馨だって、私のカレー食べたいでしょう？」

「お前のカレーなんて食い慣れてるんだよ」

その言葉に反応したのは、私の隣に座る、女子のクラス委員長だ。

「真紀《まき》たちって相変わらず仲が良いんだね」

彼女の名前は七瀬《ななせ》佳代《かよ》。ちなみにバスケットボール部で背が高く、髪が肩辺りで外側にはねていて、さばさばした見た目をしている。

実は私たちと同じ中学の出身で、由理と共にクラス委員長をする事も多いため、七瀬は私たちの関係にそこそこ詳しかった。

「幼稚園から同じだっけ？　ずっと仲がいいって凄いよね」

「私たち交友関係が狭いのよ」

平安《へいあん》時代のあやかしの記憶が……なんて痛い話は出来ないけれど、事実私たちは交友関係が狭い。いつも三人でいるからというのもあるけど。

「ねえねえ、二人とも知ってる？　あたしたちの行く〝つくば少年自然の家〟はねえ〜……なんか〝出る〟らしいよ！」

私と七瀬の前の席から身を乗り出し、そんな話題を始めたのは、同じクラスの相場満《あいばみちる》だった。

彼女は黒髪を二つに結ったプリプリ系ギャルで、七瀬とは正反対な雰囲気だ。

同じクラスになったばかりだし、あまり私に関わってくるタイプじゃないけど……確か新聞部だったわね。

「出るって何が？」

「出るっていったらあれしか無いでしょう～？　ユーレイ」

それを聞いた途端、私は齧《かじ》っていたおせんべいを喉《のど》に詰まらせる。

苦しみもがいていたら、馨が隣からまだ開けてないペットボトルを差し出してくれたので、私は当たり前のように受け取り、ふたを取って勢い良く飲んだ。

相場さんはその様子をじっと見て、クスクス笑っている。

「わ、すごーい。なんか息ぴったりだね～。やっぱり二人って付き合ってるの？」

「付き合ってるとか付き合ってないとかじゃ無いわ。ていうか、さっきの話は……」

私が口元を拭《ぬぐ》いながら問うも、相場さんは私の事を華麗にスルー。

「ねえねえ天酒《あまさけ》君、茨木《いばらき》さんとは中学生から付き合ってるの？　何年目？」

「……いやだから、俺たちは付き合ったりとかしてないと言うか」

「え～うそ～、みんな言ってるよ～」

ザ・女子な話題に、私たちは冷汗タラタラ。

「そんなこたーどうでも良いのよ。それより相場さんさっきの話……ゆ、幽霊って何？」

「……ああ」

相場さん、私に対しては分かりやすい程に声のトーンを下げ、どこからか小さなメモ帳を取り出す。

「なんか～、あたしたちの行く〝つくば少年自然の家〟って～、十年くらい前に女の子が行方不明になっちゃったんだって～。あたしたちみたいに、林間学校に行っていた女の子が、肝試し中にだよ～。あはは～ちょーウケるー」

「……いや、ウケない」

即答。何それ、洒落《しゃれ》にならない事件じゃない。

「なんかねー、神隠しの伝説があって～、昔から女の子がよくいなくなったんだって～。あはは、ちょーウケるんですけど」

「なんだ……その手の伝説の話。ふん。幽霊じゃないじゃない」

私は内心ホッとして、強がって鼻で笑う。

「でもでも～、ユーレイも居るらしいよ？　私たちの宿泊する施設って、人も居ないのに笑い声や泣き声が聞こえる場所があるとか」

「………………」

「自殺したカップルがいたとか」

「……え」

「肝試しで、本物のお化けと握手したって話も」

「あーもうやだやだ、やめてやめて！」

安心したはずなのに、もう一度ぶるっと身震いし、耳を塞《ふさ》いだ。

私は物理攻撃の通用しない相手には弱いのよ……あやかしと幽霊は違うんだから。

「でもあたしは～、怪談話より天酒君の好みが知りたいな～」

相場さんは目を潤ませ、馨に向かって甘い声で尋ねる。まさに乙女の表情だ。

馨はもう窓側の由理の方に頭を向け、寝たふりをしていた。「モテる男は辛《つら》いね……」

と由理がぼそっと呟《つぶや》き、読んでいた本を閉じる。

彼の読んでいた本のタイトルにはこう書かれていた…… 〝筑波《つくば》山《さん》の神隠し〟と。

さて。林間学校のイベントは野外でのカレー作りからスタートした。
野外炊さんは竃《かまど》に火を起こす所から手作業なので大変だが、そっちは馨と七瀬に任せて、
私は由理と共に具材を切っていた。
「由理、あんたニンジンの切り方がヤバいわよ。見た目儚《はかな》い系のくせになんでそんなワイルドな切り方してるの」

「あれ、そう？」

流石《さすが》はお坊ちゃん。優等生の由理も料理の腕前は微妙な様子。

「ねえ由理、さっきバスの中で、怪しい本を読んでたでしょう」

「筑波山の神隠し？　もしかして真紀ちゃん、相場さんのあの話、少し気になってる？」

「うーん。あやかし関係の話かなって思って」

「確かに、筑波山にはあやかしの伝説も沢山あるよ。それに昔から、若い女性や子どもが行方不明になる事件が多い。まあ……山はね。滝や沼や、河が多いから。行方不明者が多くなるんだ」

「……何か関係があるの？」

「山に入った者が何らかの事故に遭って、崖《がけ》から落ちたり河に流されたりして、まあ要するに見つかりにくかったんだよ、遺体が。……そういう現象が続くと、人は山の神の仕業だとか、神隠しだとか言いだす」

「ああ、なるほど」

切り終わった具材を竃の大鍋《おおなべ》に投入し、大きな木べらでガシガシ炒《いた》めて、水を入れてぐつぐつ煮込む。

「あとはしばらく煮るだけだね」

「そうね。まあ安心なさい由理。主婦業の長い私がいるから失敗する事に無いわ。馨が炊いてるお米の方がヤバい事になるってのは、かなりの確率でありうるけど」

「ふふ、確かに。でも同じ失敗を繰り返さないのが馨君だよ」

周囲からは「キャー」とか「ワー」とか、若々しくテンションの高い声が聞こえるのに、ここだけは隔離されたようにとても穏やかな空気が流れる。

「あ、話が戻るけどさ、真紀ちゃん」

「ん？」

「神隠しの要因はいくつもあるけれど、最も多いのは裏の〝狭間《はざま》〟に迷い込む事だと言われている」

「……〝狭間〟ねえ」

由理が意味深に語った〝狭間〟というキーワードを、私も繰り返した。

現世とは違うあやかしの世界を、私たちの間では〝隠世《かくりよ》〟と呼ぶが、隠世は現世と同じくらいしっかり造られた大世界で、そこへ行くには様々な手順を必要とし、かなりシステマチックに管理されている。なので一般人がふらっと隠世へ迷い込む事はほぼ無いのだけど、世界と世界の間には、簡易で小規模な、大妖怪《ようかい》や神々が固有で持つ裏空間と言うものが点在しており、それを私たちは〝狭間〟と呼んでいる。

世の中の神隠し伝説のほとんどは、人間が何かの拍子でそこへ迷い込む事が原因で引き起こされると言われているのよね……

「あっ!!」

凄い勢いで鍋が沸騰している。ちょっとぼやっとしていたせいで、気がつかなかったわ。

火の加減を弱め、灰汁《あく》を取り、私と由理はもう静かに鍋の番をすることにした。

「野外炊飯で作ったカレーって、どうしてこんなに美味《おい》しいの？　家で作ったものと何が違うのかしらね」

出来上がったカレーは最高の出来だった。

主に馨と七瀬が炊いていた白飯が上手く行ったのが勝因だ。お腹が減っていたのもあり、今まさに二皿目をペロッと平らげて、もう一度おかわりを取りに行く所だ。

「いつも思うけど、真紀ってそんなに食べてよく太らないね」

「私は代謝がいいのよ、七瀬」

馨もまた、二杯目のおかわりをしについて来た。

「お前、三皿目のくせにデカい肉ばかり取りやがって。俺にも残しとけよ」

「うーん、まあいいわ。じゃあこの大きなお肉はあんたにあげる。食べ盛り育ち盛りの男子高校生だものねえ」

自分の三皿目は控えめにしておいて、パッと馨のお皿を取って、お肉たっぷりめのルーをかけてあげた。私ってなんて健気《けなげ》な妻。

「お前今、自分のこと凄《すご》く良い妻だとか思ってるだろ」

「んー」

曖昧《あいまい》な返事をしながら、福神漬けも沢山お皿の横にのっけてあげたりして。

「あの、ねえ……天酒君」

さて、そんな時の事だった。他クラスの女子がここまでやってきて、馨に声をかけた。

スタイルが良くてストレートロングの、隣のクラスの女子だ。

「少し話があるんだけど、いいかな……っ。あっ、後でも良いんだけど」

友人に連れられて、勇気を振り絞って馨に話しかける、そういう感じの図。

馨は難しい顔をして私の方をチラチラ見るものの、私がまるで無関係な顔をして席まで戻ってしまったので、何かを諦《あきら》めたように「いいよ」とその女子たちに付いて行く。

班員たちは皆、何が起ころうとしているのかを悟り、生暖かい目で馨を見送った。

私もまた、いつもの事だと思いながら、三杯目のカレーにがっついている。

「あれ、隣のクラスの梅田《うめだ》さんだよ」

由理が向かい側でニコニコして教えてくれた。私は「知ってる～」と適当な反応だ。

七瀬も私の反応を気にしている。

「真紀はいいの？ 梅田さんって結構人気だよ。気さくだし、人当たり良いし。喋《しゃべ》りかけやすい美人って感じで」

「それがどうかしたの？　七瀬」

「いくら真紀と天酒が幼馴染《おさななじ》みって言っても、天酒が断りきれずにあの子と付き合い始めたら、真紀も気が気じゃないでしょ？　学校のイベントでカップル急増するって校内新聞に書いてあったよ。何かこういうイベントのテンションに舞い上がっちゃうんだって」

「はあ、分かってないわね七瀬。馨が求めているのはひとときのラブとドキじゃなくて、長い目で見た安心と安定よ。若気の至りはもう終わってんの」

「何それ」

七瀬は当然、言葉の通りの顔をしていたが、最後にぽそっと。

「でも、真紀は天酒を、絶対的に信用しているんだね」


就寝前の事だ。喉が渇いて部屋から抜け出し、ジュースを買おうと別の階の自動販売機まで行ったのだが……困った事に、買ったはずのメロンソーダが出てこない。

「おい、真紀」

「……あ、馨」

ちょうど良いタイミングで馨もやってきた。

「なんだお前。今にも死にそうな顔をしているぞ」

「馨、どうしよう。この自動販売機壊れてるわ。お金を入れても、出てこなかったの！」

「……ああ、それは出てくる途中で詰まってしまったんだろ。よくある」

「よくあるって、そ、そんなこと許されないわよ。私の大事な百二十円が……この自動販売機め、蹴飛《けと》ばしてやる！」

「ああっやめろ。どこぞのチンピラかよ。お前が蹴ったらマジで壊れる！」

本気でヤバいと思ったのか、馨は自分の財布を慌てて開いた。

「お前、どれ買ったんだよ」

「……メロンソーダ」

「くそっ、俺はコーラ派なのに。まあいい……もう一度買って、上から押し下げる」

文句を言いながらも、馨は自動販売機に金を入れてメロンソーダを選択。

ゴドンゴドンと、慌ただしくアルミ缶の出てくる音がした。

「おお……やるじゃない馨」

「な、ちゃんと二本出て来ただろ。俺に感謝しろよ」

馨は二本とも取り出し、一本を私にくれた。

私はやっとありつけるドリンクに喜び、プルタブの蓋《ふた》を開けてごくごくと飲む。

「それにしても馨、あんたが来てくれて良かったわ！ レクリエーションのドッジボール大会で三組の女子を全員葬った後だったから、凄く喉《のど》が渇いてたのよね」

「よく死者が出なかったな」

「はあ。それにしても集団生活ってストレスが溜《た》まるわね」

「なんかあったのか？」

「それはこっちの台詞《せりふ》よ。あんた、あの梅田さんをフッたでしょ」

「……そりゃそうだが」

　馨は不穏な顔をした。私も壁に背を付けメロンソーダを飲みながら目を細める。

「そのせいでさっき大変だったのよ。梅田さんがフラれたのは茨木さんが側にいるせいだって、陸上部の女子が部屋まで押し掛けてきてさ。目障りだから天酒君に近寄るな、って。あれ絶対梅田さんの為じゃなくて、自分の為よ。これに乗じて、最も強敵である私を消しとこうって魂胆ね」

「マジかよ。やっぱりそういうのあるんだ……女子って怖《こ》えーな」

「肩をどついてきたのがいたから、まあ、やられたらやり返すわよね。倍返しに決まっているわよね。私はその女子を布団で簀《す》巻きにしてやったわ」

「…………」

「おかしな話よねえ、私の方があんたとは長い付き合いなのに、あんたの事、何にも知らない奴にそんな事を言われちゃうの。思春期ってああだったかしら。それとも恋は盲目ってやつ？　私には良くわからないわ……」

「あんまり気にすんなよ……俺が言うのもおかしいがな」

「あら、全然気にしてないわ。七瀬や他の同室の女子が味方をしてくれて、一緒に追い出してくれたし。あははっ、あれはあれで、戦争みたいで面白かったし」

「……戦争……」

「それにあんなお嬢ちゃんたちの言う事なんて、この元・茨木童子様に効くはず無いじゃない。私たちは当時、最大の〝悪〟だったんだから」

むしろ、あのように女子力を拗《こじ》らせ、恋のライバルを蹴落とそうとする様にはガッツすら感じた。こそこそ陰険な事をされるよりずっと好きよ、ああいうガチンコ対決。やり返しはするけどね。

とは言え馨は、何だか気まずいような、申し訳なさそうな顔をしている。

「真紀……も、もう一本、なんか飲むか？　奢《おご》ってやるよ」

「えっ、良いの？」

「どう考えても、俺がお前をバリケードにしているせいだしな」

「……それもそうね。じゃああれ買って。冷たいおしるこ！」

「マジかよ。メロンソーダの後でよくおしるこなんて飲めるな」

「はやくはやく」

私は馨のジャージの袖《そで》を引っぱっておしるこを催促。馨は「袖が伸びる」と文句を言いながらも、自分から言った手前、素直におしるこを買ってくれる。

「わーい。ふふっ、ありがとう馨。あんたほんと良い夫ね」

「ドリンクごときで調子のいい奴。こういう時だけ素直なんだから」

「あ、あんた、少し髪伸びたんじゃない」

「は？　いきなり話を変えるよな、お前って」

私は背伸びをして、馨の前髪をちょいちょいと弄《いじ》った。前髪が目にかかっているので、やっぱりちょっと伸びたかな。でも、伸びたのは髪だけじゃないわね……

「背もちょっと伸びた？　何だか、酒呑童子《しゅてんどうじ》にそっくりになってきたわね」

「あ？　ああ……だんだんと似てくんのかな。大人になってくと」

馨はふっと、皮肉な笑みを零《こぼ》す。

まだ少年と言っても良い年頃だけど、今は目まぐるしく成長する時期だ。

そのうち大人になって、かつての酒呑童子と同じ様な見た目になるのかな。それは、少し楽しみな様な、でもちょっと怖い事の様な……

「!?」

そんな感慨に浸っていた時、いきなり周囲の電気が消え、私たち二人は、自動販売機の明かりにのみ照らし出される。

「え……え？　もう消灯時間？」

「いや、まだのはずだが。これ……停電じゃないのか？」

「でも自動販売機の明かりはついてるわよ」

しん……とした廊下は奥の方まで限りなく暗く、この停電に騒ぐ者もいない。

まあ、そういう場所にある自動販売機までやってきたのだけれど。

ただいきなり廊下の電気が消えるとは思っていなかったから、私も馨もどうしようかと顔を見合わせた。暗い中目立つ、自動販売機の光だけを頼りに。

……ひ……ひっく……クス……クスクス

ぴくりと眉《まゆ》を動かしたのは、泣き声か笑い声か区別のつかないものが、どこからか聞こえてきたからだ。私は途端に、サーッと青ざめる。

「か、馨……なんか聞こえるんだけど」

「お前も聞こえるのか？　気のせいじゃないようだな」

「ああ、ああっ、やだやだ。まさか、本当に幽霊がいるんじゃないわよね。ほら、今日バスの中で聞いたじゃない、この自然学校〝出る〟って……！」

「そう言えば、そんな事言ってたな……」

冷静な馨に対し、すっかり縮み上がっている私。

ひしと馨の腕につかまって警戒した。

「お前……やっぱり幽霊ダメなのかよ。平安の時代からしょっちゅう見てきただろ。確かに今は、ちゃんと供養されるせいか霊も随分減ったけど」

「霊ってのは前世からずっと私の天敵だったわ。藤原《ふじわら》家の父が悪いこと沢山してたせいで、恨みを抱いて死んだ輩《やから》が多かったのよ。私に取り憑《つ》いて殺そうとしたり……見鬼の才があるからって、体を乗っ取ろうとするのよ」

「それがトラウマになったってか」

「あんたが女子の告白や好意に、異常に怯《ひる》むのと同じよ」

ドンパシャ………

その時、壁を叩《たた》き付けるような、でもなんか違うような珍妙な音のせいで、私たちは体を飛び上がらせて驚いた。

いよいよ私は、馨の体に半分のめり込む勢いで縋《すが》り付く。

「な、なに今の音。……もうやだやだっ、最近こんなのばっかり。絶対幽霊だわ」

「暗い時に、いきなりはやめてほしいよな……」

また、しんとなった。

私たちは自動販売機の前から動けずにいたけれど、しばらくして蛍光灯がつく。

「お、復旧したか」

「ああ、ああ、良かったー」

ただその時、私たちが目の端で捕らえたものは、曲がり角にすっと消える謎の影。

「………」

ユーレイ？

などと思い至ってしまったが、私たちはお互いに横目に見合っただけで、それを口には出来なかった。本当に、最近こんなのばっかり。

そりゃ、私たちは霊力もあるし、あやかし以外のよからぬものを引きつける体質だとは思うけれど……

私にとって霊とは、通りかかった時にいきなり吠《ほ》えてくる犬みたいなもので、出来る事なら会わずに避けたい存在なのだった。

その後、馨に部屋の近くまで送って貰《もら》って部屋に戻ったのだが、部屋の女の子たちに聞いたところ、停電なんか無かったと言われて私はぽかんと立ち尽くす。

「なかなか真紀が戻ってこないから、どうしたんだろうとは思ってたけど」

「で、でも……っ、本当に廊下の電気が消えて、それで……」

必死になってさっきの停電を七瀬に説明するも、彼女は首を傾げているだけ。

……私、お祓《はら》いに行った方が良いかもしれない。

「ねえねえ。やっぱり、茨木さんは天酒君と付き合ってるんでしょ？」

この最中ですら、わくわく顔でこの手の話を尋ねてきたのは、同じクラスの堀《ほり》さんだ。

私は自分のお布団の上にドシッと座り込み、フルフルと首を振った。

「でも、いつも一緒に居るじゃない」

「同じ中学校だったんでしょう？　部活も一緒だし」

この手のガールズトークが始まると、私の座る布団に女子がわらわら群がる。

「馨だけじゃないじゃない。由理だっていつも一緒にいるし、部活も一緒だし」

「でも継見《つぐみ》君は誰にでも優しいし……天酒君はほら、他の女子にはそっけないのに、茨木さんにだけは気兼ねないっていうか、優しいじゃん？」

「やさしい～？？？」

なぜか捻《ひね》くれた顔になる私。

あ。でもそう言えばさっき、あいつにおしるこを買ってもらったばかりだ。うん、優しいっちゃ優しいんだけどさ……別におしるこを買ってくれたからって訳じゃないけど。

みんな、私と馨の関係に興味津々。

でも本当の事を説明するには、おそらく一晩では足りない超大河物語を語る事になるし、絶対信じてもらえないし、そもそも私たちの関係を知ってもらおうとは思わないし。

「でも～あたし見ちゃったんだけど～、さっき茨木さんと天酒君、一緒に居たよね～」

げ。相場さんだ。

バスの中で怪談話をしてきた今時な女子。警戒すべき新聞部。

「馨とは自動販売機の前で、たまたまはち合わせたのよ」

「そっか～、へ～へ～」

へ～。相場さんの語尾の長い口調が、なんと言うか意味深。

「でも～二人っていっつも距離が近いよね～。思春期の男女が～あんなに近いかな～」

「……思春期？」

そ、そんなもんとっくの昔に終わった気が……

部屋の女子たちはきゃっきゃと馨の話題で盛り上がり始める。

「天酒君って、ほんっと格好良いよね。今時あんな黒髪で、ちゃらついてないイケメンいないよっ」

「顔良し、頭良し、運動神経も良し！」

「背も高いし、他の男子と違ってどこか落ち着いてるし」

「良い意味で硬派って感じ」

「でも時々醸し出されるちょい悪な雰囲気もたまんない。色気もあるしね～はあ～」

ちょい悪？　色気……⁇

まあ元悪役だし、あいつのちょっと枯れた感じが、高校生にはそう見えるのかな？

あれで結構子どもっぽいところもあるのよ。少年漫画好きだし、コーラ好きだし、飛行機雲とか訳も無く見てるし……。

「ねえねえ茨木さん！　天酒君の好みの女子ってどんなタイプなの？　知ってる⁉」

「天酒君って日頃何してるの？」

「天酒君って何の食べ物が好きなの？」

「というか天酒君と継見君の関係やいかに⁉」

ずいずいと聞いてくる女子たち。特に最後の質問とか訳がわからない……。

私は枕を胸に抱いたまま少し唸《うな》る。

「ん～あいつの純粋な女子の好みは、か弱い清楚《せいそ》系なんじゃないかな。守ってあげたい系」

まあこれはただ私が長年あいつを見てきたからこそ思う、馨の理想の女性像なだけで、実際はこの鬼嫁な私が妻なので、現実は厳しい訳だけど。

女子たちは「ほうほう」と熱心に聞いている。相場さんなんてメモまで取ってるし。

「日頃はほとんどバイトしてるけど、時間があれば由理と囲碁とか将棋とかしているわ。あと家で海外ドラマのＤＶＤ観たり漫画読んだり……割とインドア派よ」

「へ～～意外～～」「でもそこが良い」

「好きな食べ物は、豚の生姜《しょうが》焼きとか、いわしのつみれ汁とか？　主に和食が好きよ」

「へえ～へえ～日本男子～」

「で、で、継見君との関係はいかに⁉」

ボブカットに赤縁メガネの女子、美術部の丸山《まるやま》さんが、さっきからそこの所を熱心に聞きたがる。

「継見君も素敵よね～。品があって、美少年って言葉がぴったり。お金持ちだし！」

「涼しい顔して、いっつも学年トップの成績だしね」

「塾とかどこに通ってるんだろう……」

おっと、今度は由理の話題にシフトしたみたいだ。

しかし女子の諸君よ。由理は見た目の白さとは裏腹にかなり腹黒いから、あんたたちの手に負える男じゃないわよ。私ですら、あいつが何考えているのか分からない時があるし。

「ちょっと！　そんな単体ネタはどーでも良いんだってば！　私はあの二人の間に並々ならぬ秘密めいた空気を感じて仕方が無いんだけど！　そこんところどうなの茨木さん！」

「え？」

丸山さんが興奮した様子でメガネを押し上げ、その話題を決して諦《あきら》めない。

秘密……確かに共有している秘密はあるし、あいつらが仲良いのは確かだけど……

前世からの親友同士だしね。私よりずっと長い関わりがある二人だし。

「んー。馨と由理ねえ。スモック着てた幼稚園の頃からあんな感じよ。いわゆる幼馴染《おさななじ》みなのよ。嫌みはしょっちゅう言い合ってるけど、喧嘩《けんか》らしい喧嘩もしないし。お互いにしか分かり合えない事があるから、信頼してるんでしょうね」

主にそれは前世のあやかし的事情だったり、渋い趣味の方向性だったりするんだけれど、丸山さんはこの話に露骨に反応して、

「スモック着た天使可愛い天酒君と継見君が、お互いにしか分かり合えない秘密を共有……幼馴染み……唯一の理解者……愛……ぐはあっ、死ねる」

などと私の言葉を若干曲解した感じで受け取り、頭を布団に叩き付けていたが、やがて電池が切れたみたいに微動だにしなくなった。……まさか本当に、死んだのか……？

「ふあ〜……もう眠たい。寝て良いかな真紀。男子の事なんてどうでも良いんだけど、私委員長なのにKYかな？」

「いいえ。遠慮なくどうぞ、七瀬。私、あんたのそういうマイペースなとこ好きよ」

同じ班の七瀬だけは、女子の噂話に興じる事も無く、既に目をしばしばさせて布団に潜っている。しかも七瀬は布団から顔を出してニカッと笑い、

「私も真紀の唯我独尊なとこ好きだな〜。さっきの簀《す》巻《ま》きは最高にスカッとした」

「……え？」

「中学生の時からずっと、かっこいいもんね、真紀ってさ……」

眠そうな声ではあるが、そんな事をしみじみ言うのだ。

ちょっとびっくりして、私は目をぱちくりとさせてしまった。

「ふああ。ん～……おやすみ～真紀」

「え、あ、うん。おやすみ……七瀬」

流石《さすが》は七瀬。マイペースなところはあるけれど、時々こちらがドキッとする事を言ってくるのよね。だからあんたの事は、結構気に入ってるのよ私。

いそいそと七瀬の隣の布団に潜って、目を瞑《つぶ》る。テンションの高いおしゃべりに聞き耳を立てながら寝たせいで、変な夢を見た気がするけど、内容は全く覚えていない。


林間学校二日目。

昼間のイベントであるバードウォッチングは、各班に手渡された地図を元に森を巡り、野鳥を見つけてデジタルカメラで撮っていくというシンプルなもの。我が明城《めいじょう》学園伝統のレクリエーションらしく、一番多くの野鳥を撮った班に景品が与えられる。

「……おお」

ここ筑波山の広大な森に踏み込むや否や、ひんやりとした澄んだ空気と草と土の匂いに包まれ、何だかそれが心地よいと思った。

「懐かしい感じがするなあ。千年前はこういう自然が多かったものだが」

「伝承にある通り、あやかしも住んでそうだよね、ここ」

馨と由理が無意識にそんな会話をしていたら、七瀬が哀れみの表情で彼らを見ていた。

「ねえ、天酒たち何の話をしているの？　あやかし？」

「あいつら思春期なの。その手の病をこじらせてるのよ、気にしないで」

「千年前って？」

「触れないであげて。かわいそうな子たちなの」

私は適当かつ適切な言葉で七瀬をあしらった。

全く。馨も由理も、思わぬ所でポッと前世の頃の血が騒ぐもんだから……

「あ、ホトトギスだ」

この話題を上手《うま》く逸《そ》らす為か、目ざとく鳥を見つけた由理が、高い樹の上を指さした。

私たち班員は一斉にそちらを向く。

正直、枝にとまっている鳥を見つけるのは難しいが、最も難しいのはそれを写真に収める事なのよね。

「あっ」

私は首からかけていたカメラを持って、由理の指差す方にシャッターを切ったけれど、直前にホトトギスが飛び立った。

写真を確認すると、やはりぼやけた謎の飛行生物しか写っていない。

しばらくそんな不器用な事が続いたが、由理がすぐに鳥を見つけてくれるのもあり、数をこなすうちに写真を撮るという事にも慣れてきた。なんとかなるものだな。

「ねー、お昼そろそろじゃない？」

「真紀の腹時計は正確だな。十二時半、ジャストだ」

馨が腕時計で時間を確かめ、由理がちょうど良く休憩の出来そうな平たい芝を見つけた。

私は凄《すご》い勢いでリュックサックからレジャーシートを取り出し、てきぱきと敷いてから、ちょこんと真ん中に座る。

「ほら、早くお昼にしましょ？」

馨と由理と七瀬は三人顔を見合わせ、苦笑した。

だっておまちかねのお弁当だもの。

「結構夢中になっちゃったね～」

「でも沢山写真が撮れて良かった。継見君は鳥を見つけるの上手だよね」

由理と七瀬が写真を確認してのんびりしていたが、私はいそいそとお手ふきで手を拭《ふ》いて、森へ入る前に配られたお弁当の蓋《ふた》を開ける。

「わあ……おにぎりが二つに、たこさんウィンナーに、鶏の唐揚げ、ちくわ天、出汁《だし》巻き卵……アスパラのベーコン巻きに、小松菜のおひたし……」

「定番じゃねーか」

「バカね馨、森の中で食べる定番のお弁当ほど、美味《おい》しいものは無いわ。動き回って、お腹も空いてるし……いただきまーす！」

大口をあけて、両手で持ったおにぎりを頬張る。お、具材は梅だ。私が一番好きなおにぎりの具。手巻きタイプのぱりぱり海苔《のり》と、塩飯に梅干しという鉄板の組み合わせに、こちとら満足せずにはいられない。思わずほっこり。

「お弁当って不思議よね。いつもは絶対、炊きたてほかほかのお米やおかずが良いのに、お弁当になると、冷たくても美味しいもの」

「たまーに食いたくなるよな、弁当って」

私がそろっと馨の弁当の唐揚げを取ろうとすると、その手首をガシッと掴《つか》んで阻止される。ぐぬぬと腕を震わせ、私が一生懸命唐揚げに手を伸ばすも、馨は容赦しない。

更に、私の目の前で自分の唐揚げを箸《はし》でつまみ上げ、一口で食べてしまったのだ。

「ざまーみやがれ」

「この……かおる……このやろお……っ」

「この野郎も何も、これは俺の唐揚げだったからな。恨みがましい目で見るな」

「私のものは私のもの、あんたのものは私のもの……」

「何かの呪いの言葉みたいにぶつぶつ言うな。いつもながらにジャイアニズムを発揮しやがって。せっかくウィンナーはあげようと思ってたのに、もうやらないからな」

「ああっ、私のウィンナー」

「俺のだ……って、ああ」

今度は素早く箸を動かして、馨の弁当箱からウィンナーを奪取。

やった。馨を出し抜いてやったぞ。奴は悔しそうに震えている。

「まあまあ馨君。真紀ちゃんは育ち盛りなんだよ」

「俺だって育ち盛りの高校生男子だ！」

由理もついでに、自分の唐揚げを私の弁当に添えてくれた。

優しい奴……と思うだろうけど、おそらく私に奪われる前に差し出したものと思われる。

これはお供え物。

「……真紀たちはいつもそんな感じなの？」

七瀬がおにぎりを両手で持って頬張りつつ、奇怪な漫才でも見ている表情だ。

「学校以外じゃあ、馨君と真紀ちゃんはこんな感じだよ」

「へえ……やっぱり仲がいいんだなあ。私も幼馴染みっていたけど、高校生になったら全然喋《しゃべ》らなくなったよ」

「普通はそうだよね。思春期ってあるし……」

異性を異常なほど意識する年頃ではあるけれど、私たちの場合、生まれた時からすでに〝前世の関係の続き〟だったものだから……

やっぱり、何かが普通の高校生とは違う。それが良いのか悪いのかは分からない。

「まあ何はともあれ、真紀ちゃんと馨君は毎日仲良く喧嘩してるよ。いっつもね」

由理が笑顔で七瀬に言うのを聞いて、馨が「いやいや」と首を振った。

「これを飼いならすのは大変、と言うだけの図だろ、今のは」

「あんた、何勝手に人の事を猛獣扱いしてるのよ」

「ほら、自覚ありじゃねーか。……もう、この森に猛獣注意っていう看板でも立てるかな」

馨は冗談のつもりでそう言ったみたいなのだが。

「あ、看板」

七瀬が緊張感無く、あるものを指差した。なぜかこの森の中に、〝イノシシ注意〟とか〝立ち入り禁止〟とか書いてある立て札を見つける。

「……え、私たち、もしかして危険地帯に放り込まれたの？」

由理が地図を広げる。

「おかしいな。いつ入っちゃったんだろう」

「どう考えても、さっき二手に分かれた時だよな。多分地図のここだ」

「立て札の矢印通りに進んだはずなのに……」

四人で地図を覗き込み、あれこれ好き勝手言って、場所を確かめようとする。

「まさか……〝神隠し〟に遭っちゃったんじゃないわよね私たち」

「アホか。ただ迷っただけだろ」

私は冗談で言ったつもりだったけど、昨日知ったこの土地の〝神隠し〟の伝承を、少しは気にしてしまう。

だって何だか、どこかから見られている様な、不思議な気配がある……

この森自体、かなり霊気の様なものが強くて、いまいちその気配を掴みきれない。

「……方位磁石と地図を見る限りこっちかな」

「ああ、もしかしたら、あの道をこっちに行った方が正しかったんだな」

「でも、確か立て札がこっちを指してて……」

「もしかして立て札が間違ってたのか？　おかしな話だな」

馨と由理が、地図を見つつてきぱきと方向を確認し、私と七瀬は荷物をまとめて、急いで移動する。普通の学生だったら焦る所だけど、馨や由理は前世で身につけた冷静な判断力もあり、森にも慣れている。

カサ……カサカサ……

ただこんな時に、背後で蠢《うごめ》く何かの音が気になったりする。

それは小さな音だったけど、森の木々の揺れる音の中に、やはり妙な気配がある気がするのだ。

「なんか音がするわね？」

「うそっ、ほんと？　えーやだ怖い！」

七瀬は私の腕にくっつく。普段はさっぱりしているのに、こういう時は全うな女子ね。

一方私は、キツい目つきをしてキョロキョロ周囲を睨《にら》む。でも誰もいないし、何も無い。

「ど、どうしよう……クマなんか出て来たら最悪だよ。私たち死んじゃうよ」

「大丈夫よ七瀬。私、クマと相撲をして勝った事があるから。私が守ってあげる」

「え？　何？　相撲⁇」

「おいやめろ真紀、ここでそんな現実感の無い話をするな。たとえ事実であろうがな」

まあ、馨が焦った所で、七瀬は怖がって私の話をすっかり聞き流しているんだけど……

とは言え、入ってはいけない場所と言うのは何かしら理由があるのだろうから、さっさと正しい順路へ戻った方が良い。私たちは急ぎ足で来た道を辿《たど》った。

「…………ん？」

声がした気がして振り返った。一度突風が吹き、木々が強く揺れる。

そこはやはり、ただの緑豊かな森。湿った静寂の中、妙な気配は風に紛れて消える。

ここに存在するのは私たちだけだと思えた。

ゴールに辿り着くのはそれほど大変な事ではなく、一度正しい道に出てしまえば、単純な自然学校のレクリエーションコースで、帰り道はとても分かりやすかった。

ただ、私たちと入れ替わるように、数人の先生たちが施設の人と共に森へ向かって行くのを見て、何かが妙だと感じる。

それを心配そうに見送っていた、担任の浜田《はまだ》先生に直接尋ねてみた。

「浜田先生、何かあったんですか？　先生たち慌ててたみたいだけど」

「ああ、茨木さん……三班の班長から連絡があったのよ。どうやら班員がバラバラになっちゃったみたいで」

「……バラバラに？　迷子になったって事ですか？」

「ええ。でも三班の班員は自力で全員揃ったらしいの。念のため、数人の先生たちに迎えに行ってもらっている所なのだけど」

この話を隣で聞いていた馨が、顎《あご》に手を当てて眉間《みけん》にしわを寄せている。

「……確かにあの森、ちょっとおかしな所があったな」

「どういう事、天酒君？」

「いえ、俺たちも立て札通りに進んでたんですけど、いつの間にか立ち入り禁止のゾーンに入ってたんで。……って、怒らないでくださいよ、不可抗力だったんですから」

「……それは妙ね。あとで、施設の方に確認しましょう」

浜田先生はかなり心配になっているみたい。

森の中は広大で、生徒が自分勝手にバラバラの行動をしたら、単純に迷う事もありそうだ。しかしそういう事が想定されている自然学校の森で、簡単に迷った学生が多いというのも事実。立て札が役に立たなかったのも事実……

「そう言えば……この自然学校って、数年前、森で行方不明になった女の子がいたって言ってなかったっけ？」

私は馨の体操服の袖《そで》を引っ張った。

「私、さっき少し、視線というか気配の様なものを感じたのよね。森だから、色々いるんだろうと思ってたし、すぐに消えちゃったんだけど」

「……もしかして、あやかし絡みだったりするんだろうか」

「それなら結構、マズいわよね」

筑波山の神隠し伝説。

それは土地の関係もあって出来上がった伝承だと聞いたけれど、あやかしや、それこそ〝狭間《はざま》〟が関係する事例もあるから、私はそれがちょっと気になる。

やがて三班のメンバーは、皆そろって戻って来たのだった。

夕食の席で、由理が三班の迷子事件について話をしてくれた。

「へえ……新聞部の、あの相場さんが？」

「そう。相場さんが最初にいなくなっちゃって、三班のみんなは彼女を捜してたら、帰り道が分からなくなったんだって。ほら、立て札、結構めちゃくちゃだったでしょう？」

「よくみんな揃って帰ってこられたな」

「まあ確かにね。でも相場さんだけ、心ここに在らずって感じだったたって。迷子になった理由を聞いても、分からないらしくて。凄《すご》く顔色が悪かったみたいで、今は医務室で休んでるんだけど……心配だね。何があったんだろう」

「まさか……本当に〝神隠し〟にあったんじゃないわよね」

私は夕飯の茶碗蒸《ちゃわんむ》しを食べる手を止め、眉《まゆ》をひそめる。

「神隠しかどうかは置いておいて、肝試しは中止になったよ。よかったね真紀ちゃん」

「ほんと？　それは朗報ね。肝試しって本物の幽霊引き寄せちゃうしね」

「さっきの会議で、立て札の通りに歩いていたら道に迷ったって話を、いくつもの班から確認したんだ。だから施設の人と先生が、中止にした方がいいだろうって判断したみたい」

確かに、昼間のバードウォッチングは、立て札といい三班の迷子の件といい、何かが少しおかしかったわよね……。

結局その日の夜は、キャンプファイヤーのみ予定通り行われた。

楽しみにしていた肝試しが中止となってがっかりしていた生徒たちも、キャンプファイヤーを大いに楽しみ、林間学校の主なイベントはこれにて終了する。

しかしそのイベントの後、部屋へ戻ろうとしていた私たちは、ふらっと森へ向かう生徒の姿を見たのだった。

「お、おい……あれ、相場さんじゃないか？」

「え？　あら、ほんと」

直後、一人で森に向かっていた相場さんが、闇に吸い込まれ見えなくなった。

「え？　どうしたんだろう、相場さん」

「いやいや、連れ戻さないとダメだろあれは。七瀬、お前は先生に知らせてこい」

「わ、分かった！」

七瀬が慌てて先生の元へ向かい、私たちは相場さんの消えた方へと急いだ。

森は真っ暗のようだが実際は、木々の隙間から入り込む月明かりがとても明るく、満天の星も順路を照らし出してくれる。

「相場さん‼」

遠くに揺れる相場さんの影に向かって、何度か名を呼ぶ。

でも彼女は私たちの声に反応したのか何なのか、そのままふっと姿を晦《くら》ました。

「き……き、消えた！　消えたわよ、今」

「……どういう事だ？」

「まさか……本当に神隠し？」

「嫌な事言わないでよ由理」

「というか、真紀ちゃんよくついて来れたね。この森、本当に出るってもっぱら噂だよ。あ、ほらあそこ」

「ああもうやめて、見えないふりしてたんだから！」

「お前は帰ってもいいぞ真紀」

「バカ言わないで馨っ！　今更一人で森を出る方が怖いわよ」

いや今はこんな言い合いをしている場合ではない。こんな夜中に、女子高生が灯りも持たず森へ踏み込むなんて異常だし、もし彼女の身に何かあったら……っ。

という訳で、馨を盾にして前へ進む。

「相場さーん」

「相場さん、どこだー」

どれほど名を呼んでも、森に響く声に答えてくれる者などいなかった。

《裏》相場満、ホラードッキリ大作戦。

私の名前は相場満。新聞部に所属する二年生。

学校裏の世界では〝ハニートラップ相場〟と恐れられている。というのも、学園内の恋愛事情には誰より詳しく、その手の刺激的な記事には定評を得ているからだ。

「待ちに待った林間学校。今回のターゲットは～噂の天酒馨君と～茨木真紀ちゃん！」

初日のバスの中から、私の計画はスタートしている。この手の行事につきものの怪談話を、あらかじめ天酒君と茨木さんに聞かせておいたのだ。

なぜかって言うと、誰もが嫉妬《しっと》する程仲が良いこの二人に、ホラードッキリを仕掛けたかったから。なかなかしっぽを出さない二人の関係を暴くには、ここらの伝承に則《のっと》ったホラー体験が一番だと思ったの。

恐怖の中、寄り添い合う二人の良い感じのツーショット写真でも撮れたら……

「〝衝撃！　やっぱり二人は付き合っていた!!〟」

こんな感じで、次号の紙面でがっつりバッチリ取り上げる。

「ふふ……んふふ……ふはははっ！　これを読んだ天酒ファン大暴れの未来まで見える。破局エンドまでもってってやんよ～～～っ」

と言う訳でミッション1。その名も〝恐怖の停電怪奇現象〟。

これは、茨木さんが一人でジュースを買いに行ったのを付けていたら、たまたま彼女が天酒君と出くわしたから、チャンスと思って閃《ひらめ》いたもの。

そうだ……廊下の電気を消してやろう！

「え……え？　もう消灯時間？」

「いや、まだのはずだが。これ……停電じゃないのか？」

曲がり角に隠れ、茨木さんと天酒君が会話しているのを立ち聞きしていた私は、タイミングを見計らって廊下の電気を一時的に消してやった。二人はあからさまに慌てふためく。

「……ひっ……ひひっ……クスクス」

それが何か面白くて、笑いを堪《こら》えきれず声を漏らしてしまった。

「か、馨……なんか聞こえるんだけど」

「お前も聞こえるのか？　気のせいじゃないようだな」

良い感じに茨木さんと天酒君を怯《おび》えさせたみたい。二人は体をいっそうくっつけた。

そう言えばここの施設って、誰もいない場所で笑い声が聞こえたり、泣き声が聞こえたりするって噂があったっけ。私ってばちょー天才っ。

「ひひっ……壁もドンってしてやんよ～……」

暗闇でもフラッシュ無しでばっちり写るデジタル一眼レフカメラ。シャッターチャンスの為に、壁をドンと叩《たた》いてから、パシャリ。

二人が飛び上がり驚いている隙に、壁にある廊下の電気のスイッチを付ける。

高揚する気持ちのまま、私はその場から逃げ去ったのだった。

「ははっ……あはははは……あのビビり顔、愉快爽快《そうかい》～っ。どんな写真が撮れたかな～」

二人から離れた所で、いそいそと写真をチェック。

「あはっ、良い感じにくっつき合ってるのが撮れてる～……ん？」

だけど、何だろう。写真の二人の周りに、妙なもやもやが……湯気みたいな、なにこれ。

「まさか、心霊写真じゃないよね」

ま、良いわ。私はこういうの信じるタイプじゃないし～。

あの二人に恨みは無いけれど、イケメンと美少女のカップルとか滅びれば良いと思っている。この写真を晒《さら》して、お前らを地獄へ突き落としてやる！

ミッション2。その名も〝さまよえる森の神隠し〟。

林間学校二日目のバードウォッチングは最高の狩り場だ。

私は森に入るや否や、三班の班員たちからこっそり離れ、茨木さんたちを追う。先回りし、順路の立て札を少しいじって、待ち伏せする為だ。

迷子になったって、スマホもあるし大ごとにはならないでしょ、くらいの気持ちだった。

案の定、彼らはデタラメな立て札に気がつかず、誤った方角に進み、真面目にバードウォッチングに勤《いそ》しんでいる。

また茨木さんと天酒君は、弁当ごときでいちゃついていたので、私はシリアルバーを咥《くわ》えたまま、笑い声と妬《ねた》ましい気持ちを抑え、こっそり写真を撮る。

あ。やーっと自分たちが森で迷っているという事に気がついたみたいだ。

「まさか…… 〝神隠し〟にあっちゃったんじゃないわよね私たち」

「アホか。ただ迷っただけだろ」

あの茨木さんと天酒君も戸惑いを隠せない様だ。

怯えろ～もっと怯えろ～。くっつけ、できるだけ密着しろ。

念仏のようにぶつぶつ心で唱え、ひたすらカメラを構え、シャッターチャンスを待つ。

「……あっ」

しかし思わず声をあげたのは、私がカメラを落としてしまったから。ガサガサガザッと草の擦れる音がして、嫌に勘の良さそうな茨木さんが、くるっとこちらを振り返る。

ヤバい、見つかる！　と思ったが、運良く突風が吹く。森中の木々が強く揺れる音に紛れ、私はひたすら、木陰でじっとしていた。

やがて彼らはこの場から去り、私はホッと一息。

草むらに落としたカメラを取り上げようとして……安堵《あんど》は絶望へと変わる。

「あああああああああっ‼」

声に出したか、出してないかは分からない。

なんとカメラを落とした場所は緩やかな傾斜になっていて、草むらを掻《か》き分《わ》けた拍子にカメラがコロコロと転がって、下方へと落ちてしまったのだ。

お誕生日に、ジャーナリストだったおじいちゃんに買ってもらった、高価なデジタル一眼レフカメラなのに！　今まで撮り溜《た》めた、貴重な写真の入ったカメラなのにっ‼

「……うそ、うそぉ〜っ、あたしのカメラが〜っ」

しばらくその場に留《とど》まり、必死にカメラを捜していたけれど、結局見つけられず。しかも私を捜していた三班の連中や先生もやってきて、大きな騒ぎになってしまうし。

森を出て施設へ戻っても、カメラを失ったショックに呆然《ぼうぜん》としすぎて、私は何を聞かれても上の空。気分が悪いからと医務室で休む事になったのだった。

ああ。どうしてこんな事に。

昨日まであんなにテンションが高くて、全てが上手《うま》く行っていると思っていたのに……

私の勝手な行動が原因で、人気イベントの肝試しは中止になったらしいけど、ぶっちゃけそんな事はどうでも良い。キャンプファイヤーの楽しげな声が憎らしい。

「……あたしのカメラ……捜しに行かなくっちゃ」

泣き腫《は》らした顔もそのまま、ぼんやりした心地で、私は医務室を出て行った。

一人外に出て、勝手にふらふらと森の奥へと歩む。月明かりのおかげで、それほど暗いとは思わなかった。一刻も早く、カメラを見つけてしまわないと……

「無い……無いよお……あたしのカメラ、どこ行っちゃったの～」

確か、ここら辺だったんだけどな。心当たりのある場所に留まり、草むらを漁《あさ》った。

熱心に捜していて最初は気がつかなかったけれど、どこからか私を呼ぶ声が聞こえる。

先生たちかな。だけど見つかったら連れ戻されるかもしれない。

そしたらもう、カメラも写真も永遠に手元に戻ってこない気がする。

「わあっ」

後ずさりした時、私は足を滑らせてそのまま傾斜を転がり落ちてしまった。

宙に身を投げ飛ばされた感覚だけが、良く分かる。

死ぬのかもしれない。そう思って、私は目をぎゅっと瞑《つぶ》った。だけど……

抱きとめられた様な柔らかな感触の後、瞼《まぶた》の奥にちらついた、金色の毛並み……

……あまり奴らに、干渉するな。


忠告にも似た、低い声を聞いた気がした。

でもそれが誰のものなのか分かる事も無く、どしんと地面に尻餅《しりもち》をつく。

「あいてぇて……っ」

い、今の声……何？　湿った土を握りしめながら身を起こし、周囲を確かめる。

暗い。誰もいない。ここは森の中だ。順路を離れた、森奥の崖《がけ》の下……

「……え？」

しかし背後の崖はとても高く、軽く十メートル以上はありそうだ。自力では登れそうにない。こんな所を落ちたのに、よく生きていたなと震えが止まらなくなる。

それほど高い場所から落ちた感覚なんて無かったのに。それに……

「何か……色が変？」

真夜中の森のはずなのに、視界には霧が立ちこめていて、どこか青白い。崖の表面にも不気味なまだら模様が描かれていて、その模様がじわじわ流動している。

周囲の木々の枝にも、丸くて青白い光の玉がくっついている。何かの信号の様に点滅していて、それが私を監視する瞳《ひとみ》の様にも思えるのだ。

訳が分からない。何なのここ。気がおかしくなりそうだ。

思い出したのは、この自然の家のある筑波山の、古い伝承。

昔、女の子が一人〝神隠し〟に遭って行方不明になったって……

今やっと、自分がどのような状況下にあるのかを意識した。途端に背筋が凍る。

何だか不気味な鳴き声が耳につく。ガサガサと草のこすれる音と、木々の枝葉の揺れる音と……何かが周囲に居るのではと思わされる〝気配〟だけがここにはある。

「はは……あたし泣いても良いですか、田口《たぐち》先輩ぃ～」

思わず、新聞部の部長である田口先輩を思い出して涙声になった。

こうなったら私ってただのバカですよね……

どうしようもないのでその場に座り込む。きっと誰かが助けに来てくれる。それを信じて、待つしか無い。こういう時には動かない方が良いと、ジャーナリストだったおじいちゃんが言っていた気がする……

こつん、と手元に何かがぶつかった気がして、びっくりして一瞬手を引っ込めたけれど、それが何だったのか分かった途端、私はわっと涙目になった。

それは、私のカメラだった。まるで誰かがこっそりと置いて行ったかのように、大事なデジタル一眼レフカメラが私の傍らに添えられている。

「よ、よかったぁ……っ！　ここに落ちてたのかな。壊れてないよね……」

安心して電源を入れて、写真を確かめた。ただ、私の安心は一瞬にして悲嘆に変わる。

「え……写真が、無い……？　え、ええええなんでえええええっ⁉」

茨木さんと天酒君の写真データだけが、ごっそりと消えて無くなっていたのだ。

なんで、なんでなんで⁇　それ以外の写真なら全部残ってるのに！

「どうしたの？」

「泣かないで⁇」

そんな声を掛けられても、何の慰めにもならない。ああもうやだやだ、泣けてくる。

「…………ん？　声？」

恐る恐る顔を上げ、言葉を失った。

私の目前には、見た事も無い異形の姿をした、〝人ではない何か〟が居て、物珍しい様子で私を見ていたのだ。

はあ……

色々あって、恐怖も相まって、気が遠のいていく。でも、それでいいや。

気絶した方が恐ろしい思いもせずに、楽になれるのかもしれないから……

第五話　林間学校の神隠し（下）

クラスメイトの相場《あいば》さんが、一人で森へ行ってしまった。

妙な雰囲気だったので、私と馨《かおる》と由理《ゆり》で追いかけていたのだけど、結局彼女を見失う。

更に自分たちも迷う。お決まりの展開ね。

「相場さんってば、どこ行っちゃったのかしら」

「……少し、妙な感じだな」

馨の言うように、夜の森は昼間とはかなり違う雰囲気だ。

「また人間だ……どうぞ」

「でもさっきの女の子とは違う感じ……どうぞ」

ひそひそ声が聞こえる。語り合っているのは森に住み着いているあやかしたちで、木彫りのお面を付けたぬいぐるみ大の木霊童《こだまわらし》が多い。

昼間は出てこなかった奴らも、夜は我が物顔をして私たちを樹の上から観察し、何かの信号のように、首から下げた青白い石をしきりに点滅させていた。

「そうだ。あのあやかしたちに聞いてみようよ」

由理は提案してすぐ、一番近い場所に居た木霊童たちに近寄った。

「ねえ、ここら辺で、僕らと同じ格好をした女の子を見なかった？」

「あわわわっ、こいつら我々が見えてるどうぞー」

「人間のくせに！　どうぞ！」

「でもなんかあやかしの匂いもする……どうぞ？」

木霊童たちはびっくりして飛び上がり、お互いに身を寄せ会議を始めた。あやかしの見える私たちの存在に戸惑っているのだ。それにしても変な語尾だな……

私たちに興味があるのか、私の背中にピョイと飛び乗って髪を引っ張る、悪戯《いたずら》好きの小さな木霊童もいる。私はそいつを問答無用でむんずと掴《つか》んで、自分の目の前に掲げた。

マシュマロみたいに柔らかいせいで、掴んだ所がむにゅっと埋まる。

「あんた、なに人様の髪の毛をいじくってるのよ」

「あーあーやめてーどうぞーっ」

「ねえ、ここら辺で私と同じ格好の女の子を見なかった？　はいどうぞ」

「うえあああ～」

質問しただけなのに、その木霊童はガクガク震えて泣き出した。

あんまり泣くので抱きかかえ方を変え、幼子のようにあやしてみる。

「ほらほら、泣かないで良い子だから」

「お前が泣かせたんだろ」

「うるさい馨。……あのね、私たちはこの山に林間学校に来たただの学生よ。あやかしが見えるってこと以外は至って普通の人間なの。で、聞きたい事があるんだけど、ここら辺で私たちと同じジャージを着た人間の女の子を見なかった？」

「人間の女の子……？」

抱えていた木霊童は口元で指を吸いながら、思い当たることでもあるような反応を見せた。周囲の木霊童たちもざわつく。やっぱり、何か知ってそうな雰囲気ね。

「そう言えばもう一人うろうろしている子いた……どうぞ」

「何か捜してるみたいだった……どうぞ」

何か捜している……？　落とし物でもしたのかな、相場さん。

「どこへ行ったか教えてくれないかな。見つけて連れて帰らないといけないんだ」

由理が頼むと、しばらくの沈黙の後、私の抱えていた木霊童が「でも狭間《はざま》に落ちちゃったよ」とポソッと呟《つぶや》いた。語尾のどうぞ、も忘れて。

「狭間？」

「この森、不安定な狭間がある。昔、筑波山《つくばさん》の大天狗《おおてんぐ》様が作ったもの。今はもう大天狗様いなくなっちゃったから、あやかしたちの遊び場……どうぞ」

私たちは顔を見合わせる。狭間とは、大妖怪《ようかい》や神々が作る簡易な結界空間で、時々人間が迷い込んで、帰れなくなる事がある。神隠しの原因の一つだ。

「筑波山の大天狗って言えば、有名な〝法印坊《ほういんぼう》〟様か。今いないってどういうこと？」

「山は飽きたって言って、下界に降りちゃった……どうぞ」

由理の疑問に、木霊童は少し悲しそうに肩を竦《すく》め答える。

彼らはしばらく青白い石を光らせ、周囲の木霊童たちと通信し合っていたが、やがてポトポトと周囲の木の上から落ちてきて、「こっちだよ」と私たちを手招きする。

列を作って歩く木霊童たちの後に続いた。木霊童が首から光る石を持っていたから、夜道に連なる青白い灯りがとても綺麗《きれい》。神秘的な光景だ。

「早く見つけた方がいいよ……どうぞ」

「人間の女の子、山のあやかしはみんなお嫁にしたがる……どうぞ」

歩きながら木霊童が教えてくれたその話は、あやかし界では有名なものだ。

あやかしたちにとって、人間の娘を嫁に貰《もら》う事は、昔から格の上がる話と言う。

「現代じゃ、陰陽局《おんみょうきょく》が厳しく取り締まっているのもあって、あやかしの娘攫《さら》いは禁止されているが……」

「こんな山奥じゃ、都会のあやかしたちが決めたルールを守らない者がいそうだね」

「もしかして、それも神隠しが多かった要因の一つなのか？」

「……ありうるよね」

馨も由理も、お互いに険しい顔をして推察している。それは人間とあやかしの関係を険悪なものにした事情の一つであり、あやかしの罪でもあるから。

あやかしに攫われた女の子たちは、いったいどんな気持ちで、その後あやかしに嫁入りしたのだろう……

私にとってそれは、一つの〝救い〟だった訳だけど。

「嫁、ねえ。私はもう平安《へいあん》時代にその手の経験はあるから何とも言えないわね。ねー馨?

私も他のあやかしに攫われたらどうする?」

「……真紀《まき》が攫われても、そのあやかしを半殺しにして、お宝とか盗んでドヤ顔で山から降りてきそうだな」

馨はさも自分は関係ないと言わんばかりの顔をして、失礼な事をぬかしやがった。

私はあんたの前世の所業について言ったんですけどねえ。

「……あ、変わった」

ふと抱いた違和感は、周囲の景色が何かを境に変わった感覚だった。

それは、現実の世界から〝狭間〟へと迷い込んだ瞬間でもある。

景色はさっきと同じ森の様で、何かが少しずつ違うのだ。

「いたよ……どうぞ」

木霊童が覗《のぞ》き込んでいる場所があったので、私たちも覗いてみると、そこは絶壁の崖。

しかし下方には、ちょうど崖を背にし、円形の広場となった場所があった。

複数のあやかしと、体を丸くして横たわる相場さんの姿が見える。

「相場さん!!」

相場さんは気を失っている。周囲には草のお面をつけた森のあやかしたちが集っていて、相場さんを覗き込んでいた。

私はこの高い崖を悠々と飛び降り、相場さんとあやかしたちの間にストンと降り立つ。

「この子に手を出さないでちょうだい……まだ高校生の、普通の子なのよ」

あやかしたちを、静かに見据えた。

だけど戦意は感じさせない声音で忠告すると、森のあやかしたちは一歩下がって戸惑う。

「また人間の娘……」「こっちのが可愛い」「でも強そう。怖い。強そう」

などなど。まあね。

「お嫁さんが欲しいのなら、この子はダメよ。この子にも親がいるし、人間界でやりたい夢もあるんだろうから、そういうのを壊しちゃダメ」

「…………」

「でも、この子を心配してくれていたのなら、ありがとう」

あやかしたちはどこかしょぼんとしていたが、一人、また一人と身を引いて行く。

「あ、でも、もし本気でお嫁さんが欲しいのなら、山を下りて浅草《あさくさ》に来なさい！　出会いはあるし、独身のあやかしも多いから。私が仲人してあげるわ！」

そう。知り合いのあやかし系独身女性はとても多いもの。

バリバリのキャリアウーマン雨女《あめおんな》から、浅草で和カフェを経営している一つ目の女店長、浅草地下街で居酒屋やってるろくろ首の女将《おかみ》さんに、老舗《しにせ》の提灯《ちょうちん》屋を受け継いでいる化猫姉さん。男をとっかえひっかえしている肉食系な土地神様もいるけど。

出会いがあれば、恋をして、それが実ったり実らなかったりすることもあるだろう。

一生をこの人と遂げたい思える、運命の相手に、出会うまで……

あやかしたちは一度私の方を振り返って、ぺこりと頭を下げて、静かに去っていった。


「相場さん……相場さん……」

「……ん」

相場さんは私たちの声に反応し、ゆっくりと意識を取り戻した。おそらく、妖気《ようき》の濃い、慣れない〝狭間〟という空間に長く居たせいで、気を失っていたのだろう。

今は狭間を出て、崖《がけ》上の、現世の森の中に戻って来ている。

馨が相場さんを背負って連れ出したのだ。

「……あれ……あた……し」

「大丈夫？」

尋ねると、相場さんは目をパチパチとさせて、しばらくぼんやりした。

「あたし……崖から落ちて……それで……」

自分の状況を徐々に思い出したのか、青い顔してキョロキョロと周囲を確認。

そして、ドッと泣き出す。流石《さすが》に怖い思いをしたのだろう。

「僕、先生に電話するよ」

由理が、持って来ていたスマホで先生へ連絡した。

「相場さん、足を擦りむいてる」

「体、他に痛いところ無い？　段差から落ちたみたいだけど」

「……天酒《あまさけ》君……茨木《いばらき》さん……」

相場さんは涙を拭《ぬぐ》いつつ、小さく頷《うなず》いた。「足を捻《ひね》っただけ」と。

少し落ち着いてきたみたいだったから、私はしゃがみこんで、彼女の肩に手を置いた。

「ねえ。どうして勝手に森へ行こうと思ったの？　普通怖くない？」

「……カメラを森で、失くしちゃったの。大事なカメラだったから」

彼女がぽつぽつと語った話から、事情はなんとなく分かってきた。大事なカメラは見つかったみたいで、彼女がしっかりと抱えている。

「施設の人に事情を話して、捜してもらえるよう頼めば良かったんじゃ……」

「……だって……」

もごもご言葉を濁す相場さん。馨がため息をついた。

「普通の人間なら、あのまま狭間から出られない事もあるんだぞ」

「それを考えるとゾッとするわ。少し軽率だったわねえ」

「これから大騒ぎになりそうだなー」

私と馨が勝手にあれこれ言うのをで、相場さんは何かに腹が立ったのか、拳《こぶし》を握りしめ、キッと顔をあげた。

「うっさい……」

「え？　何？」

「うっせーよ!!　何もかもあんたたちのせいでしょう!!」

「!?」

まさかの言葉にたまげる。

「あんたたちが、あんたたちがいつまでも付き合ってんの否定するからっ、あたしが証拠を見つけようと躍起になったんでしょう！　記事にしてやるって燃えたんでしょう！」

「……？？？」

「いい加減認めろよ!!　てめーら絶対付き合ってんだろ!?　言っちまえよ、ネタをくれよおおおおおぉぉぉぉぉっ」

私たちは相場さんの豹変《ひょうへん》にビビり上がった。語尾の長いあの女子っぽい喋《しゃべ》り方は、おそらくぶりっ子だろうとは分かっていたけれど、まさか……まさか……

「……あ、相場さんってこんなキャラだったか？」

「私たちなんか怒らせる事したっけ」

「いや……その前にこんなキャラだったか？」

「女なんて一つや二つ、キャラ設定持ってるものよ」

ひそひそ話をする私と馨の足下で、相場さんはまた号泣し、大地を拳で叩《たた》き付けていた。なんかもう……怪奇現象よりよほど、彼女のほうが不思議で仕方が無い。

「あ、馨君、真紀ちゃん、先生たちもうすぐ来るよ。相場さん、良かったね」

由理が電話での連絡を終え、この空気の中、一人爽《さわ》やかな笑顔だ。

やがて、私たちを捜す懐中電灯の強い光の帯が見え、私たちは無事に保護された。

先生が来るや否や、私たちは当然揃って叱られてしまった訳だけど、相場さんもたいした怪我は無く、皆で無事に施設に戻ったので、この件は一件落着となる。

多くの奇怪な事件に見舞われた林間学校は、こんな風に幕を閉じたのだった。

それから二週間が経った頃。

いつものように部室で気ままに過ごしていたのだが……

「〝お手柄。噂の民俗学研究部の三人組、神隠しで消えた少女さがし出す〟……だって」

由理が校内新聞の内容を読み上げ、私たちの反応を見ていた。

「何それ。私たちを英雄扱いする記事だなんて……相場さん、意外だったわ」

あの相場さんの態度から、何かヤバい記事を書かれるのではと覚悟していたんだけど。

記事を読む限り、私たちの事は勇気のある行動などと賞賛されているのだ。

これを相場さん自身が書いている所が、なんか末恐ろしい……。

「あ……そういえば、ねえ馨。自動販売機での停電って、結局何だったのかな」

「……ああ、あれな。分からず仕舞いだな」

私は日誌の上で頬杖《ほおづえ》をつき、ぼんやりと考える。

神隠しは〝狭間《はざま》〟が原因だったが、あの停電の真相は、結局私にも馨にも分からないいまだった。結局のところ、本当に、ただの停電だったのかも……。

なので日誌には、素直に「世にも不思議な林間学校」と書き記す。

この世は、かつて大妖怪《ようかい》だった私たちでも〝良くわからない〟まま解決しない事で溢《あふ》れているんだなって。

第六話　狸の蕎麦屋でアルバイト

ある休日の午前中の事。

私はベランダで布団を干し、これでもかというくらい布団たたきで叩き付けていた。

「姐《あね》さん、茨木《いばらき》の姐さん」

隣のベランダからこちらに顔をのぞかせたのは、外ハネの茶髪で今時の風貌《ふうぼう》をした、たれ目の男だった。

「チャラ男、あんたなに女子高生のベランダ覗き見してんのよ」

「だって姐さん、呼び鈴鳴らしても出てくれないじゃん」

「ああ、あれあんただったの風太《ふうた》。新聞の勧誘かと思ってたわ」

チャラ男こと田沼《たぬま》風太。このアパートのお隣に住む大学生だ。

風太はへらへらっと笑って「そっち行って良い？」と聞いてくる。

私の返事を待たずして、どこからともなく取り出した葉っぱを頭にのせポワンと煙を立てて……淡い茶色の毛玉、豆狸《まめだぬき》の姿に変化する。

「相変わらず見事な毛玉っぷりね」

「しょっちゅう美容院に行ってるし、トリートメントしてるし、毛並みは綺麗《きれい》だよ」

「今時の狸って美容院でトリートメントするの？　私だってしてないのに」

「姐さんは男前だけど、もう少し女子力身につけた方が良いよ」

「おだまり狸」

生意気な狸姿の風太は、たぬたぬ足音を鳴らし、ベランダの手すりを渡ってきた。

風太は〝豆狸〟というあやかしだ。小さな頃から人間に化けて、人間の社会の中で生きてきた今時の妖怪でもある。

かつて狸系のあやかしは、間抜けで逃げ腰で、プライドの無い低級妖怪と笑われていたが、時代が進めば進む程、狸の人への順応力が際立ち、今じゃ勝ち組あやかしの一端を担っている。浅草《あさくさ》で店を構え、なおかつ繁盛しているあやかしに狸は多いのよね。

「俺、姐さんにちょっと頼みがあるんだ」

「なに？　また大学のガールフレンドと喧嘩《けんか》でもしたの？」

「いや……あの子とはもう別れたよ。ヘタレで無神経な俺に嫌気がさしたって」

「うん、分かる」

「いや、そういうヘコみそうな話をしに来た訳じゃないよ！」

毛玉がそこで毛を逆立てている。

その度に毛が抜けて私の布団にまとわりつくので、ばんばんぱんと布団たたきで払う。

「姐さん、うちの家業知ってるでしょう？」

「観音通り商店街にある、老舗《しにせ》のお蕎麦《そば》屋さんでしょう？　それがどうかしたの？」

「もし暇ならうちでアルバイトしない？　短期でも良いからさあ」

「私は主婦業と女子高生業を兼業していて忙しいのよ。自分で言うのもなんだけどスーパーウーマンなの」

「そこを頼むよ茨木の姐さん。うち今やっかいなお客さんも来るし大変なんだ。これから観光客も多くなるって言うのにさあ」

「……やっかいな客？」

布団たたきで叩き付けるのをピタリとやめて、顔をしかめた。

「ここ最近、浅草にガラの悪い奴らがいっぱい来てる。あいつら鎌倉《かまくら》のあやかしだ。困った事に、古くから浅草に店を構えている俺たちみたいなのに目をつけて、いちゃもんつけて暴力を振るうんだ。モンスタークレーマーならぬ、あやかしクレーマーだよ」

「……でもあやかしも和製モンスターだし、モンスタークレーマーで良くない？」

「ああっ、そういうこと言わないでよ。せっかく上手《うま》いこと言ってやったと思ってるのに」

風太が上手いこと言ったかどうかは置いておいて、話は少し気になる。

鎌倉あやかしと言えば、あの合羽橋《かっぱばし》で手鞠河童《てまりかっぱ》をこき使っていた牛鬼《ぎゅうき》もそうだった。

鎌倉から追われたあやかしたちが、浅草に来てる……？

「そう、分かったわ。そういう話なら、アルバイトをしても良いわよ」

「ほんと⁉ 姐さんがいれば百人力だ。狸は勝ち組とか言われるけどさ、いざチンピラに絡まれるとすげー弱いからさ。化ける事は得意だけど、戦闘力は低いから」

「この時代、個々の戦闘力なんてそうたいした意味を持たないわよ。私は凄《すご》く強いけど、これがこの先、就職に役立つとは思わないし」

先日、学校から配られた進路調査用紙があるんだけど、ここずっと頭を悩ませている。

普通の高校生のように進路に悩んだりしているのよ、私だって。

「警察官は？ 悪い奴いっぱいとっちめられる。姐さんのモットーは勧善懲悪でしょう？」

「まあ元悪役だけどね……」

自分が警察官になった姿を想像し、うーん、どうなんだろうと思った。

「私チビだから無理じゃない？」

「その異常なまでの戦闘力を示せれば十分な気もするけどね……。いっそレスラーにでもなったら？ 姐さんなら頂点に立てるよ」

「本気で言ってんの？ 本気ならそのつやっつやの毛を毟《むし》って、狸鍋《なべ》にしてやるわよ」

「ああ、やめてー」

風太は再び手すりを渡って自分の部屋のベランダに戻った。

逃げ足の速い狸め……もう人間の姿に戻ってるし。

「じゃあ、明日から来て。詳細はメールするから」

「……了解よ」

風太は「じゃあね〜」とチャラい雰囲気振りまいて部屋に入ってしまう。

私も室内に戻って、美味《おい》しいおかきをぽりぽり食べながら、録《と》り溜《た》めていた昼ドラの続きを観始めたのだった。


ちょうど夕食を作っていた時、馨《かおる》がアルバイト先から私のボロアパートへやってきた。

今日のお土産は、私が昨日頼んでおいた雷おこしだ。これは食後、馨と一緒に海外ドラマを観ながらぽりぽり食べる用。

あと自分用に買ってきたらしい、０カロリーの缶コーラ数本。

「今日の夕食はブリの照り焼きと豚汁よ。あとほうれん草のおひたし」

「お、いいじゃん……」

「本当は豚汁じゃなくて狸鍋にしようかって思ったんだけどねー」

「は？　たぬき？」

馨はバイト帰りで少しお疲れだ。部屋に入ると、んーと背伸びをして、冷蔵庫を開けて冷えたコーラの缶と、買ってきた缶を入れ替えた。

冷えた方を開けて、ごくごく飲む。

まるで、サラリーマンが帰宅後まっさきにビールを飲んでいるかのような……

「ねえ馨、さっき隣の風太とベランダで話してたんだけど」

「豆狸の田沼さんとこの？」

「うん。あの子のうち、観音通りのお蕎麦屋さんじゃない。明日からアルバイトに来ないかって言われたの。良い？」

「そりゃ……あそこはもう長いこと人間として生きてるあやかし一家だし、普通のバイトと変わらないだろうし、良いけど……」

私がわざわざ了解を得ようとしている事に首を傾げている馨。相変わらずの警戒心。

「ねえ聞いてよ馨。風太ったら狸のくせに美容室でトリートメントしてるのよ！　寝てる時も人間に化けてるって言ってたし、狸でいる時間の方が少なそうよね」

「だからこそ、狸は人間社会で一番やっていけるあやかしになったんだろ。他のあやかしは、やっぱりあやかしであるプライドを捨てきれないからな……」

馨と一緒に、台所と居間を行き来し夕飯を運ぶ。

今日の夕飯も、いかにも家庭のご飯という感じだけれど、馨はこういうのを好むし、私も基本的に和食が好き。

今日なんとなく魚屋を見ていて食べたくなったブリ。現代って、旬の魚で無くても、養殖とかでいつでも何でも食べられるから、凄いわよね。

分厚いブリの照り焼きは、脂の良く乗った、甘辛くほくほくの身がたまらない。

「あ、あとこれ……今月の飯代」

馨が思い出したように、卓袱台《ちゃぶだい》の横に封筒を置いた。

私たちは寝る時以外はほぼ共同生活をしているようなものなので、主に料理を私が作っている。馨はアルバイト先がデパ地下の時は安くなったおかずを買ってくるけど、こうやって毎月バイト代から食費も少し出してくれるのだ。

一緒にご飯を食べた方が絶対に無駄が無いし、栄養も偏らないからね。馨も家でご飯を作ってもらえないし、買い弁ばかりになるより、この方がずっと良いみたいだ。

ただ、私は馨が無茶をしないように、出来るだけ食費を抑え、二人分の食事を作るようにしている。

「ねえ馨、いつも自宅に帰んなきゃいけないのって正直面倒じゃない？　いっそこのボロアパートで一人暮らしすれば良いのに」

「高校生のアルバイト代ごときで、そこまで出来ねえよ」

「親御さんに頼めないの？　あの人たち、いつも馨をほったらかしにしてるじゃない」

唇を尖《とが》らせると、馨は鼻で笑った。

「どうせ大学生になったら家を出る。それまでの辛抱だ」

「…………」

豚汁を啜《すす》って「あー染みる」とジジくさいことを言って。

馨が家を出られない理由は、高校生という事だったり、金銭面の問題も確かにあるけれど、私はそれが一番の理由ではないと知っている。

なんだかんだと言って、馨はまだ家族を捨てきれないのだ。

どんなにろくでなしの親だって。


翌日の放課後、私は仲見世《なかみせ》通りと平行して存在するアーケードの商店街〝観音通り商店街〟の蕎麦処〝丹々屋《たんたや》〟を訪れた。

浅草と言えば、蕎麦。

江戸風情の漂う浅草という街は、言わずと知れた蕎麦スポットで、老舗蕎麦屋がとにかく集中している。

丹々屋もそんな老舗の一つであり、喉越《のど》しの良い手打ちのお蕎麦が特徴だ。

鴨とネギの入ったつけ麵《めん》風のお汁に、この喉越しの良いお蕎麦をくぐらせて食べる〝鴨せいろ〟は、ここの名物。ふと思い出した時に食べたくて仕方が無くなる、それくらい中毒性がある美味しさなのよね……

他にも、定番のざるそばや山かけ蕎麦、どでかいエビ天がのった天ぷら蕎麦も人気。

あとお蕎麦じゃないけど、甘辛いタレがたっぷり染み込んだあなご天ぷらが絶品の、特上江戸前天丼も素晴らしい。

お昼時はいつも人が並んでいるのだけれど、今はちょうど暇な時間帯だったのか、お客もちらほらといった所だ。

有名人もよく訪れるお店で、壁に沢山のサインや来店時の写真が貼られている。

また宝物のように飾られている、某野球選手のサイン入りバットもあって、狸でも人間のヒーローに憧《あこが》れたりするんだなあ、と思ったりした。

「おお、真紀《まき》ちゃん！　よく来てくれたね」

カウンターの内側から顔をのぞかせたのは板前法被《はっぴ》姿の大将。大柄な男だ。

名を田沼泰三《たいぞう》と言う。大将の狸姿はここ数年見ていない。

また同じ格好をしたアルバイト中の風太も、お客にお蕎麦を運んでいる所だった。

そもそもなぜ風太が実家の近くで一人暮らしをしているかというと、田沼家は兄弟が多く、蕎麦屋の二階の自宅で、皆して暮らすのが厳しくなったから、だったっけ。

あと泰三さんの教育方針として、大学生になったら自立できるようにと、男には一人暮らしをさせることが多いらしい。

「うちの兄弟はどいつもこいつも、やれサークル、やれ恋人とのデートで忙しくしてて、風太以外誰も家業を手伝ってくれねえ。真紀ちゃんがアルバイトしてくれるってんなら、時給を基本より三十円上乗せするぞ」

「安いわね。五十円上乗せでどう？」

「……お、おう。流石《さすが》は茨木の姐《あね》さんだ。横暴なところは相変わらずで」

戻ってきた風太が、父親である泰三の小脇をついて「言う通りにした方が良いよ」と。

「田沼家の祖先である田沼丹太郎《たんたろう》は、古い時代、酒呑童子《しゅてんどうじ》様と茨木童子様にお仕えしていた名誉ある狸だ。我が一族がここで暮らせるのも、全てはお二方のおかげだと俺のひいじいちゃんも言っていた。茨木童子様の生まれ変わりである真紀ちゃんの要望には応《こた》えなければな……祖先に祟《たた》られちまうよ」

そうは言いつつも、大将はちょっと涙目。でも私の時給は五十円アップ。

私はおばちゃんくさい従業員用のエプロンと三角巾《さんかくきん》を借りて身につけ、いよいよ蕎麦屋のアルバイターとして働く事となった。

前に一度お手伝いした事があるから勝手は分かっているけど、美味しそうなものを見ているだけのお仕事って辛《つら》い。

「お……美味しそうな江戸前天丼……」

「お客様のは食べちゃダメだからねっ！」

こいつならやりかねない、と思われているのか、風太が常に目を光らせている。

夕飯時になりしばらく忙しかったが、酔っぱらいや慌ただしい観光客、日本語のわからない外国人のお客にもなんとか対応し、せかせか働いた。

一度集中すればロボットのごとく働けるのだが、疲れはずっとたまっているので、これは家に帰ったら馨に肩でも揉《も》ませましょう……なんて、考えていた、その時だった。

「おい！　待ちってどういう事だこら！」

「俺たちは常連だぞ、三日前も来ただろうが、あぁん？」

「そ、そうは言いましても、ただいま満席でしてー」

なんか、見るからにガラの悪いチンピラが二人やってきた。相手をしている風太はチラチラ私を見て、「こいつらだよ」と口ぱくで知らせてくれた。

ははーん、なるほど。これが例のあやかしクレーマーか。

片方は人相の悪い、スキンヘッドの太った男。

もう片方はガリガリに痩《や》せていて、灰色の髪をしていて、つり目で出っ歯。やくざみたいな派手なシャツを着て、猫背で、サングラスをかけている。典型的な風貌《ふうぼう》だが、何かが凄《すご》く古いというか……ダサい。

でも、そこそこ嫌な妖気《ようき》を纏《まと》っている……低級ではなく中級レベルのあやかしね。

二人は店先に唾《つば》を吐き、すぐそこに居たサラリーマンの眼鏡のおっさん二人を無理やり席からどかして、自分たちが居座った。

このヤバい空気の中、お客は食べるのを途中でやめて、お勘定をその場に置いてそそくさと出て行くのだ。

でも奥の席に居たよぼよぼのおじいさんだけが、逃げられずにいるのかこの騒動に気がついていないのか、まだ静かにお蕎麦《そば》をたぐっている。名物の鴨せいろだ。

このおじいさん、僅《わず》かに妖気を感じる。常連のあやかし……？

それにしても、確かにこれは半端ない営業妨害ね。

モンスタークレーマーならぬあやかしクレーマー。迷惑甚だしいわ。

「お客さん困るよ。もう来るなって言っただろ」

まずは大将が怖い面をして、でも自慢の天ぷら蕎麦を持って出て行った。

「はっ、浅草なんてダセー下町の蕎麦なんて食えるかよ！」

ガリガリの方が、大将の持っていた天ぷら蕎麦をひっくり返し、それが大将にかかる。

巨大なエビ天が宙を舞い、大将はお汁と蕎麦まみれになっているが、怒りが爆発するのを必死に我慢し、それを片付け始めた。

我慢強さは狸の得意技だ。しかしそれを知っているチンピラ共は、調子に乗り始める。

「こんな店さっさと潰《つぶ》した方がいいぜ。客もいねーしな」

「そうだそうだ。そしたら俺たちが鎌倉流のいかしたオシャレな店に変えてやるよ」

デカい方が片付けをしている大将を思い切り蹴飛《けと》ばした。

その拍子に、大将は黒茶の毛玉、もとい豆狸の姿に戻ってしまう。

風太が「お、親父〜っ！」と大将に駆け寄り、涙目ながらクレーマーをキッと睨《にら》んで、なけなしの勇気を振り絞って文句を言う。

「お、おおお、お前たちっ、ただこの〝場所〟が欲しいだけだろっ！」

「けけけ」

悪びれも無く嘲笑《ちょうしょう》し、「そーいうことー」とドロンと煙を立て、チンピラ二人はあやかし姿を露《あらわ》にした。

「浅草を支配するのはこの俺たちだ！」

そんな無謀な夢を恥ずかしげも無く宣言する二人組。

へえ。こいつらは旧鼠《きゅうそ》だ。歳月を経た鼠が成り果てるあやかしで、人に化けるのも得意だが、悪知恵もよく働く。

デカい方の旧鼠が風太に殴り掛かろうとした。

風太は避《よ》けもせず目をぎゅっと瞑《つぶ》っていたが、私はそんな旧鼠の手首を掴《つか》んで、風太の目前で止めた。

片手に、某有名野球選手のサイン入りバットを持ったまま。

「な、なんだこの女……人間⁇」

今の今まで奥にいたものだから、いきなり側に現れた私に、旧鼠たちはかなり驚いている。じっと見上げる私の視線を前に、動けずに居るのだ。

「あんた……さっき何か、面白い事を言ってたみたいだけど」

「……は？」

私は愛らしくニコリと微笑みつつ、ぎゅーっと、腕を掴む手に力を込めた。

「いたたたたたたたた」

大旧鼠が悲鳴を上げる。

「てめーこの野郎！」

ガリガリの旧鼠の方が、カウンターに並んでいた食べかけの蕎麦の丼《どんぶり》を、私に向かって投げつけた。

「危ない姐さん！」

「風太!?」

風太が私を庇《かば》って前に飛び出したおかげで、丼が風太の顔面にぶつかり、やはりポンと豆狸の姿に戻ってしまう。蕎麦の丼をひっかぶったまま。ちょっと可愛い。

狸はダメージを受けるとすぐに化けの皮が剝《は》がれちゃうのよね……

「じじい、てめーもだ！」

ガリガリの旧鼠は次に、蕎麦をたぐっている老人に丼を投げつけようと構えたもんだから、私は豚面から手を離し、老人の前に立ってバットを振り、勢い良く丼を打ち返した。

丼は一度天井にぶつかり、割れて飛散。

あ、お汁が少しおじいさんにかかっちゃった。

「ごめんなさいね、おじいさん」

「……善きかな善きかな。強いんだねえお嬢ちゃん」

「まあちょっとね」

おじいさんはニヤアと笑った。この状況でも、まるで動じる事も無くお蕎麦をたぐっている。鴨せいろ、そんなに好きなのねおじいさん……

「チッ、何なんだよてめえは！」

「まさか人間の退魔師か⁉」

旧鼠たちは私を退魔師と勘違いしているようだ。

「まさか俺たちの鎌倉をぶっ潰した退魔師の仲間じゃねーだろうな⁉」

「ぶっ殺してやる！　仲間たちの敵討ちだ！」

そして勘違いが行き過ぎて、覚えの無い因縁をつけられる始末。メラメラと妖気という名の闘気を燃やし、拳《こぶし》を鳴らしたり爪を光らせたりしている。

おお、やる気満々。ならばと私も、結い上げていたシュシュを外し、緩く長い赤みがかった髪を払う。

途端に漏れたのは、霊力か……殺気か。

さっきまであんなに息巻いていた旧鼠たちは、途端に青ざめた。

「ん？　今から私のバッティングに付き合いたいって？」

「…………あ……いや……」

ズル……ズル……

金属のバットを引きずってやってくる可憐な私を前に、奴らは徐々にその闘志を萎《しぼ》ませ、カタカタ震えだす。

何がそんなに怖いのか。私って一応……普通のＪＫなのよ？

「おおお、お前、お前なんて鎌倉妖怪《ようかい》の頭領、魔淵《まぶち》様にかかったらこんな……っ！」

ゴッ。

デカい方がなんか言っていたけれど、私は話も聞かずに脳天からバットを叩《たた》き付けた。

「これは大将の分」

そのままデカい旧鼠は目を回して倒れる。大丈夫、殺してないから。

「えぇぇええええっ⁉」

「反応が遅いわよガリガリ君。そんなんじゃあどうせ浅草では生き残れないわ」

ガツン、とバットを地面に打ち付けた後、驚愕《きょうがく》して逃げようとするガリガリ君の胸ぐらを掴んで、引き寄せた。

「ねえ。私、浅草大好きなの」

「…………」

「昔ながらの食べ物は美味《おい》しいし、和スイーツは絶品だし、江戸情緒溢《あふ》れる町並みも素敵よ。東京じゃあ、ダントツで人情味のある街だと思ってるわ」

「は、はあ……」

　この状況で、私は浅草愛を語り出す。

「丹々屋のお蕎麦《そば》も、伝統のある味を継承した、こだわりの鴨せいろが最高よ。人間にもあやかしにも愛されているもの。浅草はそういう街。人間とあやかしの愛するものが混在する街。でも……あんたたち、さっきなんか言ってたわよねえ」

「……え、えっと」

「平和な浅草を、ダセー下町って……言ったわよね？　ん？」

「…………」

「うん、分かる。浅草がただならぬオシャレ和心感溢れる、鎌倉や京都《きょうと》にはなれないって分かる。でも……浅草も最高よね？」

「え、京都？　京都いま関係ない……いや、すみません……」

　一方的な脅し口調、しかも京都鎌倉への並々ならぬライバル心を燃やし睨み下ろす私の視線に、ガリガリ君は死でも覚悟したみたいな顔をしている。

「浅草を支配したいのなら、まずこの私を倒してからになさい。私こそが浅草のラスボス。

ええ、それが無理なら、大人しくルールに従って、住処《すみか》と仕事を探す事ね」

「………」

耳元で、低くねっとりと囁《ささや》くと効果は抜群だ。

ガリガリ君は何も言えず、動けず、恐怖のせいか真っ白になって、端からさらさら風に流されている。

「弱いものいじめはそこらへんにしておけ、茨木」

「ん？」

名を呼ばれ、店の出入り口を見た。そこには数人の、黒スーツの男たちが。

中でも、ポケットに手をつっこんだポーズで、中心に立つ強面《こわもて》の青年に、私は「げっ」と嫌な声を上げる。

「組長、なんでここに⁉」

「組長って言うな。ったく、相変わらず失礼なＪＫだぜ」

いやだって、出で立《い》ちはどう考えても……ですし。

彼の名は灰島大和《はいじまやまと》。浅草のあやかしたちの労働環境を整え、監視している〝浅草地下街あやかし労働組合〟の若き長だ。通称・組長。

「労働組合に通報があった。観音通りで暴れてる鎌倉あやかしがいるってな。しかし来てみりゃ、どこかの誰かさんの方がよっぽど暴れてるし脅してるし、既に葬ってるときた」

「葬ってないわ。かろうじて生きてるはずよ……かろうじて」

「馬鹿野郎。てめえ、人目につかない様、急いで周辺に結界を張ったんだぞ。結界札だって一枚五千円するんだからな」

「流石《さすが》組長！　太っ腹！　と言う訳で後始末はよろしく」

「チッ。なんか腹立つんだよなー……」

組長は舌打ちしつつズカズカと店に入ってきて、他の者たちに被害状況を確認させ、気絶したデカい方と、放心状態のガリガリ君、二匹の旧鼠を担ぎ出させている。

やくざかマフィアかと言いたくなる黒服の連中を引き連れている組長は、強面で大人っぽいけど、これでまだ二十三歳の、大学を卒業したばかりの若者なのよね。

一応、私の高校のOBに当たる。

「鎌倉妖怪を連れて撤収だ。……ったくよお、ほんと最近、鎌倉の連中が大量に浅草に入り込んでやがる。陰陽局《おんみようきよく》の連中が一斉に鎌倉に立ち入ったって話は本当だったんだな。逃げ延びた連中が、最もあやかしの住みやすい浅草へと流れ着いたんだ」

「……組長、これって前の牛鬼の件と関係あるの？」

「そうだな。この件はもう少し調査して、おいおいお前らにも報告しよう。くれぐれも、お前は大人しくしといてくれよな」

くれぐれも、の辺りがかなり切実だった。

その後、組長は奥の席に座っていたおじいさんに深々と頭を下げ、何かを耳打ちしつつ、そのまま丁寧な様子で店から連れ出す。

なんだろう、かなりVIPな対応だな。

「そうだそうだ……お嬢ちゃん、今日は助けてくれてありがとう。これをあげようね」

「……？」

店を出たところで、おじいさんは私に、小さな匂い袋をくれた。

金襴《きんらん》生地で作られた可愛い袋からは、爽《さわ》やかで甘い木香の匂いが漂う。

「わあ、良い匂い。ありがとうおじいさん。おじいさんも、何か困った事があったらいつでも言ってね。まあ、タダ働きはしない主義だけど、匂い袋分は働くわよ」

「……ふふ、嬉《うれ》しいねえ嬉しいねえ」

おじいさんはまたニヤアと笑い、静かに外で待っていた人力車に乗り込んだ。

人力車と言っても、引いているのはスポーツ選手並みにゴツい車夫で、深く笠を被《かぶ》った全身黒ずくめののっぺらぼうなんだけど。

「ねえ組長。もしかして……あのおじいさん、かなりの大物……？」

「何言ってやがる茨木。もしかしなくともその通りだ。……あの方は大江戸妖怪の総元締である、ぬらりひょんの一派の大御所。最近は息子が後を継ぎ、すでにご隠居された身ではあるが、裏でかなりの影響力を持つあやかしだ」

「……え」

私は真顔で固まる。ぬらりひょんの一派と言ったら、東京で一番力を持ったあやかしたちだ。なぜそんな大物が、浅草の蕎麦屋《そばや》に……？

「ヤバいわ。私、結構失礼な事をしたかも」

「心配いらねえよ。その匂い袋を貰《もら》ったって事は、気に入ってもらえたって証《あかし》だ。また会う事もあるさ」

組長は今一度店内に戻り、まだ狸姿から戻れない、毛玉な大将と風太の前に膝《ひざ》をつき、落ち着いた口調で言った。

「田沼さん、風太。被害額は全面的に労働組合が担う。取り締まりが行き届いてなくてすまねえな。長い間浅草を支えてくれた蕎麦屋だ。明日からまた安心して営業出来るようにするからな」

「そんな坊ちゃん。頭を上げてください。浅草のあやかしは皆あなたに感謝している！」

「そうだよ大和さん。大和さんまだ若いのに凄《すご》いっすほんと！　憧《あこが》れっす！」

豆狸の田沼親子は、組長を褒めたたえ、ぺこぺこしていた。

組長は「俺を褒めても何も出ねえぞ」と割と冷静。

浅草のあやかしはみんな大和組長が好きだ。たとえ彼が、まだ若い人間であろうとも。

浅草地下街あやかし労働組合とは、もうずっと昔から浅草のあやかしたちを支えている、灰島家が仕切る大きな組織だ。要するに、ここで商売するあやかしは、誰もがこの組織にお世話になっている。

かくいう私も、毎度毎度、お世話になり過ぎている……

例えば、こういう破壊行動の後始末とか。

「茨木。お前もあんまり、目立った行動はするなよな。お前は人間だが、前世はあやかし……それも、歴史に名を残しているS級の大妖怪だ。相当イレギュラーなんだからよ」

「……S級じゃない、陰陽局公式SS級大妖怪よ。歴代でも五人しかいないんだから」

「あ、はい、その通りです。申し訳ありません茨木童子様」

別に脅したつもりも凄んだつもりもないけど、訂正してみたら組長は即ぺこぺこ謝った。

やくざの若頭にも見える大人が、たかが女子高生にそんな……と思うかもしれないが、ここぞという腰の低さも、組長が浅草のあやかしをまとめられている理由だった。

「おいおい、どういう状況だこれ……」

「あ、馨」

そんな時、バイト帰りの馨がこの蕎麦屋に立ち寄り、状況が状況だけに戸惑いの表情を浮かべている。

「天酒《あまさけ》……てめえ、俺の張った結界をいとも簡単にすり抜けて来やがって。お前も大概イレギュラーだよな。そりゃそうだよな、日本最強の鬼と名高い、酒呑童子だもんな！」

「組長、何怒ってるんですか？」

「組長って言うな」

自分の結界を、訳も無くすり抜けてやってきた馨が気に入らない組長。

頭を掻《か》きむしってチッと舌打ちし、そろそろこの場を退散する様だった。

「俺は忙しい。詳しいことは後日な」

「組長ばいばーい」

「え、なんなんだ。俺への説明は無しか」

「察して馨」

店の出入り口から組長たちを見送る。

店の中では、すでに黒子《くろこ》坊主《ぼうず》というあやかしたちが、破壊された備品や店の壁、天井なんかの修繕を始めていた。

彼らはあやかしが破壊したものの修繕を請け負い、結界の効力が切れる前に仕事を終わらせる、労働組合御用達《ごようたし》のプロだ。

また、豆狸親子は毛玉から人間に戻るのにもう少し時間がかかりそうだったので、そこかしこにお蕎麦やお汁が散らかっている混沌《こんとん》とした店内は、私と馨で片付けたのだった。

「片付けを手伝ってもらったお礼に、うちのメニューをなんだってご馳走《ちそう》するよ！」

「わーいわーい」

「俺はただ後片付けに来ただけだったな……」

何も分かっていないのに、ちゃっかり後片付けに巻き込まれた馨。

相変わらず損な体質だと自分で嘆いていたけど、お蕎麦をタダでご馳走してもらえる事になったんだから良いじゃない。

私は、アルバイトをしている最中何より食べたくて仕方が無かった、名物の鴨せいろを。

馨はあなごの天ぷらがのった江戸前天丼を注文。

「あ〜これこれ。甘い鴨汁の香り……」

鴨肉の甘く濃厚な脂と、香ばしい焼きネギの旨味《うまみ》が溶け込んだ、お汁の香りときたら。

冷たいせいろ蕎麦を、この熱々の鴨汁にくぐらせ、つけ麵《めん》のようにして食べる。

旨味の溶け込んだ鴨汁が、手打ちならではのコシのあるお蕎麦にしっかり絡まり、一口食べるだけでこの味の虜《とりこ》になるのよね。

嚙《か》めば嚙む程旨味が口一杯に広がる鴨肉も、甘みのある焼きネギも、お蕎麦といっしょに頂くとより美味《おい》しい。特に甘めの味付けが好きなあやかしには大人気なのだ。あのぬらりひょんのおじいさんが夢中で食べていたのも頷《うなず》けるわね。

「でも馨の江戸前天丼も美味しそう……」

「あ、お前、俺の天ぷらを意地汚い目で見るな」

馨の頼んでいた江戸前天丼は、見るからにダイナミックだった。

器からはみ出したエビ天二本と、ししとうの天ぷら、茄子《なす》や季節のたけのこの天ぷら、海苔《のり》天、かき揚げ、半熟卵の天ぷら。そして大きな穴子の天ぷらが見事だ。何と言っても、ご飯の炊き加減が絶妙で、天丼特有の甘じょっぱいタレを含んでもべたつかない。

「はー、やっぱこれだよなー」

馨はさっそく穴子の天ぷらにかぶりつく。ここの天ぷらは衣がサクサクッと軽い食感で、これだけ沢山あっても胃もたれせず、ぺろっと食べられちゃうのが特徴。

うう、美味しそう……天ぷら美味しそう……

「エビ天なら一本くれてやろう」

「わーい、馨大好き！」

「お前ご飯くれる奴みんな好きだろ」

私が真横からチラチラ見ていたからか、馨がエビ天を一本くれた！

プリップリさくっさくの特大エビ天……ごちそうさまです。

「なるほど……鎌倉あやかしか」

馨にアパートまで送ってもらう途中、私は今日のことを詳しく馨に説明した。

「牛鬼のことと言い、案外大変なことになっているのかしら、浅草」

「組長、なんかやつれてたもんな。夜な夜な対応に追われてるんだろう」

「あの見た目からは想像できないくらい、繊細で真面目な人だからね」

組長とは中学生の頃からの付き合いだ。その時すでに労働組合を任される、若頭だった。

あの仕事は大変だ。人間とあやかしのバランスを見ながら、時に厳しく対処しなくてはならない。下手をすればどちらからも憎まれる立場だ。

家業というやつかな。生まれた時から自分の使命や運命が決まっているのって、どういう感じなんだろう……

「お前が暴れまくるから、組長はいつも胃を痛めているんだ。少しは労《いたわ》ってやれ」

「あら。私はこれで、結構色々と考えて暴れているのよ？　別に、鬱憤《うっぷん》を晴らす為だけに、悪いあやかしをぼこぼこにしている訳でもないんだから」

「分かってる」

馨の返事は思いの外早かった。

「あのくらいしなければ懲りないのもあやかしだ。そして、それを知っている退魔師の連中は、悪事を働いたあやかしを見れば問答無用で退治する」

足を止め、浅草の空にぽっかりと浮かぶ月を見上げる馨。

それはもう、ずっとずっと昔から変わらない、この世を牛耳る者たちのルールだ、と。

「牛鬼の事や、今回の事だって。お前は悪事を働いたあやかしに容赦無く見えるが、結局自分の力を見せつけ懲らしめる事で、奴らの次なる悪事を抑止している。お前にぼこぼこにされて命は見逃されたあやかしは、何故か悪事を働けなくなるからな。……お前は昔から、そうやって先手を打ってあやかしを守ってきた」

「…………」

「俺は今も昔も……お前ほどあやかしに愛情深い人間なんていないと思う」

馨は淡々と、私への理解を語った。私は口を半開きにして、ぽかーんと。

先に進みだした馨を、慌てて追いかける。

「なんか……今日のあんた、優しいわね。変なものでも食べた？」

「は？　俺はいつもこんなだろ」

「そう？　いつもならもっと怒るはず。あやかしには関わるなーって」

アパートの部屋の前まで送ると、馨はしばらくじとーっとした目を私に向け、さっと背を向けて帰ろうとする。

「ああ、待ってよ馨。もう帰っちゃうの？」

そんな馨の学ランの裾《すそ》を引っ張った。

少しくらい寄ってけば良いのに、と我が家の扉を指差すも、馨は首を振るのだ。

「今日はお互いアルバイトだったし、夕飯もご馳走《ちそう》になったし、もう時間も遅い。一緒にいられる暇は無いだろ。お前も疲れているだろうし、宿題してちゃっちゃと寝ろよ」

「あ。私、明日はアルバイト無いからね。週二で働くってことにしているから」

「……へえ」

「なんだかんだと言って、私が忙しくなったら馨も寂しいでしょうしね。あんたって格好つけているけど、基本は寂しがりだし」

「何だそれ。調子に乗ってるな、真紀」

「あんたが私のことを分かるように、私だってあんたのことなら何だって分かるわ、馨」

「…………」

馨はフッと鼻で笑うと、こちらに向き直り「はっけよーい」と両手を広げた。

私は思わず満面の笑みになって「のこった！」と馨の胸に飛び込み、馨の腰をぎゅっと抱きしめる。

馨は私を受け止めた衝撃で一歩片足を下げ、「イノシシに突進されたかと思った……」とか、いつもの調子で嫌みを言うのだった。

第七話　浅草地下街あやかし労働組合

見鬼の才を持つ、藤原《ふじわら》家の娘・茨姫《いばらひめ》。

私は昔、そう呼ばれていた。

しかし人の子として生まれながら、何の呪いか災いか。

十五になった古《いにしえ》の赤月の夜、私は〝鬼〟と成り果てた。

髪は燃え上がる炎のごとく鮮やかな赤。額には、鋭い鬼の双角。

その力は、人のものでは既になく。

膨大な霊力を制御する事が出来ず、少し触れれば人やものを壊し、感情を高ぶらせれば簡単に大地を抉《えぐ》った。

父は変わり果てた我が娘を恐れ、私を賊に殺害された事にして、地下深くに造った座敷《ざしき》牢《ろう》に幽閉した。当時最も力のあった陰陽師《おんみょうじ》・安倍晴明《あべのせいめい》が幾重にも術を施した、切れない鎖で繋《つな》いだのだ。

出して、ここから出して。

呪符が張り巡らされた恐ろしい牢《ろう》の、格子の隙間から手を伸ばし、泣き叫ぶ。

それでも、鬼をそこから出してくれる人間はいない。

今まで私を「姫」と呼び、愛し慈しんでくれた人たちも私を恐れ、疎み、やがて簡単に忘れた。会いに来る者など一人もいなかった。

何日も何日も、私はたった一人。

孤独の中、日の光を浴びる事も無く、鬼と成り果てた運命を呪った。

そのうちに生きる事に疲れた。こんな所に縛り付けるくらいなら、いっそ殺してくれればよかったのに……

だけど、転機は訪れる。

こんな私に手を差し伸べ、ここから出してくれようとしたあやかしたちがいたのだ。

それは、当時都で最も陰陽師を手こずらせていた鬼〝酒呑童子《しゅてんどうじ》〟と、人に化け公卿《くぎょう》として大内裏で働いていた〝藤原公任《ふじわらのきんとう》〟という男。藤原公任の正体は、あやかし〝鵺《ぬえ》〟だ。

公任の計画と手引きのもと、私は酒呑童子によって座敷牢から連れ出される。

『茨姫。居場所が欲しいのなら俺が作ってやる。行きたい場所があるのなら、どこへだって連れて行ってやる。……だからどうか生きる事を諦《あきら》めず、俺に攫《さら》われてくれ』

酒呑童子が檻《おり》を壊し、私に手を差し伸べた姿を、その言葉を、忘れた事など一度も無い。

その代わり、私は人であった事を、その未練を捨てたのだ。

そうして、酒呑童子の妻となった。

この茨姫こそ、後の世にまで名を残す大妖怪《ようかい》〝茨木童子《いばらきどうじ》〟であり……

現在の私、〝茨木真紀《まき》〟の前世である。

○

ヒョー……ヒョー……

どこか懐かしい、澄み切った鳴き声で目を覚ました。

開け放った春の夜の窓辺に、青白く発光するツキツグミがとまっている。

「なんだ……まだ夜中の三時じゃない」

変な時間に起きてしまったものだ。それなのに、目覚められた事にホッとする。

六畳一間の狭い部屋。ここはあの座敷牢と変わらない狭さだけど、〝今〟の私の家だと分かっただけで、ざわついた心が落ち着くのだ。

「懐かしい夢を見ちゃった……お前の鳴き声のせいね、きっと」

窓辺に指を差し出すと、ツキツグミはちょんと私の指に飛び乗った。

そしてガジガジと指を噛《か》む。可愛げの無い小鳥め……

柔らかい風に乗って、花の香りがふわりと舞い込む。私は思わず窓から顔を出した。

「あ……薔薇《ばら》だ」

こんなオンボロアパートの庭の一角に、赤い薔薇が植えられていた。

大家さんが植えたのかな……強く高貴な薔薇の香りは、あやかしだらけのこのアパートには似合わない気がするけれど、不思議と魅入られる。

月と、薔薇と、そしてツキツグミの鳴き声。

キラキラとした澄んだ霊気だけが立ち上る、天気の良い晴れた月夜だ。

「馨《かおる》も由理《ゆり》も、前世の夢を見る事って……あるのかしら」

私はあの二人に、命を救われた大きな大きな恩がある。


「あれ、組長じゃない」

「あ、組長」

「組長さん、どうしてここに？」

学校のお昼休みの事だった。

私と馨と由理がお弁当を食べる為、民俗学研究部の部室へやってきた所、中に黒いスーツ姿の若い男が居たのだ。彼は私たちの反応に対し、「おい、三人揃って組長って呼ぶな！」とさっそくキレている。

　この青年はここの学生でも、先生でもない。窓辺にもたれ、手をポケットにつっこんだポーズのまま、眉《まゆ》と目の間を狭めて怖い顔をしていた。

「ったく、お前らは相変わらずだな。学校に用があったから、ついでにお前たちに挨拶《あいさつ》でもと思って来てみれば……」

　この怖い顔の青年の名は灰島大和《はいじまやまと》。

　浅草《あさくさ》で働くあやかしたちの秩序を守る、浅草地下街あやかし労働組合の若きボスだ。

　彼はこの高校のOBであり、時々何かの用事で学校に来る事があるのだった。

「組長、前はどうもありがとうね」

「前ってどれだ茨木？　お前が牛鬼《ぎゅうき》の工場をぶっ壊したやつか？　お前が隅田《すみだ》川《がわ》の河童《かっぱ》の埋蔵金を掘り当てようとしてデカい穴を掘ったやつか？　それともつい最近蕎麦《そば》屋《や》でチンピラを半殺しにしたやつ？」

「全部よ全部」

　おどけた様な表情をして、色々誤魔化す。どれもこれも事実だから、否定のしようも無いしね。

「ったく、お前はほんと、手加減ってものを知らねーよな。合羽《かっぱ》橋《ばし》の工場もそうだが、あそこまで壊し尽くす必要性があったのかどうか。おかげでうちの仕事が増えただろうが」

「あれでも手加減した方なのよ。私が本気で暴れたら、ぶっちゃけ浅草は業火の海に……」

「あーもう良いです。そういうのほんとやめてね」

私の事情や力の事をよく知っている大和組長は、手のひらを前にかざして「洒落《しゃれ》にならん」と青い顔。

気の利く由理が、さっそくお茶を淹《い》れていた。

我が部室には水もケトルも、由理が最近持って来た新茶の高級茶葉もあるからね。

「大和さん、粗茶ですが」

「ああ。……継見《つぐみ》が入れたお茶は香りが違うな」

組長は由理の淹れたお茶がお気に入りだ。

一応これでお坊ちゃん育ちなので、由理同様に、お茶の善し悪しが分かるのだろう。

「大和さん。真紀がボコった牛鬼や、鎌倉《かまくら》のチンピラあやかしってどうなったんですか？」

由理が入れたお茶をちびちび飲みつつ、組長は馨の質問に答える。

「牛鬼の輩《やから》は、隅田川を挟んだ墨田《すみだ》区にある牛嶋《うしじま》神社が引き取ってくれた。あの神社の神である牛御前《うしごぜん》様にこき使われつつ、更生って感じかな。ここでの正しい商売の仕方を叩《たた》き込《こ》んだら、それぞれ独立の道もある」

「へ～牛嶋神社が引き取ったんだ。なら牛御前がビシバシやってくれるでしょうね」

浅草近辺には、浅草寺《せんそうじ》を始め数多くの神社があり、浮世慣れした俗っぽい神様たちが住んでいる。また神社はちょっとした悪さをしたあやかしの更生の場として、このような時に協力してくれる事があるのだった。

「それと、蕎麦屋で暴れた旧鼠《きゅうそ》共は、国際通りに新規オープンした商業施設で働くことになった。経営者はあやかしだし、寮もあるしな」

「そう。仕事と居場所が見つかったみたいで良かったわ」

真面目に働いて、ご飯を食べて、寝る場所さえあれば、あとは自分次第で道は切り開ける。浅草とはそういう場所だ。

「で、大和さん。本題は何ですか？　報告だけしに来たって訳じゃないですよね」

「…………」

由理の鋭い問いかけで、組長の目の色が変わった。

組長はお茶して世間話をするほど暇ではない。

灰島家が仕切る浅草のあやかし労働組合は、人間とあやかしの共存を目的に結成された、江戸時代より存在する大組織だ。

浅草で商売をするあやかし、仕事を探しているあやかしはここに所属し、様々な支援を受ける代わりに、人間とのもめ事を起こす事は決して許されない。

浅草はこの労働組合があるため無法地帯ではないものの、この近隣には大江戸妖怪の最大の派閥、ぬらりひょん九良利《くらり》組も存在し、緊張感のある地域だ。

あやかし退治屋の組織〝陰陽局《おんみょうきょく》〟も目を光らせている為、あやかし関連の事件が起きれば、穏便かつ迅速な処理に追われ、大和組長は胃痛を起こす日々なのである。

私たち三人は労働組合に属している訳ではないけれど、まあ〝前世あやかし今人間〟というちょっと複雑な立ち位置の為、組長とは昔から関わりがあり、持ちつ持たれつの関係にある。まあ要するに、かなりお世話になってきているのよね。

「継見の言う通り、俺は別件で用があってここへ来た。だが学校じゃ詳しい話は出来ない。放課後……〝浅草地下街〟へ来てくれないか？」

湯飲みを側の台において、意味深な笑みを浮かべた大和組長。

「あ、俺今日アルバイトなんで」

「僕はお稽古《けいこ》が……」

しかしうちの男子共の非協力的なことよ。ずるっと肩すかしを食らった組長に「お前たちもうちょっと俺を立てろよ！」と指を突きつけられている。

それでもうちの男子共、横目に見合って「えー」と。

「じゃ、じゃあ茨木。お前だけは来いよな。つーか拒否権無いからな。お前にも関係がある事だし」

「そうなの？」

「それに、お前のやらかした事を、今まで何回処理してきたと思っている」

大和組長は私の肩をガシッと掴《つか》んで、あやかし顔負けの形相で迫る。ついでにどこから取り出したのか、高級菓子折りをチラつかせ、私を誘惑するのだ。

「ま、まあ私は別に良いけど。そこの男共みたいにリアルが充実してるわけじゃないし」

お菓子につられて了承すると、馨がすかさず「あ、真紀が強制連行なら俺も行きます」と。こうなると由理も来ないわけにはいかず、やれやれポーズで「じゃあ僕も……」と。

組長はあからさまにホッと胸を撫《な》で下ろしていた。

「忙しいところ悪いな。じゃあ、後ほど浅草地下街で」

菓子折りを私に押し付け、部室を出て行く大和組長。

「…………」

組長が部室を去った後の、数秒の沈黙。それを破ったのは由理の一言だった。

「大和さん、疲れてそうだったね。忙しいのかな」

「確かに。先日も少しやつれていたけど、それに拍車がかかった感じ」

逃げ延びた鎌倉妖怪が大量に浅草にやってきていると聞くし、私たちの耳に入ってこないだけで、それ以外にも多くのあやかし関連の事件が起こっているのかも。

「……厄介な匂いがするな」

「でも大和さんの頼み事だったら、僕ら断れないしねえ」

馨と由理は気がかりな事がありそうで、しきりに唸《うな》っている。

一方私はわくわく顔で、さっそく高級菓子折りの包み紙を破る。バリバリバリバリ。

「わあ、色とりどりのマカロンの詰め合わせ！　組長ってば顔に似合わず可愛いの持ってきてくれたじゃない」

「…………」

じー……。なんか馨と由理の視線を感じる……視線が背中に刺さる……

だけど気がついていないふりをして、マカロンを口一杯に頬張っていた。


浅草地下街——それは、日本最古の地下商店街。

東武《とうぶ》線浅草駅の地下通路と繋《つな》がっている、ノスタルジー全開の古い商店街だ。

配管むき出しの天井と、切れかかった薄暗い電灯、ひび割れたタイルの床……昭和を思わせるレトロな看板が掲げられた店が続く。

飲み屋が多いため、この時間はまだ開いていないお店もあり、人通りはそれほど多くないが……でも、奴らは確かにいる。

不思議な雰囲気は、流石《さすが》にレトロチックだからというだけでは説明できない。ここ浅草地下街には、数多くのあやかしが紛れているのだ。

商売をしているあやかしも、お客で訪れるあやかしも。

なんせ、ここは浅草地下街あやかし労働組合の本拠地がある場所だもの。

「久々に来たけど、やっぱり雰囲気あるね」

「視線を感じる。あやかしも人間も交ざってんな……ここはやっぱり特殊だ」

「あ、ほらここ。組合への入り口の一つよ」

由理、馨、そして私は〝居酒屋かずの〟と書かれた看板を見つけ、その前で立ち止まった。キョロキョロ辺りを見渡し、知り合いなど居ないか確かめてから、居酒屋へと入る。

「…………」

中は暗く、あちこちから煙草の匂いが漂ってくる。

すでに営業中で、この時間からお客もそこそこ入っているみたいだ。そのほとんどが〝あやかし〟ってのが、この居酒屋の特徴ね。

一斉に視線がこちらに集まり、ひそひそと噂される声も耳に届く。

「おや？　まあまあ大妖怪《ようかい》の皆さん、お揃いで。ここへ来るなんて珍しいね」

「あ、久しぶり、一乃《かずの》さん」

髪を結い上げた艶《つや》っぽい着物の女性が、カウンターの内側から私たちに気がつき笑いかけた。彼女は一乃さん。この居酒屋かずのの店主だ。それでいて……

「真紀ちゃん、相変わらずおめめがくりくりしてて、可愛いねぇ」

にょ～と首が伸び、一乃さんの顔が私の真ん前までやってくる。

彼女もまたあやかし。かつては、吉原《よしわら》のろくろ首大夫として名を馳《は》せた有名な妖怪だ。

「一乃さんはずっと変わらず綺麗《きれい》よ」

「うふふ。その言葉をうちの大和坊ちゃんに言っとくれ」

次に一乃さんは、馨と由理の顔の前まで首を伸ばした。

色っぽい視線で、二人を舐《な》め回すように交互に見る。

「酒呑童子様は相変わらずの色男だこと。鵺《ぬえ》様も嫉妬《しっと》しちゃう程綺麗だねぇ……」

「は、はあ」

「二人ともあと十年したら、吉原出身のこのお姉さんが可愛がってあげるからね」

「………」

馨と由理は身の危険を感じたのかゴクリと生唾《なまつば》を呑《の》む。

「おいそこの妖怪若作り。高校生相手にセクハラはやめろ」

大和組長のドスの利いた声が聞こえた。

居酒屋の奥の扉から、ちょうど組長が出てきた所だった。

「誰が妖怪……若作りババアだって⁉」

「ババアとまでは言ってない。だがお前の事だ一乃」

「もうっ。坊ちゃんは本当にデリカシーが無いね！　いい大人だってのに！」

一乃さんはしゅるると首を縮め、いつも通り人の姿となってぽかぽか組長を叩いている。

ぷんすか怒ってはいるけれど、一乃さんは組合に属し、灰島家の下で働くあやかしだ。

かつてあった東京大空襲で行き場を失った彼女を、浅草地下街の労働組合が手を差し伸べ助けたとかで、彼女はその恩を忘れずずっとこの組織に忠誠を誓っている。

大和組長の事は生まれた時から知っているらしく、いつも坊ちゃん坊ちゃんと呼んで可愛がっているのだった。

「さあこっちだ。ついてこい三匹の妖怪人間」

「ん？　組長今なんか悪口言った？」

「え？　いや……流れでつい」

真顔で大和組長の背中を取る私。とたんに組長は「すみませんすみません」と。

休憩室っぽい奥の部屋の、壁に仕掛けられた隠し扉を組長のカードキーで開くと、更に下へと続く階段が現れた。

「おお……相変わらず大掛かりな仕掛けだな」

「浅草地下街にこんな秘密の場所があるなんて、誰も信じないだろうね」

「でもちょっとロマンを感じる」

下りたり曲がったり、隠し通路の扉を開いて通ったり、随分と入り組んだ場所まで進む。

これだけ大掛かりな迷路を作った理由としては、やっぱりこの先にある場所が、浅草のあやかしと人間の関係の均衡を保っている中核だからだ。

浅草地下街あやかし労働組合とは、味方となるあやかしや人間も多いが、邪魔だと感じる者たちも数多く存在する敵の多い組織である。

「さあ着いたぞ」

やっと辿《たど》り着いたのは、割と普通の事務所っぽいドアの前。

貼り付けられたプレートに〝浅草地下街あやかし労働組合本部〟って書いてある。

中に入ると、黒いスーツにサングラス姿の男たちが数人いて、それぞれのデスクで働いていた。いやかなり普通の事務所だ。

大和組長が戻ってきた事に気がつくとすぐに立ち上がり、「ご苦労様です、坊ちゃん！」と勢いのあるお辞儀をするのだった。いや……かなりあっち系の匂いのする流れだ。

「ここはやっぱりやくざの事務所っぽいな」

「おい天酒《あまさけ》。やくざの事務所とか言うな。至って真面目な組織だ」

大和組長は私たちを黒いソファに並んで座らせ、向かい側に座った。

黒スーツの男が紅茶とケーキを持ってきて、目の前の机に並べる。

美味《おい》しそうなビターチョコレートケーキだ。そしてダージリンの良い香り……

目を輝かせ、出されたケーキをガツガツ食べていると、隣の馨が「太るぞ」とか余計な一言を。なので馨のケーキも食べてやった。

「ああああっ、お前！　人様のケーキを！」

「あんたがまるで手をつけないから、いらないのかと思ったわ」

「ふざけんなこの大食い遠慮無し女め〜〜っ」

「あんたのものは私のもの、私のものは私のもの」

「ふざけんなこの鬼嫁め。今すぐ離婚だ！」

こんな場所でもヒートアップする、私と馨の痴話喧嘩《ちわげんか》。まだ結婚してませんから。

「おい、そこの鬼夫婦。痴話喧嘩なら後でやれ。見せつけてくれるな……ったく」

話を始められない大和組長はイラッとしているし、由理はと言うと自分のケーキに被害が無いように、しっかり守っている。

私と馨はお互いチラッと目配せしてから、やっと大人しくなった。

「じゃあ本題に入るぞ。これを見ろ」

組長は胸ポケットを探り、取り出した一枚の紙を目の前のテーブルに広げた。

それは、赤ペンで星マークの印が入った浅草周辺の地図だった。

「何これ。浅草に眠るお宝の地図？」

「違う。六月の巳《み》の日に行われる、大江戸妖怪たちの百鬼夜行の開催場所だ」

「ああ……あのあやかしたちが集まって情報交換する、ただの出会い系パーティー」

馨は現代の百鬼夜行をそのように表現した。

百鬼夜行と言うのは、あやかしたちが深夜に大行進をする事象であるが、現代では百鬼夜行を行える場所は、〝狭間《はざま》〟という特殊な裏空間だけに限られている。

というのも、眠らない現代社会の街中で、夜な夜な百鬼夜行なんて行うと、人との衝突に繋がりやすく、大事件が勃発《ぼっぱつ》しやすい。交通事故が起きてあやかしも危ないしね。

それでもあやかしたちは、この時代でも百鬼夜行を定期的に催している。

それはかつての様な大行列の行進ではなく、百鬼夜行専用の提灯《ちょうちん》を持って〝狭間〟に集い、飲み食いをして様々な土地のあやかしたちと交流する、大規模な宴会だ。

この百鬼夜行にて商売仲間を見つけたり結婚相手が見つかったりする事もあるらしく、人間界で居場所を失いやすいあやかしたちの、一種の出会いの場なのだった。

「今回の百鬼夜行は、浅草最大の狭間、浅草六区から入る〝裏凌雲閣《うらりょううんかく》〟で行われる。この百鬼夜行には俺も参加しなければならない」

「組長、人間なのに百鬼夜行に行くの？」

「今回は開催地が浅草だからな。主催側が、大江戸妖怪最大の派閥〝ぬらりひょん九良利組〟という事もあって、お呼ばれを無視する訳にもいかない」

「ぬらりひょん……」

以前狸の蕎麦屋《そばや》でぬらりひょんの大御所を助けた事があったっけ。その繋がりかな。

「それに、少し気がかりもある」

「気がかりって……もしかして、鎌倉妖怪の件ですか」

馨の問いかけに、大和組長はピクリと眉《まゆ》を動かして、「ああ」と頷《うなず》く。

「牛鬼も、あのチンピラ旧鼠も、鎌倉妖怪だったっけ」

「ああ。実のところ鎌倉妖怪は約二ヶ月ほど前、陰陽局と衝突し大規模な粛清に遭っている。その時、数多くのあやかしが捕われ、またその住処《すみか》を追われたんだ」

陰陽局とは、平安時代より名を変え日本に存在する退魔師の大組織だ。

日本に数々ある、あやかし退治を家業としている名門一族や、フリーの退魔師、陰陽師などが加盟している。

人間に害がありそうなあやかしを問答無用で退治する、そんな輩《やから》ばかりの組織……

「というのも、鎌倉妖怪の〝魔淵組《まぶちぐみ》〟という一派が、人間に対して違法な商売をしていたらしくてな」

「……違法な商売？」

由理がスッと目を細め、端的に聞き返す。大和組長は側に居たサングラスの男に合図をすると、サングラスの男は木の小箱をテーブルに置いた。

「これを見ろ」

「…………」

なんか、小分けにされた袋に乾燥した粉々の葉っぱが入ってる。

「これ何？」

「やばいな。場所も場所だし、いけない薬をやくざに売りつけられてる気分だ……」

「絶対に手を出しちゃダメだよ二人とも」

私と馨と由理がひとしきりザワついていると、組長が慌てて「薬じゃねーしやくざでもねーよ！」とドスの利いた声で否定した。

「これは、鎌倉妖怪たちが主力商品として製造していた高級な〝妖煙草《ようたばこ》〟だ。鎌倉妖怪たちは、あやかし専用の強い妖気の混ざった嗜好《しこう》品を数多く扱っていた。煙草や酒なんかだな。問題は……それを密《ひそ》かに、人間にも売っていたという事だ」

「……人間に？　それって確か、戦後禁止された商売じゃなかったかしら。特に煙草」

「ああ。妖煙草はあやかしに無害でも、妖気に耐性の無い人間には影響が強すぎるからな。今回、この手の煙草を手に入れた人間たちが、妖気に毒され意識不明になったり、中毒症状に苦しんだり、死にかけたりした。表向きは薬物中毒的な扱いで処理される訳だが、裏では陰陽局が動いた訳だ」

「なるほどな。そりゃ、あやかしを悪と見なしている陰陽局に目を付けられる訳だ」

「ああ、これに関しては、金に目の眩《くら》んだ鎌倉妖怪共の自業自得としか言えない。しかしまあ、鎌倉妖怪が不幸だったのは、それを事前に取り締まる、うちの様な労働組合も無かった所だな。確か鎌倉の労働組合は十年前に破産したんだったか……」

組長は続けて、あやかしの生み出した〝妖的〟な品物が、人間界に渡る事は度々あるという話をした。

骨董《こっとう》品や書物など、古い時代のものには特に多く、世間一般的に、それは曰《いわ》く付きの品物という扱いを受ける。人間はこの手の品物に、酷《ひど》く魅せられやすいらしい。

これらは、あやかし側が悪意無く売ってしまったものだったり、悪意をもってわざと人間たちに流したものだったりするが、結局の所、人間に害を与えてしまったあやかし、また人間に害を与えかねない商売をしたあやかしは、人間の敵として処分の対象となる。

こういう時に、政府御用達《ごようたし》の陰陽局が動き、内々に処理するのだった。

「で、問題はここからだ。人間に売った方が金になるからと言って、魔淵組の鎌倉妖怪《ようかい》たちは、ある大江戸妖怪一派からの注文を断り続けていた。それが、今回の百鬼夜行の主催である、ぬらりひょん九良利組だ」

「うそ。すごい度胸ね。大江戸妖怪最大派閥の注文を断るなんて……」

でも、それはあやかしの力というものの影響力が下がってきた証拠でもある。

結局、人間に対して商売をした方が稼げるのは、その通りだから。

「どうにも魔淵組の連中は、この手の商売がバレた理由を、九良利組が腹いせに陰陽局に密告したせいだと考えている様だ。そのせいで、夜な夜な双方のあやかしの抗争が絶えなくてな。浅草が巻き込まれたらたまらん。俺たちも徹夜して頑張ってんだ」

「それで組長、目の下のクマがすごいのね」

組長は頷きながら、あくびもしていた。本当にお疲れのご様子だ。

「何かを見落として、浅草でヤバい事件でも起きてみろ。今度はここが陰陽局の連中に目を付けられてしまう。それは大変まずい。せっかく長い時間を費やして、あやかしにとって平和な場所にしたってのに。そもそも人のシマで好き勝手されるのは気に入らねえ」

「……人のシマって」

いかにもやくざっぽい言い回しはさておき、確かに浅草は、東京で最も人間とあやかしの関係が深い土地だ。

もし大きな問題が起こったら、正義面した陰陽局の退魔師のお出ましとなり、それこそ鎌倉の様に、浅草のあやかしたちが居場所を追われる可能性がある。

「そこで、まあ頼みというか、相談がある」

組長が改まって、前のめりになり何故か小声になったので、私たちはつい……

「ま、まさか、やっぱり煙草を買えと……？」

「違うっ！　百鬼夜行についてだ！　……おい矢加部《やかべ》これを引き下げろ。こいつらには少し刺激が強すぎたみたいだ」

サングラス男の矢加部さんが、組長に言われた通り箱に入った例のブツを引き下げる。

「お前たち……というか、主に茨木」

「ん？」

追加で出された揚げ饅頭《まんじゅう》を齧《かじ》った姿のまま、名を呼ばれ目をぱちくりさせた。

「実は今回の百鬼夜行、お前にも招待状が届いている。ＶＩＰ扱いだぞ」

「百鬼夜行に招待……しかもＶＩＰ？」

はて、どういう事だろう。私は綺麗《きれい》な和紙の封筒を組長から受け取った。

サングラス男の矢加部さんがハサミをもってきてくれたので、それで封筒を開け、手紙を取り出した。すると、何も書かれていない紙の表に、ジワジワと文字が浮かび上がって招待状の文面が現れる。

「おいマジかよ……確かに真紀を招待しているな」

「真紀ちゃん、大江戸妖怪の偉いあやかしと関わりあったっけ」

「んー……あ。もしかして、丹々屋《たんたや》で出会った、あのぬらりひょんのおじいさん？」

思い当たるのは、あのおじいさんくらいのもの。鎌倉妖怪のチンピラたちが暴れても、ひたすら鴫せいろを食べ続けていた、あの。

ぬらりひょんだと分かったのは、最後の最後だったけれど……

「その通り。前にも言ったろ。あの方は大江戸妖怪最大のあやかし一派、ぬらりひょん九良利組のご隠居様だ。茨木の事を随分と気に入ったみたいで、ぜひ百鬼夜行に招待したいとの事だ。俺としても、茨木に参加してもらえれば助かる。タダで美味《うま》い飯が食えるぞ」

「……タダで美味い飯。悪く無いわね」

私はタダ飯にすっかり翻弄《ほんろう》されているが、馨と由理は「んん？」という訝《いぶか》しげな顔をしている。普段は百鬼夜行などというあやかしにまみれた集会に興味を示さない馨が、困惑した様子で大和組長に物申した。

「大和さん、真紀だけ行かせるのは少し……いやかなり問題ありかと」

「私、まだちゃんと行くとは言ってないけど……まあ行くけど」

「安心しろ。天酒と継見も、参加できるように手配している。まあ、参加する気があるのなら、という所だがな」

「……なら、僕は参加します」

「ん……？」

驚いた事に、最初にはっきりと参加の意を示したのは、今の今まで黙っていた由理だった。いつもなら、私や馨の様子を見て、やれやれな感じで由理が付き合うのがお決まりの流れだったのに……

馨が「じゃ、じゃあ俺も」と、いまいち決まらない返事をする。

由理は僅《わず》かに視線を落とし、何か特別言う事もなく、上品にお茶を啜《すす》っていた。

「お前たちが来てくれるのなら、俺も心強い。外部の大妖怪たちの化かし合い大会に行くのは、毎度のごとく胃痛がしてくるからな」

「組長、なんか胃を痛めてばかりでかわいそうね」

「心にも無い事を言いやがって、茨木。まあ今回は鎌倉妖怪の件もあって、九良利組とは協力体制を築きたいという狙いもある。今回の情報も、九良利組から聞いた話が多い。正直俺の様な人間の若造がいるより、お前たちの方が存在感も影響力もあるだろう。俺は術師の名家の人間とは言え、霊力はお前たちより圧倒的に低いしな」

組長は苦笑し、肩をすくめてため息をついた。

「いや何、あまり深く考えるな。なんかヤバいと思ったら、俺の事はかまわずすたこら逃げてくれて良いからな。俺だって……本当は、ただの人間であるお前たちを、この手の事に巻き込みたくは無いと思ってるんだぞ」

「……組長？」

「たとえ前世が大妖怪だろうが、お前たちはもう、ただの人間だ。家族だっているし、学校もある。あやかしと関わらなければならない家業って訳でもない。それなら……できるだけあやかしと関わらずに生きていきたいと思うのは当然だろうな」

大和組長は私たちの事情を知っている、数少ない人間だ。

小さな頃からこの家業に縛られている者として、私たちの存在や考え方には、色々と思う所があるのだろう。怖い顔をしているけれど、この若者が背負っているものは、今の私たちよりずっと大きなものだ。

なんせ、浅草で商売をするあやかしたちの未来を左右する、大きな要《かなめ》なのだから。

「と言う訳で……」

帰り際に、組長は私たちにそれぞれ小さな風呂敷《ふろしき》を手渡した。

「はいこれ、賄賂《わいろ》……いや違うお供え物？　いやいやただの土産のバームクーヘンだ。百鬼夜行ではよろしく頼むぜ大妖怪様方～ははは」

組長、私たちの肩をポンポン、と。

これでもう、この件からは逃げられないみたいだ。


浅草地下街を出て、私と馨、そして由理の三人で、夕暮れ時の雷門《かみなりもん》通りを歩いていた。

「組長は好きよ。人間にしちゃあ、なかなか見所のある男だわ……あやかしの事をいつも考えているし、それに毎度お土産をくれるし」

「ほお。なら大和さんのところに嫁入りするといいぞ」

「そんな、組長がかわいそうだわ！」

「真紀ちゃんって……一応自覚はあるんだね。何のとは言わないけど」

「そして俺はかわいそうでも良いんだな。哀れだ」

由理は苦笑いしているし、馨はため息をついて肩からずり落ちた鞄《かばん》をかけ直す。

失礼な男共め。

「確かに、大和さんは普通の人間でまだ若いのに、大きな組織を背負っている。今の僕らよりずっと大変だろうね。あやかしと人間のバランスを取ると言うのは……」

「……由理？」

由理はふとそんな事を言って、憂いを帯びた視線を上げた。

その時にはもう、いつもの爽《さわ》やかな笑顔になっている。

「じゃあ僕ここで。明日、また学校でね」

「お、おう……」

「うん、また明日ね、由理」

途中で、方向の違う由理と別れて、私と馨は、共に浅草ひさご通りにあるあのオンボロアパートへと帰った。

少しの間、無言で人ごみを歩いていたのだけど、私は途中で立ち止まり、馨に尋ねた。

「ねえ馨、組長の依頼……引き受けるの嫌だった？」

「ん－……別に」

「そう？　でもなんか、さっきから顔つきが険しいっていうか。由理も何か変だったし」

「そりゃあ、心配が一つも無い訳じゃないが」

馨もまた立ち止まって、私の方を振り返る。

「まあでも仕方が無い。お前が断れば大和さんの立場にも影響が出るしな。それに由理が引き受けたんだから、俺が文句を言う訳にもいかない」

「……確かに、由理がこの手の話を、自分から引き受けるのは少し珍しいものね」

「多分あいつは、大和さんに昔の自分を重ねてしまっているんだろうよ」

人間とあやかし……

その間に立ってバランスを取っていた、千年前の鵺《ぬえ》というあやかしの事を思い出す。

確かにその姿は、今の大和組長と重なる点が多い。由理は組長を見る度に、かつての自分を思い出すのだろう。そして、その末路も。

どちらに偏る事も出来ないと言うのは、孤独だ。だけど、こういう立場の者がいなければ成り立たない秩序というものがある。

由理は、そう言った前世のしがらみや苦悩を、今でも思い出す事があるのかな……

「ねえ馨……馨は、前世の夢って見る事ある？」

「は？　なんだいきなり」

ふと、私は昨日見た夢を思い出し、馨に問いかけた。ちょうど、馨や由理もそういう夢を見る事があるのかなって、考えていたのよね。

「……見ない事は無い。だが、別に大した事じゃない」

「そう。あんたの事だから、毎夜悪夢を見て魘《うな》されてるんじゃないかなって思ってたのに」

「それほど前世にこだわりは無い。引きずるつもりも無い。お前や由理とは違ってな」

「………………」

馨には、私や由理が、前世にこだわっているように見えるのか。

その通りなのかもしれないけれど……私には、馨がそうじゃないとは思えないのよね。

「ねえ馨、今日の晩ご飯、何食べたい？」

「何だ、もう飯の話か？　切り替え早すぎないか？　驚いたぞ」

「何食べたいって聞いといてあれなんだけど、実は今家計が火の車なの。馨もバイト代が入る前だし。だから今夜は質素な食事になりそうよ」

「……マジか。少し食費足そうか？」

「大丈夫よ。妻としては決まった食費であと二日を切り抜けたいと思ってるわ。だから三択ね。一、もやし鍋《なべ》。二、もやしと卵のとん平焼き。三、もやしとサバ缶の炒《いた》め物」

「もやしばっかりだな……」

「もやしなら我が家で大量に育ってるもの。私のお腹を満たすには、無料もやしに頼るしかないのよ」

「……じゃあ、もやしとサバ缶の炒め物で。俺、サバ缶好きだし」

「サバ缶って保存食にもなるし、安売りしている時に買っといて良かったわ。後は……ちょっとずつ残ってる野菜と乾燥わかめでお味噌汁《みそしる》作って……馨がバイト先から貰《もら》ってきた大根とごぼうのお漬物もあるし……あ、そう言えば組長がくれた高級バームもある！　うーん、でも馨も私も食べ盛りの高校生。あと一品は欲しい所よね」

特に私は、これでは保《も》たない。肉が……足りない！

馨はそんな私の複雑な乙女心（？）を簡単に見抜いていた。

「じゃあ、そこの肉屋で唐揚げでも買って帰ろう」

「え？　でも……そりゃ食べたいけど、余裕無いもの」

「これは純然たる、俺のおごりに過ぎないから気にするな……」

「ほんと⁉　馨はほんと最高の夫ね！　バイト代が入る前なのに、自分のお小遣いから唐揚げを買ってくれるなんて」

なんて甲斐甲斐《かいがい》しい奴……っ。私は指を組んで、瞳《ひとみ》を潤ませ馨を見上げるも、馨は「何か腹立つな」と。

「いつもお土産を買って行ってるだろうが。これは俺にとって習慣のようなものであり、誰かさんの洗脳による賜物《たまもの》だ」

「またそんな捻《ひね》くれた事を言って。じゃあ、将来あんたがサラリーマンになって、ひと月のお小遣いが二万以下になっても、我が家に何かお土産を買ってきてね」

「…………え？」

と言う事で、今夜は高校生らしからぬ地味な貧乏飯に、馨のおごりの唐揚げ。食後には高級バームクーヘンでほっこり、という奇妙な晩餐《ばんさん》となった。

結果そんなに貧乏飯ではない気もするし、何より馨と一緒の夕飯は、それだけで安心感があって幸せだもの。

でも本当の修羅場は明日かも……

食費を入れたがま口財布の、たった一枚の五百円玉を見て、私は明日の夕食をどうしようかと眉《まゆ》を顰《ひそ》めたのだった。

《裏》馨、おみくじが当たる？

真紀の家で夕飯を食べ、一緒に海外ドラマを観てまったり過ごした夜。

俺、天酒馨は向島《むこうじま》にある自宅へ戻った。日々の変わらない帰宅のはずだったのだが……

「別れたいって、どういう事よ‼　はあ⁉」

「………」

「絶対に離婚してやらないわよっ!!」

なんか……我が家が修羅場というか、火の海だった。

お袋がさっきから、親父に向かって別れたく無いと怒鳴り散らしている。

俺が帰ってきたのを親父がチラリと見てから、「今言った通りだ。別れてくれ」と。

ほお。親父がいよいよ離婚話を切り出したのか。まあ夫婦生活は破綻《はたん》してたしな。

「嫌よ！　絶対別れない……絶対別れないから!!　何なのよ、今までずっと仕事だなんだって、家を空けて好き勝手してたくせに……っ」

それはお袋もだろ、という俺の心のつっこみ。

お袋だって他の男と遊びまくってるくせに、親父とは別れたくないなどとのたまう。

訳が分からないが、まあ親父は結構な高給取りだからな。親父はさっさとこの家を捨てて、自由の身になりたいみたいだが……

複雑な話だが、俺のお袋はバツイチだ。要するに二度目の結婚で俺を産んだ。

前の旦那《だんな》との間に別の子供がいたりする。子供がいながら今の旦那……要するに俺の親父を好きになって、お袋は前の家庭を捨てたのだ。

ま、自分がやったことは自分に降りかかってくるということだな。

当のお袋は自身の過去を棚に上げ、ヒステリーに言いたい放題喚《わめ》き散らしている。

ふざけるな、この裏切り者……と。

全く逞《たくま》しい。親父も親父だが、別れたくなるのも無理は無い気がする。

お袋は親父が仕事で居ないからと、いつも家を空け、外で散財し遊びまくる、本当に仕方の無い人だった。

それを注意すれば、すぐに喧嘩《けんか》に発展する。俺と真紀の言い合いなんて可愛いと思えるくらい、激しく醜い、金切り声と怒鳴り声の響く、聞いていられない夫婦喧嘩だ。

そんな家庭に癒《いや》される夫もいないだろう。

親父は余計に家に帰らなくなった。外に女がいる。

俺は俺でこんな性格だから、二人を元の関係に戻そうなどと考える事も無かったし、誰も居ない家にいたって仕方が無いからと、真紀の家で夜まで過ごすようになった。

こんなんじゃあ、家族の心が離れるのも当然だ……

「あんたが出て行くってことは、馨の事も私に押し付けるって事でしょう⁉　あの子の面倒も全部私に押し付けて、一人だけ自由になろうって言うんでしょ‼」

いきなり俺の名を出され、ハッと顔を上げる。お袋はキツい目で俺を睨《にら》み、指を突きつけ、今度は俺を理由に喚き散らす。

ああ、ふざけんなよ……俺を巻き込むな……

学費の面は仕方が無いにしても、高校生になってからと言うもの、この両親にまともにお世話になった事などほとんど覚えが無い。

飯は作らない。掃除もしない。そもそも家に居ないくせに……

「あんたは男だし仕事もあるし、人生やり直せるかもしれない。でも私はもうどうしようもないじゃない！　あんたのために前の家庭を捨てたって言うのに!!」

「……そんな事を、俺のせいにされても困る」

喚くお袋に対し、親父は嫌に淡々としていた。帰宅したばかりのスーツ姿のままでいる。

親父のお袋を見る目は淀《よど》んでいて、既にお袋を見限っているように見える。

こうなったらもう手遅れだ……この人たちが、再び夫婦として愛し合う事は無いだろう。

俺はこんな修羅場の最中でも、明日の宿題をしなければならないことを思い出し、自室へと戻った。

ただ、壁の向こう側からどうしても忍び込んでくる、二人の嫌な空気が気になって仕方が無い。気にしないように勉強に集中しているつもりでも、気がつけば手に持つペンを机にコンコン打ち付けたりしている。

ガシャン！！！

「……はあ」

何かが壊れる大きな音がして、思わずため息をつく。

居間に向かうと、グラスがテーブルの隣で割れ、ガラスの破片が飛散していた。

状況を見るに、親父がしびれを切らし、グラスを床に叩《たた》き付けた様だった。お袋に言われてばかりで、いよいよキレたんだな。

「……っあんた、自分が悪いくせに逆切れしてんじゃないわよ!!」

「うるさい！　お前に人の事が言えるのか！　人の稼いだ金で遊んでばかりで、ろくに家事もしないくせに……っ！　自分が被害者みたいに言うな!!」

これを聞いて、お袋がカッとなって親父につかみかかった。親父もお袋を強く振り払い、もう家を出て行こうとする。

「どこへ行くって言うのよ！　待ちなさいよ!!」

そんな親父を掴《つか》み、引っ張って、どこへも行かせないよう必死になるお袋。

軽く暴力じみた喧嘩になっているから、流石《さすが》に止めに入る。

「おい、やめろよ。いい加減にしろ。近所迷惑だ」

髪や胸ぐらをつかみ合う両親の肩を掴み、引き離そうとした。

しかしお袋はもの凄《すご》い形相で俺を睨んだ後、勢い良く俺の胸を押したものだから、俺は少しふらついて、砕けたガラスの密集地帯を踏んでしまう。

「…………」

痛かった。痛かったとも。

足の裏なんて酷《ひど》い。ざっくりだ。血がだらだら流れて床を染めている。

まさかだな。こんな形で、浅草寺で引いた〝大凶〟のおみくじが当たるとは思っても見なかった……なんて考える余裕があるので、俺は冷静だ。

しかし両親は、俺の足から血が流れるのを見て、少しの間何も言えずに固まっていた。

特にお袋は真っ青になり、情緒不安定のまま震え、号泣しだす。

「な……何でいつもいつもこんな事になるのよ……っ。全部全部全部、私が悪いみたいに」

「別に、あんたのせいだとは思ってないぞ。俺が不注意だったせいで……」

「それよ！　あんたのそういう所が気に入らないのよ！　何で……っ……いつもそんな風に上から目線で……悟ったような、分かりきったような口を利いて……馨……っ」

「…………」

何だよそれ。なら、何て言えば良い。

俺はどこか冷めた目をしてお袋を見据えたが、彼女はそんな俺の態度も気に入らないのだろう。ある意味、恐怖している。

まるで、前世のお袋みたいだ。そうやって、俺を得体のしれないものでも見るように……

「……はあ」

大きく息を吐いて、片足でぴょんぴょん跳びながらソファに座った。

親父がすぐにタオルを持ってくる。

「おい、今から病院へ行くぞ」

「でも夜中だぞ」

「だが、このままじゃまずいだろ。救急病院なら開いている」

「ならタクシーを呼んで行く。親父もお袋も、どうせ今から家を出るんだろ」

「こんな時くらい……親に頼れ」

親父は両目をすぼめ、歯がゆいような苛立《いらだ》たしいような、でも申し訳ない気持ちも滲《にじ》んだ、難しい顔をしていた。

多分この人にとっても、俺はあまり可愛い息子では無いだろう。

可愛げの無かった俺を、どこかよそよそしい目で見ている事の方が多かった。

ま、曖昧《あいまい》な存在だよな。前の旦那の子供かもって、思ったりするのかもしれない。

両親は特に美形でもないのに、こんな見目麗しい俺が生まれてきた訳だから……って、いたたたたた。

足が猛烈に痛いんですけど。絶対足の裏に小さなガラスが刺さってる……

「……っ……」

でも、久々に見た自分の大量の血に、なぜかホッとしたりもするのだ。

前世では激しい戦乱を、力のままに暴れ、駆け抜けていた。

もっともっと体を傷つけて、血を流して戦っていたんだよな。

こんな平和な世の中じゃあ、自分の血なんて、滅多に見る事が無いけれど。

「馨、行くぞ」

親父はこんな夜中に、俺を車で病院に送った。

色の白いぽっちゃりしたおっさんの医者に足の裏を見てもらい、刺さった小さなガラスを取り除いてもらう。夜勤の若い看護師には、包帯をグルグル巻いてもらった。

しばらくは片足で歩かなくてはならないらしい。

まじかよ。百鬼夜行に参加する事になったばかりだってのに、先行き不安……

俺は骨折した訳でもないのに、なんかそれなりの松葉杖《まつばづえ》を借り、再び親父の車に乗って家へ戻ったのだった。

○

『鬼の子め、鬼の子め！　お前なんか私の子じゃない』

しがない村のある女の胎内に、十六ヶ月宿り生まれて来た子ども。

それが、千年前の俺だ。

当時の母は、生まれたばかりの赤子の、生え揃った髪と歯を不気味に思い、驚愕《きょうがく》の声をあげたと言う。しかもその子どもは、通常ではあり得ない速度で成長し、幼児と言える年頃にして、大人顔負けの知力と体力を持っていた。

その才覚を奇妙に思った村人は、陰で「あやかしの子ではないか」と噂する。

十二の頃にはどんな女をも虜《とりこ》にする美男に育っていたが、俺は恋心など知る由もなく、言い寄る女たちを片っ端から振ったあげく、恋文を冬の焚火《たきび》の足しにした。そのせいなのかは分からないが、女たちは皆恋煩いで死んでしまったのだった。

あり得ないような、本当の話だ。あれは実に、訳の分からない現象だった。

しかしこの事がきっかけで、俺は表立って「鬼の子」と罵倒《ばとう》され、人々に虐げられるようになる。

元々あまり俺を見ないように振る舞い、他の兄弟ばかりを可愛がっていた母。

彼女は村に流れた「あやかしと契ったのではないか」という噂に酷く傷つき、それを否定するため、いっそう俺を拒否した。

お前は私の子じゃない、どうして私から生まれたんだと、毎夜のごとく嘆いていた。

確かに自分から生まれた子であるのに、それを信じる事は無かった。もうすっかり疲れ、精神が病んでいたのだ。

父もまた、俺を自分の子だとは思えなかったみたいだ。俺を遠くの寺に連れて行き、何度もすまないと言って、そのまま寺へと預けたのだった。

まあ、要するに、俺は捨てられたのだ。

自分に似てもいない、災いばかりを招く子を、愛せる親なんていない。

仕方が無い事だ……全て俺が元凶で、俺の存在が悪いのだ。

俺はしばらく、寺で真面目に修行をして過ごした。勉学に励み、俗世を捨てれば、両親に愛されなかった虚《むな》しさやるせなさも忘れる事ができるだろうと思って。

しかし、何の因果か運命か、俺は十五になった赤月の夜に、本物の鬼と成り果てる。

結局俺は寺をも追われ、誰に受け入れてもらえる事も無くあちこちを放浪し、やがて京の都に辿《たど》り着いた。

魑魅魍魎《ちみもうりょう》の蠢《うごめ》く、呪われた平安京《へいあんきょう》。

ここならば自分を受け入れてくれる誰かがいるんじゃないだろうか。

居場所があるんじゃないだろうか……

そんな、儚《はかな》い希望を抱いて。

これが、今の俺の記憶する、後の世の大妖怪《ようかい》〝酒呑童子〟の出生だ。

〇

「………いっ！」

早朝、目を覚ましたのは足の裏の痛みのおかげだった。

いや、むしろこのせいで悪夢を見ていたのかな。

「いやいや、きっと真紀のせいだ。あいつが前世の夢の話をしていたから……」

何にしろ、痛み止めを飲みたい。唸《うな》りながら起き上がり、けんけんしながら台所まで行き、薬を飲んだ。

玄関を覗《のぞ》くも、父の靴は無い。仕事へ出た後のようだ。

お袋のも無いが、彼女の場合は、昨晩俺たちが病院から戻った時から既に居なかったから……おそらくあと二日は戻らないだろう。

まあ良い。

両親がいない方が、余計な気を遣わなくて良いし、とばっちりを受ける事も無い。

またけんけんしながら移動しつつ、食パンをトーストして食べ、荷物を揃え、急いで家を出た。真紀を迎えに行かないといけないしな。

松葉杖をついて道を歩いていると、道行く人がいちいち俺を見る。

当然、怪我人は目立つか。俺は軽く地面に、怪我した左足をつけてみた。

「……うぃ………ってえ〜……っ。ああ、ダメだこりゃ」

昨晩から霊力を足裏の治癒にあてていたんだが、完治にはほど遠い。

こういうのは由理の方がよっぽど得意だからな。もしくはあのいけすかない水蛇《みずち》の薬局に薬を貰《もら》いに行くべきか……

何にしろ、今日は五月半ばにして七月上旬並みの暑さと来た。

汗が頬を流れ、落ちる。疲労しやすい。

人間とは本当に弱い生き物だ。この程度の怪我でも激しい痛みを感じ、動くのにもひと苦労で、すぐに疲れてしまう。

酒呑童子だった頃は、このくらいでヘコタレたりしなかった。なんせ、体がもっと頑丈だったしな。あやかしってそんなもんだ。

「真紀の家まで辿り着くには、結構時間かかるかも……あいつを起こそう」

スマホでモーニングコールをしようと思い、言問橋《ことといばし》を渡りきった所で、隅田川《すみだがわ》沿いの公園に設置されている椅子に座り込んだ。

そしたらふと、川沿いの景色が気になってしまう。

公園には、犬を散歩させているおっさんと、ランニングをしているおじいさんと、幼稚園児の子どもの手を引く出勤前の父親の姿があった。

「…………」

自分が幼い頃も、あんな風だった気がする。毎朝親父が、通勤のついでに俺を幼稚園へと送ってくれたっけ。お袋の作った弁当を鞄《かばん》に詰め込んで……

あの頃はまだお袋と親父も普通の関係だった。真紀と由理の両親とも、同じ幼稚園に通っていたという事でそれなりに交流があったものだ。

俺たちはこの公園に集い、母親たちが世間話をしている間に、こそこそと姑息《こそく》な遊びを開発していたっけ。絶対に負けないドッジボール、絶対に負けない鬼ごっこ、小学生をいじめて喜ぶ中坊を逆にいじめ返す方法、などなど。それは、子供として振る舞わなければならない事へのやるせなさや羞恥心《しゅうちしん》への反動だったんだと思う。

親たちは俺たちが純粋に遊んでいると思っていたに違いない。

確かに、真紀や由理は子どもの振りをするのが上手《うま》かった。

だけど俺は、この二人と違って、無邪気ぶるということがとことん苦手だった。園児たちに交ざってダンスしたり、子どもっぽい言葉遣いで挨拶《あいさつ》をしたり……

前世の記憶がどこかで邪魔をして、幼い頃から落ち着き払った、両親に頼ったり甘えたりする事がほとんど無い、我ながら可愛くない子供だった。

食べたいものを聞かれても「何でもいい」と言い、欲しいものがあるかと聞かれても「特に何も」と言うようなクソガキ……

何事においても、常に両親の期待以上の成績をおさめた。

それも淡々と、両親に何かを言われる事も、注意される事も無いまま。「すごいね」と言われても「別に」と返してしまっていた。

手のかからない子どもって言ったら聞こえは良いが、両親からしたら、俺はあまりに〝我が子〟感が無かったのだろう。

夫婦の関係が悪くなるにつれ、両親ともに、俺への関心が薄れて行った。家庭以外の場所に癒《いや》しを見いだしたからだ。

どうせ馨は大丈夫。親が居ても居なくても、問題無い。関係無い。

そんな風に思って、成績や部活動、その日の出来事なんかを聞いてくる事も無くなった。

俺が勝手にアルバイトを始めても、特に文句も言わなかった。

やがて三人は、ほとんど家族らしい会話をしなくなる。皆して別の方向を向いていて、遠ざかって行ったのだ。

普通の男子高校生なら、グレてもおかしくないような環境だ。

だが俺の側には、ずっと真紀や由理がいた。両親以上の理解者がいたからこそ孤独ではなかったし、この環境を苦とも思わなかったんだ。諦《あきら》めてしまっただけかもしれないが。

「……虚しいもんだな、家族なんて」

だけど、まるで前世の家族関係をなぞっているかの様で、時々嫌になる。

人間に生まれ変わってもこれだ。なんだかんだと言っても、根本的な原因は俺なのだろう……

俺がもう少し、あの二人にとって我が子と思える息子であったなら、家族関係はまた違ったものになっていたのかもしれない。

「…………」

スマホを片手に、キラキラ光る川の流れをただぼーっと眺めていた。

そんな時、突然視界が暗くなる。

「わっ、何だ⁉」

驚いて振り返ると、朝の陽光に照らされ、赤く艶《つや》めく、長い髪を見る。

「……真紀？」

真紀だ。セーラー服姿の真紀が、何食わぬ顔で立っていた。

「あんたの後ろ姿って、なんでそんなに分かりやすいのかしら。哀愁のせい？　くすぶった不運オーラのせい？　思わず目隠ししてしまったわ」

「……俺まだお前に、モーニングコールしてないよな？」

「モーニングコール？　たまには私があんたを迎えに行ってみようかなって思っただけなんだけど。私、これでも最近早起きなの……主にツキツグミの鳴き声のせいでね」

彼女は何故か勝ち誇った顔……の後に、間抜けなあくびをした。

「ところで、どうしてこんな所で休んでるの、馨」

「お前、俺の顔ばっかり見てないでこの足を見ろ」

俺は怪我をした左足を指差した。真紀はそれを見たとたんギョッとする。

「え…っ。何……？　まさか骨折⁉」

「違う。ガラスを踏んだんだ」

「え、いつ⁉　だって、昨日に一緒に貧乏飯食べて、一緒にドラマ観て、それであんた、元気に帰ってったじゃない」

「その後だ。……ちょっと家族で揉《も》めてな」

真紀はそれを聞いて、何となく怪我をした理由を察したのだろう。

どこまでも悲しそうな顔をする。

「あんたって……ほんと昔から運がないわね。浅草寺のおみくじでフラグは立ってたけど、速攻回収しちゃったなんて」

「大凶ってやっぱすげーわ」

「痛い？　痛いの⁉」

「まあ、足の裏ざっくりいったからな」

それを聞いた真紀はサーッと青ざめて、あわあわとすぐ側の自販機まで駆けて行き、俺の好きなコーラを買って戻ってきた。

「あげるわ。飲んで、元気出して！」

「……お前、食費がヤバいって言ってたくせに」

「いいから！　あんたコーラ好きでしょう？」

冷たいわよ、美味《おい》しいわよ、と熱弁する真紀。

いや、そこで買ったの見てたし、冷たいのも美味しいのも知ってるんだが……

真紀はこれで、かなりの心配性だ。俺や由理が少しでも調子が悪いと、いつもの偉そうな態度をコロッと変え、めちゃくちゃ過保護になって、色々世話をしたがる。普段はジャイアニズムを振りかざす、世話されたがり、奢《おご》って貰いたがりのくせにな。

俺は受け取ったコーラの缶を開け、シュワッと弾《はじ》ける炭酸の泡の音を聞いた後、グッと一息に半分飲む。

飲んでみて、気がついた。ここまで歩いてくるのに、結構喉《のど》が渇いていたんだなって。

強い炭酸を飲んだ時の、喉の痺《しび》れが心地よい。

「お前が俺に何かを買ってくれるなんて、珍しい事があるもんだな」

「……だって、馨が怪我してるんだもの」

真紀は眉《まゆ》を寄せ、視線を落とした。暗い。彼女にしては暗い。

「ちゃんと宿題したか？」

「え？　いきなりそんな話？」

「今日は数学の小テストがあるぞ」

「……ヒュー……ヒュー……」

「明後日《あさって》の方向を向いて、乾いた口笛吹いてんじゃねえよ」

「もうっ、宿題やテストの話はどうでも良いのよ。あんた、怪我をしたのなら連絡くらいよこしなさいよね。何だったら、家まで迎えに行ったのに！」

「それほどの事じゃない」

「もう、馨ってほんと格好つけなんだから。寂しがりのくせに！」

彼女はムッとして、俺のコーラをバッと奪ってがぶがぶ飲み干してしまい、缶を自販機の隣のゴミ箱に捨てに行った。

「それにしても、あっついわね～。本当に五月なの？」

俺の元へ戻ってきながら、真紀は長いウェーブのかかった赤みのある髪を片側に流し、手で顔を扇《あお》いでいる。

彼女の首筋に、一筋の汗が流れた。

「…………」

「ねえ、そろそろ行かないと、学校遅れちゃうんじゃないの？」

「……あ、ああ、そうだな」

立ち上がろうとすると、真紀がすかさずガシッと俺を支え、そのたぐいまれな怪力で簡単に立ち上がらせてくれた。俺たちはゆっくりと、駅へと向かい始める。

「でもあんた、その足で学校まで行くの、大変そうね」

「そうでもない」

「またそんな強がり言って。ご両親は、あんたの怪我、ちゃんと心配してた？」

「さあな。朝起きたら、親は二人ともいなかった」

「……そう」

真紀は俺の両親の事を知っている。

だんだんと変わっていった父と母との関係を。捻《ねじ》れてしまった家庭の事を。

でももう、ここまで来たら、どうしようもないじゃないか……

「大丈夫よ、馨」

「は？」

「もしあんたが疲れたら、私があんたをおぶって学校へ行くから」

いきなり真紀が、凄《すご》く逞《たくま》しい事を言ってのけた。

いやいや。真紀さんのお力があれば、それは容易な事だろうが、そんなことされた日には学校新聞で盛大に取り上げられてしまうから。俺が恥ずかしいから。

だけど真紀は、しきりに「大丈夫」と繰り返す。

「私はあんたの〝妻〟だもの。夫婦は、支え合うものなのよ」

「まだ夫婦でも何でもな……」

「大丈夫よ！　あんたは私が、どこへだって連れて行ってあげるわ」

「…………」

魅入ってしまったのは……

言葉を失ってしまったのは、大輪の花のように華やかな真紀の笑顔が、ずっとずっと前から変わらないものだったから。

それは、瞬きのうちに重なって消える、千年も昔の〝妻〟の笑顔でもある。

『……どこへだって、連れて行ってやる』

かつてこんな言葉を言って、捕われの姫に手を差し伸ばし、牢《ろう》から攫《さら》った鬼がいた。

同じ言葉を、今度はお前が、俺に言うのか。

いつもはうるさいとか、まだ結婚してないだろとか言って取り合わない〝妻〟ぶった言葉も、今ばかりは救いだ。流石《さすが》に真紀に担がれ学校へ連れて行かれるのは最悪だが、彼女の愛情は、いつもながらダイレクトに伝わってくる。

それがまた、忘れ難い前世と、我が家の影との対比となって、より眩《まぶ》しく、美しく、愛《いと》おしいものに思え、俺とした事が少しぐっときてしまった。

そうだ。俺にはもう、大事なものと言えばそれしかない。

だけど、それだけは確かにここにあるのだ。

第八話　百鬼夜行（上）

六月上旬の、ある休日の朝。私は両親のお墓参りに来ていた。

お墓の掃除をして花を飾ったら、お墓の前に屈《かが》んで、手を合わせる。

「でね、馨《かおる》ってばガラスを踏んづけて大怪我をしてしまったの。まあ私たちは霊力が高いから、通常より怪我の治りが早いけど……。それに由理《ゆり》が馨の治癒を手伝ってくれているから、もうほとんど治っちゃった。でも、お医者さんが不思議に思うからって、あえて完治を遅くしているのよ。もどかしい話よね～」

つい最近の出来事を一方的に報告する。これは月一の恒例行事だ。

父も母も、私が中学二年生の時に、ある事故で亡くなってしまった。

母はしっかりしたキャリアウーマンで、でも少し大ざっぱな所があるさばさばした女性だった。父は逆に、とてもおっとりした家庭的で子煩悩な男性で、小さな頃はいつも私を浅草《あさくさ》花やしきに連れて行って遊んでくれたっけ。

両親が共働きだったのもあり、私は鍵《かぎ》っ子《こ》だったけれど、馨や由理がいつも一緒に居てくれたし、寂しい思いをした事など無い。夕食は家族揃って食べる事が多かったし、何より家族が揃えば会話の絶えない、和気あいあいとした賑《にぎ》やかな家庭だった。

そりゃあ確かに、私はどこか普通とは言い難い子どもだったかもしれない。

前世の話も、あやかしの話も、私の事情についても……生前の両親には、一切話す事が無かったから。

それでも両親は、私を可愛い我が子と信じて疑わなかった。

大食いの私がひもじい思いをしない様にと、母はいつも大きなおにぎりを沢山作って、台所のテーブルの上に置いてくれていた。時間が経ってしっとり張り付いた海苔《のり》と、絶妙な塩加減がたまらない、おかかと梅を一緒に握ったおにぎり。私の大好物だ。

小学校から帰って来るなり、おやつにぺろっと平らげていたっけ。今でもあの味が、恋しくてたまらない時がある。

「あれだけママの手作りおにぎりを食べまくってたのに、このスレンダーな体型を維持しているなんて、私ってほんとお得な体質してるわよねー……」

なんてどうでも良いことを呟《つぶや》き、私は立ち上がって膝《ひざ》を叩《たた》いた。

「じゃあね、パパ、ママ。また来るわ」

誰も居ないが、お墓に向かって手を振る。これも、いつもの事だった。

漂う線香の香りが何だか落ち着く。懐かしく、物悲しい気分にもなるけれど。

「わあっ！」

霊園の出入り口にある大きな木からバサバサと飛び立つ黒いからすにビビらされ、その場で軽く飛び跳ねた。からすは悠々と、この浅草の空へと舞う。

「からす……そう言えば千年前の茨姫《いばらひめ》には、金の瞳《ひとみ》を持つからすの眷属《けんぞく》がいたっけ」

懐かしい香りと、今のからすの流れで、ふと思い出された千年前の眷属……

かつて茨木童子《いばらきどうじ》には四眷属と呼ばれる四匹の従者がいた。スイの様に再び出会えた眷属も居れば、いまだ出会えないかつての仲間も居る。

からすのあの子は今、どうしているかしら。

『私の姿が見えなくても、この声が聞こえなくなっても。たとえ私がこの世からいなくなっても。……運命を呪わず、決してその命を無駄にせず、自分のために強く生きて……』

茨姫は、家族や我が子のように思っていた大事な眷属たちに、そんな言葉を残した。

私のことを心から大事に思ってくれていた。でも、私だけが道標では危ういだろうと思っていたから。

あやかしは長生きだし、大妖怪《ようかい》であればある程、今もまだ生きている可能性はあるのだけれど……世界は広いから、そう簡単には会えないのかな。

私はここに、浅草にいるわよ。

「馨や由理とあっさり出会えたのは、本当に奇跡的ね」

だからこそ、前世の夫と親友と、幼少の頃に出会い、共にここまでの人生を過ごす事の出来た状況を、今でも不思議に思う。

私たちは、何か特別強い縁で繋《つな》がっているのかもしれないわね。


「嫌だ！」

浅草地下街にある〝居酒屋かずの〟の休憩室で、らしくない由理の声が響いた。

「絶対に嫌だよ！　女装なんて！」

というのも、今夜の百鬼夜行に一乃《かずの》さんが参加できなくなったせいもあり、女顔の由理に女装命令が出たのだった。

「仕方ねーだろ継見《つぐみ》。お綺麗《きれい》どころを連れているのと連れていないのじゃ、俺たちに対するあやかしたちの興味の度合いが違う。これはもう、一度むさ苦しい野郎ばかりで行った時と、一乃を連れて行った時の、奴らの反応の違いで出てる結果だ」

「そんな事言ったって！　お綺麗どころなら真紀《まき》ちゃんが！　いるじゃないですか！」

由理は私をびしっと指差した。

あらやだ。由理ったら私のこと、ちゃんと〝綺麗〟って思ってたのね……。

「あー……。茨木だけではちょっと不安……いやかなり不安っていうか」

「ん？　それどういう意味、組長」

「頼む継見！　この通りだ！」

いよいよ大和《やまと》組長は土下座してみせる。それにならって、周囲に居た労働組合のサングラスたちも土下座。由理、ここまでされて何も言えず、サーッと青ざめた。

「まあ良いじゃないか由理。お前なら女装もいけるって」

「全然嬉《うれ》しく無いんだけど。他人事《ひとごと》だと思ってるでしょ馨君」

「私も由理の女装見たい！　絶対可愛いわよ！」

「真紀ちゃん、無邪気なわくわく顔やめて……」

由理がなよなよしていたので、私はバッと彼に飛びかかり、ソファに押し倒したあげくそのブランドものっぽい白いシャツを無理やり剝《は》ぎ取る。

「あああああああっ、真紀ちゃんがーっ、真紀ちゃんが僕に無理強いする！」

「諦《あきら》めが悪いわよ由理。江戸《えど》っ子の日本男子なんだから女装くらいちゃちゃっとやりこなしてみせなさい」

「日本男子だからなんですけど！」

「あらやだお肌すべすべ～」

「タ、タスケテ～～～」

馨と組長が、少し離れた場所でこの様子を見守りつつ、合掌。

由理はジタバタ暴れていたが、やがて何もかもを諦め、涙を飲み、全てを私に委《ゆだ》ね……

そして彼はとうとう、女にされてしまったのだった。

「わあ、可愛い！　本物の女の子みたい！」

「うう……っ」

「泣いちゃ駄目よ由理。せっかくのお化粧が崩れちゃうわ」

白地に薄緑色の桜模様が描かれた清楚《せいそ》な着物は、由理の雰囲気にぴったりだ。

浅草地下街あやかし労働組合は、緑桜の紋を掲げている。緑色の桜の花なんて珍しいけれど、組長たちがこういう時に着る羽織袴《はおりはかま》にも、この紋様が描かれているのだ。

由理の地毛に近い色をした、長いストレートのカツラをかぶせて、ちょっとお化粧を施せば、彼はもうただの女の子にしか見えない。

いや、そこらへんの女の子より断然美しい。女顔だったというだけの話ではなく、もともと姿勢も良くて、洗練された物腰柔らかな雰囲気があるからね。

女の子にしては背が高いけど、組長や馨の方がより高いので違和感は無いし、胸に関しては着物だからなんとでもなるしね。タオルをつっこんでいる。

「いやー……絶対いけるとは思ってたが、まさかここまでとはな」

和装の組長と馨が、少し遠くからニヤニヤして由理を見ている。

「男にしておくのが勿体《もったい》ないぞ継見」

「いっそ組長の愛人になるとか」

「そこ、勝手な事ばかり言って楽しまないで。見せ物じゃないんですよっ！」

由理はプンスカ怒っているが、可憐《かれん》な女子姿なのでそれもまた可愛い。

「まあまあ。この姿の時は由理ちゃんって呼ぶわね」

「……由理ちゃん……」

ポン、と由理の肩に手を置く。由理はすっかりいじけてしまって、部屋の隅っこに踞《うずくま》って禍々《まがまが》しいきのこを栽培し始めた。

「ところで男子共？　私だって可憐極まる着物姿な訳だけど、何か言う事は無い訳？」

私の場合、由理とはコントラストになるよう、黒地に緑桜が咲く着物を着ている。髪もしっかり結い上げたし、私のイメージからは少しかけ離れた地味な着物姿な訳だけど、まあこれが浅草地下街あやかし労働組合のモチーフなんだから仕方が無いわよね。

「お前の場合、極妻《ごくつま》感半端無いな」

「何か強そうだ」

それなのに男共ときたらこれだ。由理ほどの興奮も無く、「似合ってる似合ってる」と、適当に流しやがった。女度で由理に負けた気がして、何か悔しい……。

「さて、準備ができた所で、一つお前たちに伝えておく事がある」

組長がどかっとソファに座って、真面目な顔つきになった。

「今回の百鬼夜行……もしかしたら鎌倉《かまくら》妖怪がらみのゴタゴタがあるかもしれねえ」

「鎌倉妖怪のゴタゴタ？」

「というのも、鎌倉妖怪の魔淵《まぶち》組の頭領、魔淵というあやかしは陰陽局《おんみょうきょく》の追跡を逃れ、東《とう》京《きょう》に潜伏中との情報が入っている。奴は陰陽局の退魔師との抗争で片目を負傷したらしいが、手下に守られ、しばらくジッと潜んでいたとか」

「ねえ。その魔淵っていったい何のあやかしなの？」

「そこだ茨木。その情報が一切入ってこねえ。鎌倉宮の側を流れる川の中に〝狭間《はざま》〟を作ってそこから出る事は無く、信頼の置ける手下にしか姿を見せなかった様だ。浅草で暴れていた鎌倉妖怪共も、魔淵組傘下ではあったものの、頭領である魔淵の姿は見た事が無いと言っていた。そもそも魔淵組とは、鎌倉でも新興の一派だ。本来鎌倉は、六地蔵と呼ばれる地蔵尊たちの力が強かった土地だからな……」

組長は一通り手持ちの情報を説明した後、背後に控えていた無言サングラスの矢加部《やかべ》さんから紅茶のティーカップを受け取り、それを啜《すす》って一息つく。

「魔淵という奴は、自分の一派を壊滅に追いやった陰陽局や、裏でそれをけしかけたとされる九良利《くらり》組に強い恨みを抱いているだろう。百鬼夜行は全国のあやかしが集うし、いまだ正体不明の魔淵の侵入を拒む事は不可能に近い。奴が百鬼夜行の会場に現れ、九良利組に対し何か事を起こすのも、十分ありうる」

「……そんな危険地帯に行かされる俺たちって」

「まあまあ天酒《あまさけ》。お前たちにとっちゃ取るに足らん状況だ。言ったろ？　何か面倒くさそうな事になったら、俺を置いてすたこら逃げろって。……これは杞憂《きゆう》で、結局何にも起きないかもしれないしな」

「…………」

そうは言っても、そんな話をされては気になってしまう。

その魔淵という鎌倉妖怪の頭領は、いったい何者なんだろう。

はたして百鬼夜行に現れるだろうか。


今夜の百鬼夜行は、浅草一の規模を誇る狭間、〝裏凌雲閣《うらりょううんかく》〟で行われる。

凌雲閣とは、明治・大正の時代に浅草に存在した、煉瓦《れんが》造りの十二階建ての塔の事だ。時代を考えればとても高さのある建造物だったらしく、通称・浅草十二階とも呼ばれていたとか。

この建造物は、関東大震災で八階以上が倒壊してしまい、その後解体され、今では跡地にパチンコ店が建っている。

ちなみに私の住む浅草ひさご通りは、凌雲閣跡地に接している場所なのよね。

一般的に、この建造物はすでに存在しない歴史上の産物な訳だが、実のところ〝狭間〟と呼ばれる空間には同じものが存在する。

〝狭間〟というのは林間学校の時も事件のきっかけとなったものだけど、これはある一定の力を超えた大妖怪や神々が固有に生み出し所持する、簡易な結界空間の事だ。

現世とその他の異界との間に点在し、今でもあやかしたちが活用しているあやかしたちの便利空間という訳だ。

ちなみに陰陽局は、大なり小なりこの狭間をつくる事の出来る大妖怪や神々を、S級以上と定めている。これ豆知識よ。

「百鬼夜行に参加するあやかしは、全国で指定された妖提灯《ようちようちん》専門店の提灯を持っていなければならない。ここら辺なら化猫堂《ばけねこどう》のものだな。茨木が持っていたものを含め、俺たちには六つの提灯があるから、六人での参加となる。お前たちと、俺と、うちの連中二人、だな」

この提灯は非常に手に入り難《にく》いのだが、私が一つ持っていたおかげもあって、労働組合からは六人での参加が可能となった。

身内は多い方が良い。百鬼夜行は化かし合い大会だから。

「あ、提灯を持ったあやかしたちが来てるわね」

「みんな百鬼夜行の参加者かな……」

入り口は凌雲閣跡地のパチンコ店、では無く、その裏手に続く路地裏だったりする。

観光地から僅《わず》かに逸《そ》れたこの薄暗い路地裏には、ちらほらと提灯を手にしたあやかしたちが集い始めていた。

「そろそろお面を着けろ。この百鬼夜行には全国各地のあやかしが集う。あまり素顔を見られない方が良い」

組長に言われた通り、私たちは用意していたお面を被った。

私の場合、目元が細くくり抜かれた、おしろいを塗った鬼女《きじょ》の能面だ。

馨の場合、典型的な鬼神《きしん》のお面。由理は猿のお面。組長は浅草地下街の長がずっと使っているらしい、目尻《めじり》の下がった翁《おきな》のお面だった。

「あ、変わった」

路地裏をあてもなく歩いていたら、妖提灯の表面の文字がゆらめき、ある瞬間から〝狭間〟へと招かれ、見知らぬ土地を歩いていたりする。

いかにも妖《あや》しさの漂う、霧のかかった視界。

静かな中を、ぼんやりと灯《とも》る提灯が行き来している。素顔を見せないお面のあやかしたちが、あちこちから同じ方向へ向かって歩んでいるのだった。

「……わあ」

視界が晴れ、目の前に巨大な建造物が現れた。

赤い煉瓦造りの塔、〝裏凌雲閣〟だ。

「この狭間が発見された時、ここは無人無妖の空間だったらしい。どんなあやかしが、何の目的でこれを造ったのかは、まだ分かってないんだよな」

この狭間を所持するあやかしは不明で、結果、昭和時代より浅草管轄の灰島家《はいじま》が管理しているという。

百鬼夜行にはうってつけの場所だが、そういう催しに貸し出す以外に、使い道がほとんど無い空間だと組長はぼやいていた。

でも歴史上失われたはずの凌雲閣が、そっくりそのままここに存在していたなんて、ちょっとロマンのある話だ。現世の人間たちが知ったら、びっくりするだろうな……

「ようこそおいで下さいました。浅草地下街あやかし労働組合ご一行の皆様」

凌雲閣一階の薄暗いフロントにて。〝九〟と書かれた紙のお面を着けた、紺地の着物の女性によってエレベーターまで案内された。

実際の凌雲閣にも、日本初の電動式エレベーターが備わっていたらしい。それを模して造ったものだろうか。和風の装飾が施された古めかしいエレベーターだが、乗っているのはあやかしばかりなので、違和感も少ない。

さて、エレベーターは七階で止まり、我々は百鬼夜行の会場にたどり着いた。

そこは円形の大広間になっていて、既に大勢のあやかしが飲み食いをしている。立食パーティーの様な構図だ。着物姿のあやかしたちが、現代風の立食パーティーをしているのはやっぱり奇妙だが、これこそが最近の百鬼夜行。

お面を着けて素顔を隠している者もいれば、この場ではごく普通に素顔を晒《さら》し、楽しげに談笑しているあやかしもいる。

ちらほら人間も招かれているみたいだ。あやかしと関わりのある人間は、少ないとは言えいない訳ではないからね。

「九良利組は陰陽局の連中とも、それなりに交流のある一派だ。その存在をバックに、大江戸妖怪《ようかい》はこの九良利組によって統率されている。京《きよう》妖怪みたいに、どデカい派閥がいくつもあって、常に縄張り争いをしている訳じゃない」

組長がさりげなく、現世におけるあやかし事情を教えてくれた。

「九良利組って世渡り上手なあやかし一派なのね〜。まあでも、そんな事はどうでも良いのよ。お料理美味《おい》しそう……」

「お前は飯にしか興味が無いんだな」

「当たり前でしょう馨。私がここへ来る意味はその一点にしか無いのよ」

組長がやれやれと頭を掻《か》き、

「俺は挨拶《あいさつ》回りをしてくるから、しばらく飯でも食ってろ」

と私たちにしばしの自由を与えてくれた。私がご飯を気にしすぎていたからかもしれない。

吸い寄せられる形で、さっそくお料理の並んだスペースへと向かった。

おお、豪華なホテルのバイキングみたい……

和風テイストの料理が多めに並んでいるのが、あやかし好みって感じ。小皿に好きな料理を取って、会場に並ぶテーブルを利用して食べるというよくある形式だ。

「ねえねえ見て見て、おっきいエビ焼いたの！」

「へえ、伊勢《いせ》エビの味噌《みそ》焼き」

「あっ、肉！　焼いた肉のかたまり！」

「お前他に言いようが無いのか？　原始人かよ」

馨の袖《そで》を引っぱり、見慣れぬ豪華な料理の何が何だか分からず、子どもみたいな語彙《ごい》力になってしまう私……

だって、本当に大きな肉のかたまりなんだもの。それを、のっぺらぼうのシェフがこの場で切り分け、お皿に盛りつけてくれる。

レアなお肉の断面を見てるだけで血が騒ぐわ！

「ほお。これ柚子《ゆず》ソースのローストビーフだと。これでもかってくらい、いっぱい食っとけよ。普段食えないものばかりだからな」

「勿論《もちろん》よ。今こそ私の胃袋が試される時よ」

「やめてよ〜、意地汚いよ二人とも〜」

「黙れ金持ちめ」

　そりゃ由理ちゃんはこういうの慣れてるかもしれないけどさ！

　私と馨は昨日のご飯がニラ玉丼オンリーという若干切ないものだったこともあり、とりあえず普段食べられない料理は全部食べておかなければという焦燥にかられている。

「でも焦ってはダメね。時間はまだあるし、食べ終わったらまた取りにくればいいんだから……ゆっくり攻めていけばいい……あああ、向こうにデザートのコーナーがある！」

「ゆっくり攻めるんじゃなかったのか？　デザートは飯の後だ」

　デザートコーナーへ吸い寄せられそうな私の襟を掴《つか》んで、馨が私の軌道を修正。

　とりあえず私たちはお料理の小皿を持って、空いているテーブルを探して会場をうろついた。その際、参加しているあやかしをまじまじと確認してみたのだけど、浅草では見かけないあやかしも、勿論良く知った者たちもここにやってきている。

　蕎麦屋《そばや》の豆狸《まめだぬき》の親子も、同じ商店街の仲間たちと一緒に来ているみたいで、風太《ふうた》が私たちに気がつき手を振ってくれた。私もひらひらと手を振り返す。

「あ……」

　右側後方より、良く知った胡散臭い笑い声が聞こえて振り返った。

奥のテーブルで知り合いたちと語りながら、酒を浴びる様に飲んでいる、その派手な着物を羽織った青年は私も良く知る者だった。

「スイ、あんたも来てたの」

「あれっ真紀ちゃん？　どうしてここに⁉」

千夜《せんや》漢方薬局の主である、水蛇《みずち》の水連《すいれん》。通称スイだ。

彼は片眼鏡《モノクル》を押し上げつつ、ここにいる私の姿をまじまじと見た。

「あんたこその姿は何？　なんか見覚えのある着物を羽織ってるみたいだけど」

「あ、これ〜？」

スイは自分の纏《まと》っているその着物の袖を持って、くるりと回って見せる。

それは、鮮やかな紅色の、牡丹《ぼたん》紋の小袿《こうちき》……だったもの。

覚えがある。それは千年前の私が、眷属《けんぞく》になったスイに与えたものだった。

平安時代のものが今風の羽織の形に変わっているので、きっと仕立て直しを繰り返すうちにそうなったのだろう。

どう見ても女ものだが、スイが身につけるとそれなりに様になる。普段から派手な着物を着ているからね。

「真紀ちゃん覚えてる？　かつて茨姫様が俺に与えてくださった小袿。まあ色々リメイクしちゃったけど」

「あんたまだそれ使ってるの？」

「当たり前じゃないか。俺にとっては、主《あるじ》に貰《もら》った大事なものだからねえ。契約の証《あかし》の様なものだったし」

スイは酔っ払っている中でも、憂いを秘めた微笑みを浮かべ、遥《はる》か千年前の主を思う。

「大切に大切に保存し続け、仕立て直しを繰り返し、霊気干しし、時に除菌スプレーをふりかけつつ、こういう華やかな舞台では梅花の香を焚《た》いて身につける様にしている……愛《いと》おしい茨姫様の事を思い出しながら、ね」

「お前すごい気持ち悪いな」

「ふふん、馨君。言っとくけどそれは俺にとって褒め言葉だからね？」

頬を染め人差し指を立て、何故か誇らしそうにしているスイ。馨、どん引き。

スイと語っていたあやかしたちは、どうやらスイの店の常連さんたちだったらしく、空気を読み「ではこれで」とこの場から去って行った。

ちょうど空いたテーブルに落ち着き、私たちはやっとご飯にありつく。食事の際は、お面を頭の横にずらして着けた。

「うう〜、このローストビーフ柔らかくって美味しい」

「真紀ちゃーんお酒もあるよ〜。九良利組は気前が良いから、高級地酒が揃ってて美味しいのばっかりなんだよね〜」

スイがこの場のノリで、更にお酒を持って来たけれど、私たちは至って真面目な高校生。

「お酒も煙草もNGよ。なのでご飯をたらふく食べます……」

私はお酒よりお料理の方が気になって、もうすっかり食べるって事に集中している。

「じゃあ馨君は？　昔はお酒好きだったじゃーん。一緒に酒盛りしたじゃーん。酒飲みで有名だったから酒呑童子《しゅてんどうじ》って呼ばれてたくらいだし」

「おい水蛇、俺は今世じゃまだ酒飲めないんだから、そんな勘違いされそうな事を言うな。つーか高校生にそんなもん勧めるなよな。お前、陰陽局の連中に殺処分されるぞ」

「わっ、馨君ってば今や真面目な高校生を気取ってるの？　かわいそう〜、じゃ俺が全部飲んじゃおう〜〜」

「いつも以上に腹立つ水蛇だな。そんなに飲んで、二日酔いで泣いても知らないぞ」

「はーん、俺が何者か忘れているのかい馨くーん。希代の薬師《くすし》、水蛇《みずち》の水連様とは俺の事。ふふん……二日酔いに効く秘伝の胃腸薬など常備している」

スイは懐から、自分の薬局で売ってる秘伝の胃腸薬とやらを取り出し、見せつけていた。

その拍子に、一つぽろっと床に落ちたので何となく拾って眺める。

薬包紙に包まれた粉薬……

「ちょっとスイ、あんた飲み過ぎよ」

「えー。でも茨姫様の命令とあらば、俺だってお酒を飲むのを止めるけど〜。その代わり頭を撫《な》でてよー真紀ちゃ～ん」

「おい。誰かこのヤバい中年を凌雲閣のバルコニーから突き落とせ。ＪＫに頭を撫でさせようとしている変態だ。事案ものだ」

馨の目はマジだ。スィの襟を掴んで、本気でここから連れ出そうとしている。

「あはは……相変わらずだね、水連さんって」

「馨との仲も、いっつもあんな感じだしね……仲が良いんだか悪いんだか」

流石《さすが》の由理も苦笑いだ。すっかり酔っ払っていたスイだが、女装姿の由理に今更ハッと気がついて、片眼鏡を押し上げる。

「んん？　あれ？　も、もしかして君は由理君？　鵺《ぬえ》様⁉」

「え……あ、はい」

由理、返事のトーンがいつもよりツートーンくらい落ちる。

「綺麗《きれい》で大人しいお嬢さんがいるなーとは思ってたんだけど……まさかまさかの由理君だったなんて！　えええ～何それ女装～？　鵺様、流石にお美しいな～」

「笑いを堪《こら》えたムカつく顔して褒めないでください……酒瓶で殴って頭かちわりますよ……三枚におろして蛇の蒲焼《かばや》き作りますよ……」

「あ、あれ、由理君なんか性格まで変わっちゃってない？　清楚《せいそ》な見た目に反比例して毒多めになってない？　目とか殺し屋みたいなんだけど」

見た目は可憐《かれん》な女性姿なのに、普段の男の子でいるよりずっと荒々しい由理。

元々笑顔でさりげない毒を吐く奴だったけれど、それが解放されてしまった感じ。

スイはすっかり怯《おび》えて、酔いも冷めたみたいだ。

私は殺気立つ由理の肩をポンポン、と。

「まあまあ由理。ごはんでも食べて落ち着きなさい。スイーツ取って来てあげようか？

糖分取るとストレス発散になるし、イライラも治まるわよ」

「ううう……真紀ちゃんに気を遣われてる……っ」

「それ悲嘆にくれるとこなの⁉」

ぶちぶち失礼な事を言いつつも、お腹が空いていたのか料理をつつき出した由理。

私は自分と由理の為に甘いものをお皿一杯とってこようと思って、楽しみにしていたスイーツコーナーへとふらふら向かう。

「おー、高級そうなケーキや和菓子ばっかり」

見るからに洗練されたスイーツの数々。どれを取って良いのやら迷う……

「わっ」

そんな時、何かが背中にドンとぶつかった感覚があって、あやうくスイーツの並ぶテーブルに倒れかけた。まあ私は着物姿ながらぐっと足を一歩踏み出し、何とか踏ん張ったけれど。

何事かと振り返ると、体調の悪そうな若者が一人、あからさまにふらついていた。

スーツ姿の真面目そうな眼鏡の青年……この人、人間だ。

二十代後半って所かな。耳に小型でハイテクな通信機っぽいものを付けているが、顔にはお面すら着けていないので、なんと言うか場違い感が凄《すご》い。

「ちょ、ちょっとあんた、大丈夫？」

「慣れないお酒を飲んで……最高に気分が悪いデス……」

「目ぐるぐるしてるわよ。妖酒《ようしゅ》に当てられたのかな……あ、でもそう言えば、さっきスイが落とした胃腸薬がある」

返すタイミングを逃して、帯に挟んでいたのよね。ちょうど良かった。

「ちょっと待ってね」

水の入ったグラスを持って来て、この青年の腰をガシッと掴んで支え、とりあえず妖気の薄いバルコニーまで引っ張り出す。

腰掛けるのに丁度良い椅子があったので、青年をそこに座らせて、薬を溶かした水のグラスを手渡した。

「この水をゆっくり飲み干して。浅草一の薬師が作った、二日酔いに効く秘伝の胃腸薬だから良く効くわよ」

「あ、ありがとうございます……」

青い顔をした青年はゴクゴク水を飲んで、はあ〜と大きく息を吐く。

そして私の顔を見上げて、ズレた眼鏡を整え、目をぱちくりとさせるのだった。

「もしかして……あなたも、人間ですか？」

「え？　ええ、一応ね。えっと、浅草地下街あやかし労働組合って言ったら分かる？」

人間が相手なのでお面を外した。青年は私が若い女の子だと分かって、更に驚いていた。

「あっ！　も、もしや灰島家のお嬢さんですか？」

「……ん——……それもちょっと違うかな」

だけど青年は興奮気味に立ち上がり、私の手を取り「浅草地下街のご活躍は聞いていますよ——」とぶんぶん上下に振った。

さっきまでの弱った態度が嘘みたいだ。それともスイの薬の効き目が凄いのか……

「私、こういう者です」

青年はポケットから名刺ケースを取り出し、きっちりした社会人って感じの作法で私に名刺を差し出した。私はその名刺に書かれたものを見て、僅《わず》かに目を見開く。

「……陰陽局？」

晴明桔梗印《せいめいききょういん》は、まさに陰陽局の掲げる象徴だ。何者かを書き連ねた肩書きにも、堂々と陰陽局と書かれている。

「はい。陰陽局東京本部に所属しております、青桐拓海《あおぎりたくみ》と申します」

名刺と青年の顔をさりげなく見比べた。普通の人間に見えるが、しっかりと探ってみれば、わざと隠しているだけで相当な霊力の持ち主だと分かる。

「陰陽局が、どうしてここに？」

「……九良利組の皆さんに招待していただいたので」

「もしかして、鎌倉妖怪《ようかい》の件で？」

「………………」

さりげなくその事に触れると、青桐さんは僅かに表情を変えた。

バルコニーに届く、偽りの夜空に浮かぶ幻想の月の光が、私たちを照らす。一度生温《ぬる》い夜風が私の横髪を揺らし、沈黙を彩った。

「あなたは、鎌倉の件をご存じなのですね」

「浅草でも色々と面倒な事があったからね。鎌倉には陰陽局が立ち入ったって聞いたけど」

「……ええ」

青桐さんが眼鏡を押し上げ、また何か口を開きかけた時だった。

「青桐さん、大丈夫っすかー？」

締まりのない口調でバルコニーにやってきたのは、派手なオレンジ髪に、着崩したスーツ姿の男の子。耳には青桐さんと同じ通信機をつけている。高校生か大学生か、ちょっと良くわからないけれど……青桐さんより若い感じ。

不良っぽさがまた、青桐さんのきっちり感とは対照的だな。

でもこっちの方が、より術者っぽい霊力を纏《まと》っている。対あやかし用のカッコイイ刀ぶら下げてるあたり……陰陽局の、退魔師か。

「ああ茜《あかね》君。すみません、この方にお薬を頂いて。もうすっかり良くなりましたよ」

「ったく、酔いやすいのに付き合いで飲むからこうなる。つーかこんな敵の巣窟《そうくつ》で、貰った薬をほいほい飲むなんて……青桐さん相変わらず甘過ぎっすよ」

「いやでも、このお嬢さんは人間ですし。それに、相手を疑ってばかりいては、こちらが信用される事などありません。陰陽局だって、あやかしに歩み寄らねば！」

「…………ったく。ほんと甘いんだから」

オレンジ髪の青年はチッと舌打ちし、私をギロリと見下ろし「何睨《にら》んでんだ赤毛女」と悪態をつく。

許し難い舐《な》めた態度だ。睨んでないし、むしろ上目遣いでじっと見てただけ。

それにこっちが言いたい……お前こそそのオレンジ頭は何だ、と。

「こら、口が悪いですよ茜君。この方は私を助けてくださった恩人です。えっと……すみません。こっちの彼は津場木《つばき》茜と言って、陰陽局では若きエースと謳《うた》われている退魔師でして──」

……へえ、エースねえ。

「茜君、こちらは浅草地下街あやかし労働組合の……えっと……すみません、お名前をおうかがいしてもよろしいですか？」

青桐さんが後頭部を撫でながら、申し訳無さそうに私に名を尋ねる。さらに茜という男に「まだ名前も聞いてねーのかよ」とつっこまれていた。

「私、は……」

さて。組長の許可も無く陰陽局の輩《やから》に名乗るのは、流石にマズいだろうか。

視線を逸《そ》らしがちに口ごもっていたら……

「あ、真紀！　いたいた、大和さん呼んでるぞ！」

ちょうど私を発見した馨がバルコニーにやってきて、私の腕を引っ張ってここから連れて行こうとした。私は慌ててお面を着け直す。

「あ……」

「ん？」

馨は陰陽局の二人に気がついただろうか。

彼らとはチラッと視線を交わしただけで、馨はすでに前を向いていた。

連れて行かれたのは、この円形の会場を見渡せる上階、いわゆるVIP席だった。

そこには既に組長や由理たちがいて、九良利組のあやかしたちに持て成されている。

「魔淵組は……」

「ええ、ちらほら残党もいるみたいですが、特に変わった動きも無く……本人に至っては、まだ確認すらできていません」

そんな会話が聞こえて来る。例の鎌倉妖怪に関して、情報交換をしているみたいだ。

「あ、ぬらりひょんのおじいさん」

リッチな一人用のソファに、後頭部の長いあやかしの老人が座っている事に気がついた。

以前出会った時の風貌《ふうぼう》とは違い、ここではあやかしの姿をさらしているが、蕎麦屋《そばや》で鴫せいろを食べていたあのおじいさんだ。

「また会ったねえお嬢ちゃん。今宵《こよい》の百鬼夜行、楽しんでおるかな?」

ニヤァ……。おじいさんはいかにもあやかしらしい笑みを浮かべている。

両脇には九良利組の大柄なあやかしたちが控えていて、〝九〟と書かれた紙のお面の隙間から、静かに私を見下ろしていた。

組長たちがお面を外していたので、私もここではお面を取り外し、素顔を晒《さら》した。

「百鬼夜行にお招きありがとう。あの時貰《もら》った匂い袋も、愛用しているのよ」

私は構わずニコリと笑って挨拶《あいさつ》をし、帯にくっつけていた匂い袋を「ほら」と見せた。

「私、茨木真紀と言うの。あの時は挨拶できなかったから、一応ご挨拶するわ」

「ほっほ。ならばわしも……よっこらせ」

おじいさんは杖《つえ》を支えにゆっくりと立ち上がって、笑顔で閉じられていた目をすっと開けた。その時のピンと張りつめた妖気は、まさに大物というのに相応《ふさわ》しいものだったが、私は特に顔色を変えなかった。

「わしは大江戸妖怪〝九良利組〟の長老、九良利信玄《しんげん》と言う。まあ見ての通りどこからどう見てもぬらりひょんのじじいじゃ。ほっほ」

「そうね。どこからどう見ても立派なぬらりひょんのおじいさんね。頭の後頭部が長いとことか……のらりくらりしているとことか、何考えてるか分からないとことかー」

「こ、こら茨木」

私の生意気な発言に組長は慌てて肩を引いたが、おじいさんは「ほっほっほ」と愉快な声をあげて嬉《うれ》しがっている。

「お嬢ちゃんには以前助けてもらった事があるじゃろう。わしはどうにも、あの力に見惚《みと》れてしまってのう。冥土《めいど》の土産に、もう一度お嬢ちゃんの力を見てみたいと思ったのじゃ」

この言葉に反応したのは後ろで大人しくしている馨や由理の方で、彼らは僅かに警戒心を露《あらわ》にし始めていた。

「冥土の土産って……でもおじいさん、少なくともあと五百年は余裕で生きてそうよ」

「ほっほ。言うのう……良きかな良きかな」

何が良いのか。おじいさんは今一度ソファに座り、意味深に何度か頷《うなず》いた。

「お嬢ちゃんの様な、霊力の高い人間の娘は非常に珍しい。元々人間は男児の方が高い霊力を持って生まれやすかったが……昨今はいっそう、霊力の高い娘が生まれ難《にく》くなっている。あやかし界もそうじゃが、人間の術師の一族も霊力のある娘が生まれず、嫁不足で衰退の一途とか聞いたのう……」

嫁不足、か。確かにそのせいで、あやかし界では年々大妖怪が生まれ難くなっていると聞く。記録として残るS級以上の大妖怪は、それこそ平安時代、鎌倉時代、江戸時代の者ばかりだ。

また術師の一族もそういう傾向にあり、時代のせいか恋愛結婚も多くなったせいで、高い霊力を持った優秀な術師が輩出されにくいとか……

まあ、私たち〝一般人〟にはまるで関係のない話だ。

信玄おじいさんはこういう世知辛い話を嘆きつつ、片手を挙げて「雪久《ゆきひさ》はいるか」と。

「何でしょう、おじじ様」

名を呼ばれ出て来たのは、ムスッとした表情の、私たちとそう変わらない年頃に見えるつんつん頭。羽織袴《はおりはかま》がいまいちしっくりこない少年だった。

ぬらりひょんなのだろうが、人間に化けたままでいる。こういう百鬼夜行の場を面倒くさそうにしているのが、いかにも今時のあやかしの子って感じ。

「こやつは儂《わし》の倅《せがれ》の倅。要するに孫じゃ。大江戸妖怪の将来を担う宿命にあるわけじゃが、どうだろう。お嬢ちゃん、こやつと一度、手合わせしてくれないか？」

「手合わせ？　ここで？」

「そうじゃ。この百鬼夜行は雪久のお披露目の意味合いもある。美しい華との手合わせであれば、客も注目するじゃろうて」

なるほど。見せ物に一役買ってくれという意図があるのか。

しかし話の流れに違和感を抱き、私の身を案じたのだろう。大和組長が、

「すみません、そんな危険な事を茨木にさせる訳には……」

といよいよ口を挟もうとしたが、ぬらりひょんの大御所にスッと視線を向けられ、言葉を止めてしまった。

私は組長に目配せし「大丈夫よ」と。ここはとりあえず話の流れに身を委《ゆだ》ねてみる。

「それに、お嬢ちゃんは言っておったよ。頼み事があったら言え、と。匂い袋分の働きはする、と」

信玄おじいさんは、従者のあやかしから鞘《さや》に納められた一本の刀を受け取り、それを私に掲げ、またニヤア……と目を細めた。

「……確かに、その通りね」

大江戸妖怪の総元締として、長年やってきたぬらりひょんらしい。

俗っぽい催しだが、以前約束してしまった手前、簡単に拒否する事も出来ない。

あやかしにとって、約束事とはとても重要な意味を持つ。特に、一度言葉にした事は。

でも……本当の狙いは何？

刀を受け取り、それを見つめ考える。

「その手合わせって、私が勝ったら何かくれるの？」

この言葉に、この場の九良利組のあやかしたちがプッと吹き出した。例の雪久って孫も。

ふーん、なるほど。私が勝つと言う想定は、あちらには無いみたいだ。

だけどこの、ぬらりひょんのおじいさんだけは、閉じていた片目を開け、馬鹿にする様子もなく私を見据えている。

「その時は、何でもあげるよお嬢ちゃん」

「じゃあ、私が負けたら？」

「ほっほ。その時は、そうじゃのう……孫と仲良くしてくれればそれで良い」

「は？」

「そしてゆくゆくは、孫に嫁入りするとなお良いよ」

「…………あ」

ああ～なるほど、そういう話でしたか。合点がいって私は軽く天を仰いだ。

馨や由理、組長たちもぎょっとして、「それはやめたほうが良いって」「何も知らないからそんな恐ろしい事を……」とヒソヒソこしょこしょ。いつもながらに失礼な奴らめ。

まあでも確かに、私はその手の格好の餌食《えじき》でしょうよ。

人間の娘を嫁に貰う事は、古い時代よりあやかしの格を上げる事とされている。

高い霊力を持つ〝人間の娘〟を所望するならなおさら……

「おじじ様、お言葉ですが」

しかし私が何かを言う前に、雪久とやらが片手を挙げてしれっと口を出した。

「俺こんな生意気そうな娘、ぶっちゃけ嫌なんですけど」

「は？」

「ていうか勝手に嫁とか決めないでください。俺まだ大学生ですし、マジで興味無いです。結婚なんて自由無いしコスパ悪いって言うし」

「…………」

「俺、ギリゆとり世代なんで」

……お、おう。色々とつっこみどころはあるが、ジェネレーションギャップが人間以上に大きそうなあやかし界。しかもこの孫は私の事がいまいちお気に召さない様子。信玄おじいさんも「うーむ」と困ってしまっている……

ていうか、なんで私、勝手に嫁候補にされて、勝手に嫌がられている訳？

「それに俺、どっちかっていうとあっちが良い」

更に雪久は、少し後ろで大人しくしていた由理を……

いや、女装姿の由理ちゃんを指差した。

「…………」

えーと、そいつ女装してるただの男ですよ？　いや、うん、分かるけどさ。

由理は何がそんなに悔しいのか「うっ」と涙目になって震え、いよいよ組長の後ろに逃げ込んだ。なんかそれも乙女っぽくて可愛い。

組長もまた由理を守るような体勢を取ってしまった為「チッ、そっちで出来あがってるのかよ……」ととんでもない勘違いをされる始末。御愁傷様ですっ！

「はあ。いつの世も、あやかしってのはほんと変わんねーな……」

そんな状況の中、馨だけがやけに落ち着いた様子で、つかつかと私の前に出た。

ぬらりひょんの長老を、その漆黒の瞳《ひとみ》で見下ろす。

「回りくどい事を言っているが、なあじいさん。結局は孫の立場の為、大江戸妖怪《ようかい》の未来の為、力のある人間の娘との婚約を手っ取り早く取り付けたいだけだろ。たまたま見つけた真紀に目をつけただけで、真紀の何が良いとか、そういう話でもない。そこにあるのは、見栄と、意地と、理想だけ……」

「……馨」

「あと幻想だな、うん。真紀は人間のか弱い乙女の皮を被《かぶ》った、あやかし泣かせのモンスターワイフだぞ。こんな鬼嫁、絶対やめといた方が良い、と俺は言いたい」

この馨の態度がお気に召さなかったのか、

「無礼だぞ、小僧！」「というか何言ってる!?」

九良利組のあやかしたちの憤った声が、あちこちから上がる。

私もまた「モンスターワイフって何よ！」と、背伸びをしてまで馨に顔を近づけて問い詰めたが、馨は「何ってそう言う意味だろ」とだけ。

彼は私の手から刀をひょいと奪うと、鞘から勢い良く抜いて、勝ち気な笑みを浮かべた。

刃は馨の霊力を纏《まと》い鈍く光り、それを感じ取ったぬらりひょんのおじいさんや、孫の雪久の顔色が変わる。

「真紀が見せ物の手合わせなんかする必要は無い。俺がやる」

格好良く宣言した馨。いやうん、カッコイイけどさ。

でもちょっと待って、あんた……足の裏怪我してなかった？

「か、馨、無茶しない方が良いわよ。まだ怪我が治りきってないじゃない。足裏またぱっくりいくわよ！」

「バカっ、そんな格好悪いこと言うな！　せっかくお前の為にちょっと頑張ってみようとか思ったのに……」

「ん？　あんた私の為に戦うの？」

「何だその疑問形！　あーあー、これだから自分の身を自分で守り尽くせる鬼嫁は！」

照れ隠しなのか、本気で呆《あき》れているのか……

馨は顔を片手で覆って、絶望感たっぷりの唸《うな》り声を出している。

「あ。さてはお前！　俺が久々に刀振るうからって、負けるかもとか思ってるんだろ？」

「そんな事無いわよ！　かつてのあんたはほんと強かったから……でもほら、ブランクってあるじゃない？」

「お前〜〜〜っ、元旦那《だんな》を信用できないのか！」

「元旦那ってなんか離婚したみたいな言い方やだーっ」

「いや、今そんな話をしている訳じゃなくてだな」

「うん。ちゃんと信じてるわよ。負けたら承知しないわよって、そういう話」

「………あ、はい」

ええ、はい。恒例の私と馨の夫婦《めおと》漫才終わりました。お騒がせしました。

信玄おじいさんはこの様子をじっと見ていたが、会話の終わりを見極めると、「まあよかろう」と多少面白く無さそうな声で呟《つぶや》き……

「若いの。お前さんの名は？」

「俺は天酒馨。至って普通の真人間だ」

「ほっほ。普通の真人間とやらに、大江戸妖怪の筆頭である我々ぬらりひょんが倒せるじゃろうか？」

さっきまでの温和な空気とは裏腹な、妖《あや》しい目の色になって馨を見据える。

馨はそんなものに怯《ひる》みもせず、再びお面を被って階段を下りて行った。

「おじじ様、ご安心を。あんなひ弱そうな男、一瞬で葬ってみせますよ！」

雪久は今までとは違い、やる気に満ち満ちた表情だ。

多分、見せ物じみた私との手合わせより、ずっと白熱したものになりそうだと思っているのだろう。男の子だな。

信玄おじいさんは立ち上がり、この階層から下の大フロアを見下ろして、声を張った。

「皆の衆、今宵《こよい》はよくぞ集まってくれた！」

芯《しん》のある、良く響く声だ。

流石《さすが》に威厳があるな。「大御所様だ」「ご隠居様だ」「信玄様だ」と、あちこちから注目の声が上がり、誰もがこのぬらりひょんの大御所の次の発言を待った。

「定例の百鬼夜行ではあるが、今宵は少しばかり面白い催しを用意した。我が孫、雪久と、浅草地下街あやかし労働組合の若き少年による、あやかしと人間の手合わせじゃ。とくとご覧あれ」

おおおお。あちこちから、あやかしたちの興味深そうな声が上がった。

催し事を楽しみにしているあやかしもいれば、九良利組と浅草地下街に良好な関係がある事の方が気がかりな連中もいるみたいで、ひそひそと噂話を始める輩《やから》もそこかしこで確認できる……混沌《こんとん》としているなあ。

さて。人間になんか負けるはずがないと思って余裕めいた口笛を吹くぬらりひょんの孫と、相変わらず可愛げの無いしかめっ面のうちの馨。

中央のフロアに火の玉が集まり、手合わせの為の舞台をぐるっと囲んでいた。

「えーえー、馨君何やってんの何やってんの〜、ひっく」

「わっ！　水蛇絡むな。どっか行けおっさん」

「えーえー、酷《ひど》いよ〜酷いよ〜、ひっく」

「ええい、面倒くせえ！」

誰もが舞台から降りて試合を外から見守ろうとしているのに、泥酔したスィだけはこの舞台に残り、馨に絡んでいる。

「あちゃ〜、真紀ちゃんあれどうする？」

「全く。スイってば、普段はそこそこ落ち着いてるのに、酔っ払うと子供みたいな構ってちゃんになるんだから。手がかかるわねえ……」

馨がいまいち集中出来そうに無かったので、私と由理はお面を着け直して、急いで下のフロアに下りた。邪魔者となっているスイを手合わせの舞台から引っ張り出す。

「邪魔しちゃダメよスイ。馨は大事な妻を別の男に取られまいと、足の裏を怪我した不憫《ふびん》な状態であやかしと戦うんだから。珍しく全うなヒーローなの」

「ん──……大事な妻って？」

「勿論《もちろん》私の事よ。あとお酒飲むのもうやめなさい」

スイの手から酒瓶を奪い、側の椅子に座らせ落ち着かせた。ついでに側にあったグラスの水に薬を溶かして、そのままスイの口へ流し込む。うん、これで良し。

「何かお母さんみたいだね、真紀ちゃん」

「それ由理に言われたく無いわね。でも、眷属《けんぞく》は今でも我が子みたいなものよ。手がかかる時もあるし、良い事したら褒めてあげたいし……悪い事したら叱ってあげなくちゃ」

「女子高生にお世話される、見た目年齢三十路《みそじ》のあやかしって……」

「我が子はいくつになっても可愛いって言うじゃない！」

「女子高生が言う言葉じゃないけどね……」

由理は随分と遠くを見ていた。

私はいよいよ、馨の事が気になって仕方が無くなる。

すでに舞台は整い、馨と雪久が向き合い、刀を構えていた。

「ああ、あああ。馨ってば、大丈夫かしら。ねえ大丈夫かしら由理！」

「落ち着いて真紀ちゃん。信じているって言ってたのに、ほんと心配性なんだから」

いつの間にやら用意されていたドラの音が響き、馨と雪久がキッと睨《にら》み合って、動く。

お互いの刀が勢い良く振り上げられ、打ち交わされる。刃《やいば》の重なる音が、この会場に響き渡った。

こういうのはとても懐かしい……鋭い切っ先が相手を狙う、命のやり取り。

私はハラハラしてしまって、祈りのポーズのまま、一度ぎゅっと目をつぶった。

だけどすぐに、ポンと。由理の手が優しく私の背を叩《たた》いた。

「大丈夫だよ、目を開けてごらん真紀ちゃん。馨君、まるで昔の酒呑童子の様じゃないか」

「……え？」

隣にいた女装姿の由理が、瞳を煌《きら》めかせた少年顔で、楽しげに見守っていた。

私はその表情に促されるように、馨の戦う舞台へと視線を戻す。

「……馨」

馨の刀さばきは見事だった。最初こそ雪久に勢いがあるように見えたが、それは単純に、馨が相手の力量を見ていただけで、刃は一つも馨に届いていない。

決して軽く無い相手の刀を簡単に受け止め、去《い》なし、舞う様に躱《かわ》し続ける。ついでに怪我をしている足も庇《かば》っての振る舞い。

余裕のある戦い方に気がつくだけの力量は、雪久にはあるみたいだ。故に、焦り出す。

「⁉」

相手の焦りを巧みに支配し、ここぞと言う所を見極めて踏み込む。

馨は今まで最低限の霊力しか使っていなかったが、一気にその巨大な霊力を刃に這《は》わせ、その威圧感だけで相手の動きを鈍らせたのだ。

研ぎすまされた剣筋をもって、相手の刀を無駄無く弾《はじ》き飛ばした。

弾かれた刀が、高い金属音を奏で、後方のテーブルに突き刺さる。

「…………」

僅《わず》かな沈黙の後、大きな歓声が響く。あやかしたちは、絶対に負けるだろうと思っていた人間の少年の勝利に、しばらく興奮していた。

「ま、参りました……」

「……どうも」

雪久は素直に負けを認め、青ざめて放心気味。

それだけ、馨との間に、圧倒的に力の差を感じたと言う事だろう。

見せ物としての派手さは無かったが、馨の力は今でも健在だ。冷静で冷徹。戦いや精神を操り支配するやり方は、ド派手で無駄な勝負をする私とは正反対。

だけどそれこそが、あの酒呑童子の戦い方で、強さでもあった。

ああ……何だか久々に前世の夫の面影を見た気がして、ちょっとだけきゅんときた。

格好良かったわよ、馨！

「……？」

しかし、そんなトキメキやら感慨に浸っていたのも、一瞬の事。

私はこの会場に漂う異様な空気に気がつく。由理も同じものを察知したのか、険しい表情をして、会場を見渡していた。

「どこだろう……何か……」

「殺気……？」

殺気と言うには、あまりに禍々《まがまが》しい視線を、どこからか感じるのだ。

陰陽局の連中だろうかと思ったが、彼らは彼らで、この気配にいち早く気がつき、ピリピリしている表情だった。

ただ、やはり気配の出先に気がつけていない。

「……羽？」

キョロキョロとしていると、黒い羽が一枚、頭上から目の前を通り過ぎ、音も無く足下に落ちた。私はハッと目を見開いて、顔を上げる。

真上――そいつは天井のシャンデリアの陰に隠れ潜み、この時を待っていた。漆黒の狩衣《かりぎぬ》を纏《まと》った、〝黒からす〟の面を着けたあやかしだ。

「馨、上！」

「⁉」

それは、あまりにも不意打ちだった。私が叫んだと同時に、頭上から一直線に振り下ろされた大太刀の攻撃を、馨がとっさに刀で防ぐ。

しかし怪我をしていた足で激しく床を踏んでしまう。

「……っ」

おそらくその衝撃で、足の裏の傷口が開いたのだろう。馨は激しく表情を歪《ゆが》め、刀を受け止める力も僅かに緩む。敵はそれを見逃さず、大太刀の軌道を変えた。

あの大太刀は、茨姫の――

「チッ……！」

馨は雪久を押し、彼を庇う形で自らの肩に大太刀の刃を受けてしまった。

「馨っ‼」

流れる血に染まり、その場に倒れた馨。計算して受けた刃で傷は浅い、しかし……

場は騒然となり、僅かに静まり返った後、大きな悲鳴があちこちから上がった。

逃げ惑うあやかしたちに混乱する会場。彼らに阻まれながらも、馨の元へ向かう。

ぬらりひょんの孫である雪久が、倒れた馨に「おい、大丈夫か！」と何度も声をかけていたが、そんな雪久に、血に染まった刀の切っ先が向けられている。

「……悪いのはお前たちだ」

からす面のあやかしの、少し高めの少年の声に、私はハッとした。

「僕を陥れ、居場所と、大事な瞳《ひとみ》を奪った。あの方が美しいと言った、僕の瞳を。ならば僕も、お前たちの平和を脅かす。たとえ契約を違《たが》い、悪妖《あくよう》と成り果てようとも」

あやかしは、そのからす面をゆっくりと取り外す。

片目には眼帯をかけていて、もう片方の瞳は……美しい、金の瞳。

線の細い、黒髪の少年だ。その表情は激しい憎しみと悲しみに染まっていた。

「……あれ……は」

私はそのあやかしを知っていた。

私だけではない。由理もスイも、懐かしいその者の姿に、瞬きすら出来ずにいる。

「僕は八咫烏《やたがらす》の〝深影《みかげ》〟。かつてはかの茨木童子様の眷属だったが、今は魔淵と呼ぶものもいる。……鎌倉妖怪《ようかい》〝魔淵組〟の長《おさ》だ」

深影。黒い狩衣を纏《まと》い、淡々と名乗ったその少年を、私はひたすら見つめた。

彼の持つ大太刀はまさに、茨木童子がその黒烏のあやかしに授けたもの……

その者は千年前の関係者であり、私にとっては、前世の〝家族〟も同然だった存在だ。

第九話　百鬼夜行（下）

『茨姫《いばらひめ》様。僕は一生、あなたのお側にいたいのです』

蒼天《そうてん》よりスッと降り立ち、肩にとまり、頬を擦り寄せる。素直で可愛い、小さなからすのあやかし。

その者の名は、八咫烏《やたがらす》の深影《みかげ》と言う。

私はミカと呼んでいたっけ。

心を読む黄金の瞳と、影に溶け込む事の出来る黒く美しい羽を持つ、崇高な神妖だった。

かつて茨木童子《いばらきどうじ》に命を救われた事があり、その後眷属となって仕えた。茨木童子の四眷属の中では、甘え上手な末っ子だったっけ。

眷属の契約をした時、私はあの子に大太刀を贈った。

今、馨《かおる》を傷つけた、あの大太刀だ。

あの子は、あんな目をする子だっただろうか。

千年も経てば、変わる何かがあるという事だろうか。

あの子ほど優しい、健気《けなげ》なあやかしはいなかったというのに……

かつて、私は眷属たちに言った言葉がある。

『私の姿が見えなくても、この声が聞こえなくなっても。たとえ私がこの世からいなくなっても。……運命を呪わず、決してその命を無駄にせず、自分のために強く生きて……』

それはこの子たちにとって、いったいどんな効力をもつ言葉だったのだろうか。

○

「八咫烏の深影……っ」

「平安時代のS級大妖怪だ！」

「かの有名な、茨木童子の四眷属の一体じゃないか。鎌倉《かまくら》の魔淵《まぶち》がそのような存在だったとは……」

ざわつく会場のあやかしたちを掻《か》き分け、私は舞台に飛び込み馨に駆け寄った。

「馨、しっかりして！」

しゃがみ込んで、その傷の具合を見る。

致命傷ではないが、ただの人間の馨にとって、それは大怪我以外の何物でもない。

息も荒く、何と言っても痛そうだ。

「チッ、しくじったな俺……格好悪《わ》りぃ……」

「喋《しゃべ》らないで馨。あんたそんな暢気《のんき》な事言ってると、出血多量で死ぬわよ！　格好悪く無いから！」

馨はぬらりひょんのあの孫を庇って怪我を負った。むしろ格好良いくらいよ。

いつだってこんな風に、貧乏くじを自ら引きに行くんだから。

由理《ゆり》とスイもこの場に来て、冷静に馨の容態を確認し、既に治療に取りかかっている。

「馨君、またぱっくり……いやぱっくりって言うか今回はざっくりだよ。大凶の影響力ってまだ残ってたんだね。……ちょっと霊力使って、荒療治するから」

「あちゃ〜、ほんとざっくり〜。秘伝の傷薬あるけど塗り込みます？　お酒も一杯あるし消毒もできるけど」

「あーあたたたたたたっ！」

由理は霊力治癒が得意だし、スイもまた薬師《くすし》として医学の知識がある。

この二人に任せておけば、馨は死にはしない。だけど……

「⁉」

深影はこちらの事などおかまい無しで、大太刀を我々に向かって振り落とした。

私は落ちていた磬の刀をとっさに拾い、その刃《やいば》を受け止める。

——キイイィィィイイン
そして純粋な霊力のぶつかり合う高らかな音が、波紋を描いて響き渡った。

激しい金属音。

「……くっ」

重く、激しい衝撃が体に走る。

身につけていた鬼女《きじょ》のお面越しに、深影の冷たい視線と私の視線が交錯する。

「どけ、人間の娘。何者かは知らないが、九良利《くらり》組の味方をするのなら容赦はしない！」

深影の目に、私は映っていない。

雪久《ゆきひさ》を通した先にある、九良利組への深い恨みと憎しみばかりが感じられ、随分と激情して片目も血走っている。

私は何度か深影と刀を交わし、チラリと背後を見て、雪久に「行きなさい！」とこの場から安全な場所へと向かわせる時間を作った。

会場のあやかしたちは混乱している。

「茨木もう良い、引け！」

と組長の声も聞こえるし、

「ひー、姐《あね》さん危ないようっ」

と、豆狸《まめだぬき》の風太《ふうた》の声も聞こえる。

陰陽局《おんみようきよく》の奴らは……動かない。意外だけど、あの青桐《あおぎり》さんがそれを指示している。

私がどう動くのか、見ている……？

いいえ。今は目の前のこの子だ。

ただただ、痛々しい姿の少年を……この八咫烏のあやかしを睨《にら》み、私はその憎しみの刃を受け止め続けていた。

絶対に向こう側へは行かせない。この子に、これ以上誰かを傷つけさせてはならない。

「いい加減にしろ人間の小娘！　僕は九良利組のぬらりひょんに用がある」

「……その人を討った所で、めちゃくちゃになった鎌倉妖怪の、何が変わると言うの」

「うるさい！　何も知らない人間の分際で！」

深影は怒りに震え、続けた。

「鎌倉妖怪が直接人間に害を及ぼした訳じゃない！　九良利組は僕のこの〝瞳〟を奪うため、鎌倉妖怪をはめ、陰陽局を動かしたのだ！」

「……瞳を？」

確かに、八咫烏の金色の瞳には価値がある。

目を合わせた者の心を読み、また自分の心を伝える以心伝心の力を秘めているからだ。

「…………」

上階から降りて来る事も無く、優雅に高みの見物を決めているぬらりひょんの大御所に、チラリと視線を向ける。

でも、その微笑から真相は全く読めない。否定するつもりも無さそうだしね……

「あんたの恨み言は何となく分かったわ。でもね、あんたは馨を斬った。どんな事情があれ……それは許せない。許されない」

一度深影との間に距離を取り、ぐっと、刀の柄《つか》を握り直した。

その力はとても強く、憤りに震えている。

何かがとてもやるせない思いだった。戸惑いと言ってもいい。

それが誰に、何に向けられた思いなのかすら、良くわからない。

水面下で繰り広げられるあやかしたちの抗争に対してか、時代と共に変わり淀《よど》む、大事な者への憂いか……時代そのものに、か。

「真紀《まき》ちゃん、これ」

そんな時、後ろからスッと肩に掛けられたのは、スイの纏《まと》っていた羽織だった。

これは千年前の茨木童子の小袿《こうちき》をカスタマイズしたもの。スイは私の耳元で囁《ささや》く。

「いってらっしゃいませ、茨姫様」

軽いウインク付き。だけどおかげで、スッと気持ちが整った。

そうね。やるせなく思っている場合ではない。

私は、私の眷属《けんぞく》だった者を、今の時代も見捨てない。

だったらちゃんと、叱ってあげなくては……それはもう、激しくね。

「何をしている！　いい加減、そこをどけ小娘！　お前もこの大太刀で斬るぞ！」

「……そう。でも、あんたに私が斬れるかしら」

「は？」

スッと鬼女のお面を取り外し、そのまま投げ捨てる。

髪を結っていた簪《かんざし》さえも、乱暴に外して捨てる。

長い赤みがかった髪が解かれ、肩や背にゆるゆると流れて落ちる……

「私を、忘れたか……深影」


この私の顔を。

私の姿を。私の声を。

私のこの髪と瞳《ひとみ》の色を。私の霊力を……

スイが肩にかけてくれた小袿が、私の存在感をいっそう、かつての〝茨姫〟らしいものに押し上げていた。

「…………」

深影はこの姿に見覚えがあるのだろう。

私の瞳を真正面から見つめ、何者かを確かに理解した様で、これ以上無く目を見開き、驚いた顔をして固まっている。

「あれは浅草地下街の者か？」

「人間の娘が何を……」

野次馬をしているあやかしたちは、私の振る舞いやこの状況そのものに戸惑っていた。

しかし私は迷う事無く、いまだ動けずにいる深影の懐に、一瞬で飛び込む。

「時代が移り変わっても……」

そして思い切り、自らの霊力を込められるだけ込めたその刀を、振るった。

「私の事を忘れたとは言わせないわよ！　ミカ!!」

峰打ちだったとは言え、深影はこの一撃の衝撃に耐えきれず叩《たた》き飛ばされ、前方の装飾柱に激突する。

バキバキバキィ――――ッ!!

深影が激突した場所に深いめり込みができ、柱に激しい亀裂が走った。

折れる、と予感したあやかしたちが揃って顔を青くしていたが、深影が床に崩れ落ちた時にはすでに柱の修復が始まっていたので、この狭間《はざま》はなかなか良く作り込まれているみたいだ……

「…………」

誰もがあっけにとられている。

激突音の余韻の後、衝撃による煙すら私を避け、早々と散った。

静まり返った会場をつかつかと突っ切り、柱の根元に伏す深影を見下ろし……

私は刀を、突きつけた。

「それとも、お前はもう、私の知っているあの深影ではないと言うの。あの……素直で、無邪気で、とても可愛かった、私の眷属では……」

「……そ……んな……そんな事など……っ」

「私を、見ろ、深影」

「…………」

深影は私を見上げて、片方の金の瞳を煌《きら》めかせた。

その瞳に、先ほどの恨みの色は一切無く、今はただ、思いもよらぬ再会に心を酷《ひど》く乱している。

「い……茨……姫、様……っ」

打ち付け、痛むその体さえ引きずって、深影は必死になって私の足下まで這《は》う。

そして頭を下げ、地面に額を強く押し付けた。

私が見下ろすその小さな背は、酷く震えている。

「茨姫様……茨姫様……っ」

そして、悲痛の声で私の名を繰り返すのだ。

「忘れた事など……僕があなたを忘れた事など、この千年という長い月日の間、一度たりともありません」

「…………」

「ずっと……ずっとずっとずっと、お会いしたかった……我が主《あるじ》、茨木童子様……っ！」

千年は、長い。

それは、私が茨木童子として生きた年月を遥《はる》かに超える、途方も無い年月だ。

あやかしは、大妖怪《ようかい》であればあるほど寿命が長く、むしろ寿命が無いと言ってもいい。

それでも彼らは、人間より遥かに一途で、記憶への執着も強い生き物だ。

この子たちにとって、私の『強く生きろ』という言葉は、もしかしたら呪いのようなものだったのかもしれない。苦しみを与え続けただけの……

「……茨木……童子？」

深影が発したその伝説の鬼の名に、この場の空気が変わった。

一介のあやかしたちだけではなく、あちこちで様子を見ていた大妖怪、また陰陽局の連中の霊力が反応を示した。

だけど、私はそいつらを気にする事無く、ただただ深影と向き合い続ける。

「深影。お前は罪を犯したわ」

「ええ、分かっています。僕を、罰してください……茨姫様」

彼の罪は、あやかしたちの抗争などの問題では無く、馨という〝人間〟を傷つけたこと。

そして、その場面を陰陽局の者たちに見られていることだ。

人間を傷つけたあやかしは、処分の対象となる。

きっと、ここで深影を見逃しても、後に陰陽局が彼を始末しようと動く。

ならば……

「良いわ。お前の罪は私が罰し、私が背負う」

そして思い切り、刀を振り上げた。

深影もまた、斬られる覚悟を決めた様子だったが……

私はそのまま刀をポイと投げ捨て、深影の前で膝《ひざ》をつく。

「……茨……姫様？」

深影の襟をぐっと引いて彼の顔を上げさせ、そして……思い切りその頬をひっぱたいた。

「!?」

軽快な音の後、周囲のあやかしたちの「ええええっ!?」と言う驚きの声が広がる。

深影もまた、赤く腫《は》れ上がった頬に手を当てて、瞬きも出来ずに口を半開きにしていた。

そんな深影の瞳を、私はしっかりと見つめる。

もう、片方しか残っていない黄金の瞳を。

「再び、私の眷属に下りなさい深影。それが、お前への罰よ」

自らの唇を嚙《か》み、血塗られた唇で、深影の額にそっと口づけた。

私の赤い血が、彼の額を、眉間《みけん》を、頰を、唇を伝う。

深影の黄金の片目からは大粒の涙が零《こぼ》れ落ち、ぽたぽたと私の膝を濡《ぬ》らした。

『あの方はもういない……寂しい……死んでしまいたい』

伝わって来たのは、深影の心の奥の声。

彼が長い間抱えてきた、暗い海の底の様な、孤独の記憶だった。

『誰もが僕の瞳を欲する。あの方が綺麗《きれい》だと言ってくれたこの金の瞳を。だけどもう、僕は誰のものにもならない。僕は、僕の瞳は……永遠に茨姫様だけのものだ』

千年前も、その特別な瞳を様々な者たちに狙われていた、泣き虫で弱虫な八咫烏だった。

その傷ついた体と心を癒《いや》し、名を与え、元気になるまで世話をしたのが茨姫だ。

しかし茨姫は——茨木童子は死ぬ。

私のいなくなった世で、彼は誰を信じる事も出来ず、再び孤独になる事を選んだ。

鎌倉の川の陰に作った〝狭間《はざま》〟に横たわり、しくしく泣き続け、それでも茨姫との約束を守る為、死に切れずにひっそりと生きながらえていたのだ。

やがて時が流れる。

この狭間を発見し、深影という大妖怪を何度となく頼りに来るか弱いあやかしたちが現れたのだ。彼らは鎌倉の妖怪たち。鎌倉は神仏の類《たぐ》いである六地蔵の力が強く、これと言ったあやかしの長《おさ》が居ない土地だった。

深影はそんなあやかしたちを、何度となく陰から手助けし、守っているうちに、やがて魔淵様と呼ばれ崇拝されるようになり、いつの間にやら鎌倉妖怪の長となっていた。

その姿を見る事ができたのは鎌倉妖怪のごく一部で、深影は表に出て来る事は無かったけれど、彼の存在は大きな影響力を持ち、それまでバラバラだった鎌倉妖怪たちを統率した。鎌倉妖怪たちには、元々妖煙草《ようたばこ》や妖酒、妖茶などの、あやかし専用の嗜好《しこう》品を製造する技術があり、一致団結することで大きな繁栄をもたらしたのだ。

しかし、深影は時代の変化を、この現代の人間社会のルールや歪《ゆが》みを、あまりに知らずにいた。世間知らずの魔淵という長や、最近調子が良くて浮ついている鎌倉妖怪たちを、面白くないと思ったり、利用してやろうと目論《もくろ》むあやかしの存在に、ずっと気がつかずにいたのだから。

大江戸妖怪九良利組は、魔淵組という、最近調子の良い新興一派の噂を聞きつけ、鎌倉に間者を送り込み、長い間情報を収集し続けていた。

そのうちに魔淵という長が、かの有名な〝八咫烏〟であると知り、その特別な瞳を恐れ、欲した様だ。

八咫烏の黄金の瞳の価値は、大妖怪なら誰でも知っている。化かし合いが基本のあやかしにとって、心を読む代物というのは、それだけで恐怖の対象となるのだから。

鎌倉妖怪たちの失態は、その無知に付け込まれ、謀られはめられたという所にあったのだろう。扱っていた商品が知らずのうちに人に渡り、結果的に人間を害した事で、陰陽局に罪を問われ居場所を追われ、深影もまた、ずっと籠《こ》もっていた狭間を出る事になる。

しかしそれを見計らったかのように、待ち伏せをしていた敵に片目を奪われたのだ。

それが陰陽局の者の仕業なのか、九良利組の者の仕業なのかは、分からない……

「……深影」

私はそんな、深影の持つ記憶と情報を垣間《かいま》みた。

八咫烏の、黄金の瞳の力だ。

この記憶の中で、深影の苦痛と悲鳴、無念というものは、波の様に私に押し寄せ、伝わってくる。私は奥歯をぐっと噛み、震えて泣く深影を抱きしめた。

「随分と、寂しい思いをさせてしまったわね……もう大丈夫よ。私はここにいるから」

耳元でそう囁《ささや》くと、深影はスゥッと意識を失い、化けていたその力を解き、からすの姿となってコトンと床に転がった。

眷属《けんぞく》に下ったせいでその力を制限され、しばらくはこの姿だ。

私は片目を失ったか弱いからすを抱き上げ、羽に顔を埋《うず》める。

しばらくして顔を上げ、天を仰いで深呼吸をして……現実を見据えた。

茨木童子の小袿を纏《まと》い、紅《あか》い霊気のせいで髪をいっそう深紅に染め……

千年前の茨姫の面影を、いまだ引きずったまま。

「……馨」

そして、急いで馨に駆け寄った。

スイが私の抱いていた深影をひょいとつまみ上げ、「俺が預かるよ」と。

「馨、馨」

私は馨の傍にしゃがみこんで、顔を覗《のぞ》き込む。

肩に怪我を負い、額に汗を滲《にじ》ませている馨。着物をいっぱいの血に染め、苦しそうに眉《まゆ》を寄せている。

「うう……馨……っ」

私はやっと、緊張していた何もかもを解いて、馨の事だけを心から心配し、その名を何度も呼んだ。

由理が治癒してくれているし、もう大丈夫だからと言葉をかけてくれているのに、血に染まる彼を、ただ見ているだけなのは辛《つら》い。

色々な悔しさからぽろぽろ涙を零す。動揺が今更、私を襲うのだ。

「何……泣いてんだよ、真紀」

だけど馨は、私の心配をよそにヘッと笑って、冷たい手でそっと目元の涙を拭《ぬぐ》った。

「死ぬ訳じゃあるまいし……お前ってほんと、昔から心配性だよな……」

「だって、だって……っ」

「さっきはあんなに……漢前《おとこまえ》な真紀……さんだったのに……さあっ」

馨は一瞬、ぐっとキツそうな顔つきになる。もう喋《しゃべ》らなくて良いから。

ぎゅっと彼の手を握って、自らの頬に寄せた。

さっきまでの私とは裏腹に、どこまでもどこまでも、気弱になってしまう。

「……私を、一人にしないでね、馨」

「………」

馨がこの世から居なくなったらどうしよう。

そんな恐ろしい事を考えたりするのだ。

まるで、前世の、あの時みたいに……

「おい！　救急車が六区の入り口まで来ている。天酒《あまさけ》を現世に連れて行くぞ！」

組長が、群がる野次馬のあやかしたちを追い払いつつ、部下たちに馨を担架で運ぶよう指示を出していた。

私はそんな彼らについて行こうと立ち上がるが、予期せぬ目眩《めまい》にふらつく。

「真紀ちゃん、しっかり」

支えてくれたのは、由理だった。

「あやかしと主従の契約をしたんだ。久々だったし、人間の身では、消費する霊力も体力も大きい。立っているのも、辛いはずだよ」

「由理……ごめんね。あんたも、結構力を使ったでしょう」

「僕は大丈夫だよ。真紀ちゃん程じゃないし……なんせ男の子だからね」

「……ふふ」

ここぞとばかりに男である主張をする、女装中の由理。

「ねえ、由理。私……何かを間違って……ないわよね」

「うん、大丈夫。あれが最善だった。……でも、大変なのはこれから、だね。なんせ茨木童子の生まれ変わりだって、バレちゃった訳だから」

苦笑する由理だったが、前を向いた時のその目は力強く、静かな色の中に覚悟めいたものを見る。女装をしているのに、やっぱり彼は今、とても男らしい表情をしていた。

私たちを興味深そうに見ているのは、何も九良利組のぬらりひょんのだけではない。

数多くのあやかしの視線が、私たちに集中していた。

その中には、あの陰陽局の二人組のものもある。いかにも私に何か聞きたい事がありそうな、険しい表情だった。

「おい。こいつらは浅草地下街の管轄だ。この場の責任は俺にある。聞きたい事でもあるのなら俺を通せ」

大和《やまと》組長が戻って来て、私たちを庇《かば》うようにして前に立ち、小声で私たちに告げる。

「茨木、継見《つぐみ》、さっさと行け。ただし八咫烏は置いて行け」

「でも、組長」

「こんな時まで組長って……いや、まあいい。あやかしたちのゴタゴタを穏便に解決し、適当に濁し、まとめるのが俺の仕事だ。こういうのは慣れてるし、まあ安心して俺に任せてくれ。……うん。今日は徹夜だな」

格好いい事言って、こちらに漢前な背中を向けている組長。でもそれ死亡フラグ……

こんなあやかしまみれの場所に、人間である組長だけを残してはいけない気がした。

しかし組長の周りには、この百鬼夜行に参加していた浅草のあやかしたちが集い始め、訳も無く周囲を威嚇し、ガンを飛ばしたりしている。

「真紀ちゃんには今まで沢山助けてもらったからな」

「俺たちの大和さんは俺たちが守る！」

弱っちいあやかしばかりだけど、浅草のあやかしたちは江戸っ子らしい粋な事を言って、私たちを色々なものから守ろうとしてくれているのだ。

小さなからすの深影を抱えたスイも、ちゃっかり交ざっている。

「この場は大和さんたちに任せるのが適任だ……さあ、行こう真紀ちゃん」

そして私は由理に連れられ、この会場を後にした。

あやかしたちが私たちを追ってこなかったのは、あの場で色々な勢力がお互いに睨《にら》みを利かせたせいで、結局どこも身動きが出来なかったからだと思う。

しかし、裏凌雲閣《うらりょううんかく》を出て、霧の立ちこめる静かな道を歩き、狭間と現世の接点となる場所までやってきた時……目の前に立ちはだかる者が、一人いた。

「あんた……陰陽……局の……」

それは、百鬼夜行の会場で出会った、あの陰陽局のオレンジ髪だ。

確か、津場木茜《つばきあかね》と言ったっけ。彼は随分と険しい顔つきをして、腰から下げた対あやかし用の刀に手をあて、臨戦態勢でいる。

「止まれ。陰陽局として聞かなければならない事が山ほどある。お前たちはいったい……」

「黙れ」

しかし由理が、おおよそ彼らしくない口調ですぐさま制した。

「僕らの行く先に、立ちふさがるな」

彼の言葉は重く深く、そして未来さえ意識した言霊である。

その言霊に、陰陽局のエース退魔師すらぐっと口をつぐみ、身動き一つとれなくなった。

大きな威圧感は、かの大妖怪《ようかい》〝鵺《ぬえ》〟を彷彿《ほうふつ》とさせるものだ。

由理ってば自分が女装中な事をすっかり忘れていそうね……

結局、津場木茜はそれ以上私たちに干渉する事も無く、私たちは彼の横をすんなり通り過ぎ、この狭間から現世へ、慣れた浅草という土地へと戻った。

「眠って良いんだよ、真紀ちゃん」

そんな由理の優しい言葉に、一気に安心したりして。

まだ気を張っていなくてはと思うのに、私はすっかり、甘く香《かぐわ》しい、まどろみの錦《にしき》の雲に沈んでいった。

今宵《こよい》、幕が開けてしまった、今世の物語がある事も知らずに。

第十話　かつて大妖怪だった君たちへ

千年前――

あやかしたちは今以上に嫌われ者、憎まれ者で、現代の様にあやかしたちが安心して暮らせる仕組みなど無く、人間とあやかしを取り巻く関係は混沌《こんとん》としていた。

そんなあやかしたちに、居場所を作ろうと立ち上がったのは、酒呑童子《しゅてんどうじ》という鬼だ。

大妖怪にのみ作り出せる固有の結界空間〝狭間《はざま》〟を用いて、現世の裏側に小さな小さなあやかしの国を築く。

これは現代の大妖怪が築き上げている派閥の仕組みの原点ともされていて、世に残る狭間は、元々酒呑童子が編み出した結界術を用いて作られたものだとされている。

隠世《かくりよ》という、もっと大規模なあやかしたちの為の世界があるのだから、現世のあやかしたちもそこへ行けば良かったじゃないか……と、思うかもしれない。

しかし当時、隠世へ渡る事の出来るその手段を、政治的に封じていた者たちもいたから、事態はそれほど簡単なものでも無かったのだ。

多くのものから見捨てられたあやかしたちにとって、酒呑童子の作った国は希望だったのだろう。

狭間の国を築いた酒呑童子を王、孤独なあやかしたちを迎え入れ愛情を注いだ茨木童子《いばらきどうじ》を女王として、彼らは崇《あが》めた。

その導きを、その存在を、その力を信じて——

◯

「馨《かおる》、目が覚めた？」

「……真紀《まき》？」

日曜日の昼下がり。

梅雨を前にした湿気《しけ》った風がそよぎ、病室のカーテンがゆらゆらと揺れた。

馨はベッドの上でぼんやりとしていたが、やがて「……ああ」と。

昨晩の事を思い出したみたいで、チラッと怪我をした肩を見ていた。

「大凶のあれ、足の裏の怪我だけでは済まなかったわね。こっちが本家って感じ」

「でも家はまだ火事になってないから……ん？　いや、家庭内は火の海というか大炎上だが、もしやあれか？」

「それ笑っていいの？　でも、それだけ喋れるなら大丈夫そうね。林檎《りんご》食べる？」

「……うん」

馨は素直にコクンと頷《うなず》く。いつもならもっと格好つけた感じで、嫌みの一つでも言う所だけど。

私はベッドの横のパイプ椅子に腰掛け、林檎の皮をむいて、切って……

「あ、お前！　最初に自分で食いやがって！」

「一切れつまみ食いしただけよ。酸っぱい林檎だったら嫌でしょう？」

「……酸っぱいのか？」

「ううん。由理《ゆり》が置いていった高級林檎だもの。甘くて濃厚な味よ」

「お前、分かってて食っただろ。俺にも食わせろ」

「……分かった」

と言う訳でほーれほれーと、怪我人である馨の顔の上でカット林檎をちらつかせる、鬼嫁らしい遊びをしていた、その時だった。

「馨」

驚いた事に、この病室の出入り口に馨の父が立っていた。

いつから見ていたのだろう。

びっくりしすぎてカット林檎を馨の口の上に落とす。馨の父はそんな私を一瞥《いちべつ》し、ニコリともせず眉《まゆ》を顰《ひそ》めた。相変わらず堅苦しそうな人だな。

きっと、浅草《あさくさ》地下街がこの人に連絡したのだろう。

ここは彼らと繋《つな》がりのある病院で、馨の病室も〝訳あり〟という事で完全個室だった。

「親父……」

馨は少し気まずそうにして、ゆっくりと起き上がる。

私はそれを手助けしたが、馨は起き上がる際に少し肩の傷が痛んだみたいで、片目をぎゅっと閉じ、それに耐える表情をしていた。

そんな馨に、彼の父は疑問だらけの様だった。

「お前……いったい何があったんだ」

「…………」

「ダンマリ、か。相変わらずだな、お前も」

馨の父は馨を見つめ、静かに語る。

「胡散臭《うさんくさ》い輩《やから》から連絡があった。お前が怪我をして入院することになった、と。お前、変な奴らと関わってるんじゃないだろうな」

「怪我は大したこと無い。治れば何の問題もなく学校にも通う。迷惑をかけるつもりは無いし、それに……浅草地下街の人たちは胡散臭い輩じゃない」

馨も淡々と、しかし力の籠《こ》もった口調で言いきった。

何かを否定し、これ以上の干渉、勘ぐりを拒否したいと言う様に。

馨の父は僅《わず》かに馨から視線を逸《そ》らして、黙り込む。結果的に、馨への質問を躱《かわ》された訳だが、馨だってそれを答える訳にはいかなかった。

ただ馨の父は、

「あれはお前が十歳の時だったか」

と、予想外にも昔話を始めたのだった。

「前にも、お前がこんな大怪我を負った事があった。お前は遊具から落ちたのだと言い張ったが、とてもそんな怪我には思えなかった。明らかに他人に傷つけられた様な、数多くの裂傷だったが……お前は何かを庇い、何かを秘密にしたいが為に、詳しい状況を話そうとはしなかったな」

「…………」

「それだけじゃない。今まで何度も、俺はお前に違和感を抱いて来た。まるで、お前にしか見えていない何かがいて、お前しか分からない、何かがある様で、俺は……」

拳《こぶし》を握る馨の父。

これ以上の言葉を躊躇《ためら》っているのだ。

「俺が、怖いか……親父」

だけど、その言葉の続きを、馨はもうずっと昔から知っている。

それは、親子の関係としては、あまりに悲しすぎる言葉だった。

馨の父は眉を寄せた気難しい表情のまま、何かが馬鹿馬鹿しくなった様な、乾いた笑みを零《こぼ》した。

「それでもお前は、傷ついたりしないんだろうな……馨。いったい誰に似たのか、お前は強すぎるから」

「…………」

馨は何も答えない。いつもの通りだ。

私にはそれが少し、辛《つら》い。

「馨、こんな時に冷たい両親と思うかもしれないが、俺は母さんと離婚することにした。九月に俺の転勤が決まって、それをきっかけに、もう一度切り出した」

「そうか。それが良いと俺も思うよ」

「ふっ、だろうな。俺はあの家を出る事になるが、お前はどうする。母さんは少し疲れたみたいで、一度九州《きゅうしゅう》の実家に戻りたいと言っていた。お前はどちらについて……いや、どちらにもついて行きたく無いだろうが、おそらく親権は俺が持つ事になるだろう。なら……聞き方を変えよう。お前は〝どこ〟にいたい？」

「俺は、ここに、いたい」

馨は、その問いかけにだけは、迷いもせずはっきりと自分の願望を答えた。

「絶対に、浅草を離れたく無い。浅草には大事な奴らが……一緒に居たい奴がいる。親父やお袋がここを離れるって言うのなら、俺だけでも残る。ここが好きなんだ、俺は」

「……そうか。お前が最初に俺に言った願い事がそれとは、なんというか……。お前にも、そこまで言う大事な居場所があったんだな。家族じゃない、別の所に」

馨の父は、今ばかりは父親らしい、安堵《あんど》の表情を浮かべていた。

だけど、複雑な思いを濁らせた目元をしている。

チラリと私の方を見てから、またゆっくりと頷いた。

「なら、俺たちのような駄目な両親の都合に振り回される必要も無い。お前の希望は、出来るだけ可能な範囲で叶《かな》えよう。学校の寮に入りたいのならそれでも良いし、一人暮らしがしたいのなら、それも良い。大学を出るまでの学費や生活費は心配しなくて良い。勿論《もちろん》、俺や母さんの元へ来たくなったら、いつでも来れば良い」

「……ああ、それが良い」

「お前は俺たちと違ってしっかりしているから……大丈夫だろう。この先も、ずっと」

「…………」

馨の事を、その望みを、良くわかっている様で、まるで他人事《ひとごと》の様な言葉だった。

親子としてはとてつもなく距離感のある会話だ。だけど、馨にとってそれは、一つの安堵であり、一つの解放でもあったのだろう。

「ありがとう、父さん。助かるよ」

「…………」

父さん。

馨が父の事を親父ではなく、子どもの頃の様に父さんと呼んだ。

それを聞いて、馨の父はピクリと眉を動かしたが、結局用件も終わりこの病室を出て行こうとする。

「待って……」

私は思わずパイプ椅子から立ち上がり、馨の父を呼び止めた。馨の父はこちらを振り返り、「何か」と。

あやかし相手にはあんなに堂々としている私だけど、馨の父の前では少しだけ緊張してしまって、無意識にスカートを握りしめていた。

「その……ちょっとだけ、聞いてください」

「お、おい、真紀……？」

「確かに馨は可愛げがないし、嫌みくさいし格好付けだし、いつもしかめっ面だし……お、おじさんから見たら、自立していて、しっかりしている様にも見えるかもしれないけど、それはただ……そう取り繕うことに、慣れているだけで」

いきなり私が何か言い出したので、馨はぽかんとしていた。

それでも私は、何とかして伝えたかった。それは少し、違うんだよ、と。

「だけど馨は、傷つかない訳じゃない。本当は誰より繊細だし、器用に見えて不器用だし、何より寂しがりだわ。〝何も〟言えないのは、きっと、怖いから……。家族を求め、拒否される事が怖くて仕方が無いから。本当は、誰より親の愛を欲しているのに……っ」

「………」

それは、どうしたって私には与えられないもの。

「そんな馨を置いて行くの？　しっかりしているからと、自分たちはどうせ必要無いからと都合良く決めつけて……踏み込もうとも、理解しようとも、受け入れようともしないで」

「……真紀」

いいえ、私はとてもむちゃくちゃな事を言っているわね。

そんな事、絶対に無理だと分かっているのに……

私たちは決して、語らないでしょうから。前世の事を、どうしたって語れないでしょうから。

でも……それでも、温かい何かが欲しかった。

馨はきっと、欲しかったと思うのよ。

親という存在に深く関わる事を恐れ、突き放し続けたのは、どうせ自分は受け入れてもらえないという、前世の経験と諦《あきら》めからだった。

高望みかもしれない。だけど、それさえ越えて、彼に触れる愛があったなら……

「でも、馨には……あなたがいるでしょう、茨木さん」

「………………」

「もう、失礼するよ」

それでも、馨の父は出て行った。この病室を出て、去って行った。

私の存在が、そうさせてしまった。

怪我を負った馨に、二度と会いにこない訳ではないだろう。

当然、馨の父はしばらくはここへも来るだろうし、離婚する事になったからと言って、
今すぐあの家を出る訳ではない。

だけど何故かこの瞬間、この家族に、終わった何かがあるのだと私は悟った。

「……真紀」

「ごめん、馨。私は、余計な事を言ったかしらね……」

馨がずっと我慢していた〝わがまま〟みたいなものを、さらけ出してしまったかしらね。

緊張が解け、足の力も抜けてしまい、今一度パイプ椅子に座り込む。

「いいや……いいや」

ふるふると、馨は首を何度か振った。

「ありがとう、真紀。……いつもありがとう」

「……馨」

そして、肩の傷の痛みを我慢してまで腕を動かし、私の手に触れた。私はぎゅっと、その手を握り返す。勢い余って、そのまま馨を抱きしめた。

馨は少しの間黙っていたけれど、そのうちにぽつぽつと語る。

「俺たちの家族がこうなるのは時間の問題だった。これで良いんだ。あの違和感まみれのまま、表向きの〝家族〟って形に縋《すが》り続けるより、ずっと良いんだよ」

一度離れてみた方が良いんだ、と馨は続けた。確かにそうなのかもしれないわね……

「それに、親父の言う通りだ。俺には……お前がいる。お前がいればそれで良い。何も寂しい事なんて無い。だから、俺もお前を……一人にはさせない」

馨はきっと、私が泣きながら訴えた言葉を覚えていたのだろう。

一度私を引き離し、彼は真正面から私の瞳《ひとみ》を見つめ、ただ一つの言葉を告げた。


「愛しているよ、真紀。もう、ずっと昔から」


窓辺から吹き込んだ風が、初夏を予感させる、爽《さわ》やかな香りを運ぶ。

その言葉は、今世に生きて十六年、照れ屋な馨が冗談ですらなかなか言ってくれなかったものだ……

見つめ返した馨の表情は、どこまでも清々《すがすが》しく大人びているのに、今にも泣いてしまいそうなもの。

だけど恥ずかしそうな様子は一つも無く、ただただ、この言葉を伝えたくて仕方が無かったと言う様で……私はそれがとてもとても嬉《うれ》しくて、ぐっと胸が締め付けられる。

「ふふ。……知ってるわ。もうずっと、ずっと昔から」

ずっとずっと、ずっと。

私だって、遥《はる》か千年も昔からあなたを愛し続けているんだもの。

震える声で小さく笑い、彼の額に自分の額をくっつけ、お互いの涙を隠した。

見た目はただの高校生。だけど、私たちは前世の夫婦だ。

その愛を、絆《きずな》を、今も疑う事など無い。お互いがいれば、寂しい事など何も無い。

「ねえ馨。幸せになりましょう、私たち……この場所で、これからも、ずっと」

私たちは、今世こそ幸せになりたい。

死別した前世の記憶を、いまだ忘れられなくても。

手に入らない、恋い焦がれたものが、まだ沢山あったとしても。

愛し、慈しんでくれる仲間たちを信じ、この浅草の地を見守り、見守られながら……

私たちはいつか再び本物の夫婦となり、幸せな家族になるのだ。

六月も下旬となった。

あの百鬼夜行での出会いや出来事は、いったい何だったのだろうか。

私の日常は、まるで嵐の前の静けさの様に、何も変わらず日々穏やかに過ぎていく。

あ、でも。変わったことと言えば……

「あ、茨姫《いばらひめ》様だ！」

「いらっしゃい真紀ちゃ～ん」

スイの営む千夜《せんや》漢方薬局に、居候兼アルバイターが一人できた事かな。

私の眷属《けんぞく》に下ったはずの、八咫烏《やたがらす》の深影《みかげ》だ。

深影はあの件の後、組長の交渉のおかげか、特に大きな処分もなくこの浅草で生活をしている。というか処分が保留されている状態だ。

で、一番手堅い所で、かつて兄眷属であったスイがお目付役となった。

契約上は私の眷属なんだけど、流石《さすが》に一人暮らしの女子高生の部屋に深影を住まわせるのは色々な意味でヤバい、と組長が言ったので。

深影は今、ちょうど三角巾《さんかくきん》をつけて店内の窓を拭《ふ》かされている。

「ミカ、しっかりやってる？　お仕事覚えた？」

「はい！　僕はもうすっかり立派な現代社会人です！」

〝ミカ〟こと深影はえへんと胸を叩《たた》き、キラキラした表情で私に報告。

魔淵《まぶち》と恐れられた彼とは別人の様だが、これが本来の彼の姿だと私は知っている。

「良く言うよ全く。さっき俺の商売道具を落として壊した所じゃないか、ミカ君」

「うるさいスイ。茨姫様の前で失態を暴露するな殺すぞ」

「あーあー。ぶりっ子なのは真紀ちゃんの前だけで、ほーんと可愛げの無い弟だ」

スイはなんかげっそりしている。

私は、つーんとしてそっぽを向いているミカの、目にかかって邪魔そうな長い前髪に気がつき、自分の髪を留めていたピンを外して彼につけてあげた。

「茨姫様、これは……？」

「眷属としての証《あかし》よ。大太刀は陰陽局《おんみょうきょく》に持って行かれちゃったみたいだから。……このピンに私の血を塗って、契約条件を染み込ませているの。これであんたは、正式な私の眷属。私の命令には、絶対逆らえないわよ」

私は眷属になった者に、契約時に使った血を塗った品物を贈るようにしている。

スイの小袿も、ミカが振るった大太刀も、千年前の契約で茨姫が贈ったものだった。

あれらはもう、茨木童子というあやかしが死んで契約の解けた代物だったけれど、彼らには意味のある拠《よ》り所だったのだろう。

今回は誰かを傷つける代物ではなく、日常の生活で役立つものが良いと考えた。

人間社会の日向で、こつこつ働き始めたミカには、これが良いかなって。あと単純に前髪が邪魔そうだったから。

ミカは髪のピンに触れ、「嬉しいですっ！」と猛烈に涙を流し始める。

命令に逆らえなくなったのに嬉しいなんて、ほんと根っからの眷属体質なんだから。

「僕、頑張って社会復帰をめざし、もう一度立派な眷属になります。また茨姫様のお役に立てるように！」

「はー。それもいいけどさーミカ君。とりあえずは薬局《うち》の役にたってほしいんだけど。野菜の精霊たちより物覚えは悪いし、人見知りは激しいし。実質タダ飯食らいじゃないか君……すぐ暗い場所に引きこもろうとするし」

「うるさいスイ。茨姫様の前で僕を侮辱するな殺すぞ」

「ほら、こんな情緒不安定ボーイだし〜」

スイは両手を広げ、「優雅なアラサーお一人様ライフをぶち壊された」とぶーぶー文句を言っている。アラサーって見た目だけの話で、お一人様ライフも千年やってれば飽きてくるでしょうに……

「喧嘩《けんか》しないで、ちゃんと仲良くするのよ。兄弟眷属でしょ？」

「それは千年前の話だ真紀ちゃん。酷《ひど》いよ。俺の事はいまだ眷属にしてくれてないのに」

「あれ、そうだっけ？」

とぼけた顔をする私。

スイは悔しそうに下唇を噛《か》み、ミカは「わーい僕だけだー」とはしゃいでいる。

なので私は背伸びをして、ふてくされているスイの頭をぐりぐり撫《な》でた。百鬼夜行で酔っ払った彼が、頭を撫でて欲しがっていたのをふと思い出したから。

酔いの醒《さ》めた今となっては、ぎょっとしているスイだけれど。

「スイ。眷属の契約は、あんたにはまだ必要無いわ。でも、いつかそれが必要となったら……ううん、私にあんたが必要な時は、無理やりにでも眷属にしてしまうかも」

「……真紀ちゃん」

「その時は、頼んだわよ」

平和なこの時代、大事なあやかしたちを縛る眷属の契約は、ミカの様な特例以外では必要無い……そう、私は考えている。

だけど、未来がどうなるかは分からない。

浅草という居心地の良い場所でひっそり暮らしていた私たちだけど、存在だけは表に出てしまったから。

スイは頭を撫でられながら、スッと真面目な顔をして「分かってるよ」と頷《うなず》く。

「真紀ちゃん。君に再び俺の力が必要な時が来たら……俺は喜んで、君の下僕となろう」

「下僕って……言い方が何かあれね。せめて家来とか家臣とかカッコイイのにしてよ」

「だって真紀ちゃんは俺たちの女王様なんだからさ〜。千年前から、ずっとね」

粋なウインクを飛ばすスイ。さっきまで真面目な顔をしていたくせにね。

絶対的な主従の関係、その必要性が、今は無くとも。

彼はこの地で再会した時から、私を、私たちを、水の様に落ち着いた大きな真心で見守り続けてくれている。

いつか、自分の力が再び必要となる、その日まで。

浅草地下街にある、〝居酒屋かずの〟にお邪魔した。

着物のクリーニングが終わったので、浅草地下街あやかし労働組合に返しに来たのだ。

組長は事務所に居ると聞いたので、ろくろ首の一乃《かずの》さんに隠し扉を開いてもらい、案内用の鬼火を頼りにさっそく事務所へと降りる。

「……ん？」

事務所の前まで来ると、中から話し声が聞こえた。

組長の声以外に、馨や由理の声まで。

「茨木の存在は、現世におけるあやかし界に大きな影響を与える」

「今はただの人間の娘、というイレギュラーな存在が、また厄介だね……」

「確かに、真紀を意識する奴は多いだろうな。現代の大妖怪《ようかい》も……陰陽局も」

本人を差し置いて、そんな不穏な会話をしているのだ。

まあ、彼らの心配も分からなくは無いけれど……

「何をねちねち言っているの。私の日常は何も変わらないわ」

私は事務所の扉を思い切り開けた。

馨も由理も組長も、私がいきなりやってきた事と、私の堂々とした仁王立ち姿に驚いていたが、構わず続ける。

「変えようとする奴には、私が一発ドカンとお見舞いして、場外さよならホームランよ」

「……真紀」

「狙われ、守られる日々は、前世のか弱かった時代に懲りているの。私は私の、大事なものを守る力を、今も持っている。それに何かあったら、手を貸してくれる仲間が、浅草には沢山いるわ。……そうでしょう?」

並んで座ってぽかんとしてばかりいる男共を見下ろし、強気な態度で言ってやった。

「それに、危険なのは私だけじゃないわ。馨だって、由理だって、今回はかろうじて身分は隠したけど、芋づる式にバレるのは時間の問題だと思うわよ」

「でも僕らはほら……男だし」

「男が何よ。由理ちゃんは私よりよっぽど女に見える時があるから、危ないと思う」

「由理ちゃんって言うな」

真顔になった由理。そこの所を否定する時は男らしいんだから。

「それにしても、九良利《くらり》組も陰陽局も、今回の事は様子を見ている節があるよな」

馨が、誰もが気になっていたその点に触れた。

組長が足を組んだポーズのまま天井を仰ぎ、ため息まじりに答える。

「まあな。深影の一件も、茨木童子の生まれ変わりの女子高生って存在のインパクトがデカすぎて、紛れてしまった感がある。それに妖煙草《ようたばこ》の件も、どうやら鎌倉《かまくら》妖怪のミスだけが問題ではなく、また九良利組との確執や陰謀で終わる話じゃないらしい。深影の……八咫烏の黄金の片目は、九良利組が奪った訳じゃないらしいからな」

「え、そうなの⁉」

てっきり深影の記憶から、全ての黒幕はあのぬらりひょん九良利組だと思っていたのだが、話はそう単純ではないのか。

「九良利組は確かに黄金の瞳《ひとみ》を狙って動いていたらしいが、最後の最後で別の奴に横取りされたんだと。まあ、結局のところ瞳を奪った奴が、全てを仕組んだ黒幕なのかもしれないな。九良利組も陰陽局も、今はその事実関係を追う事に手一杯という訳だ。陰陽局もつっこまれたくないミスがあるからか、深影に関しては、とりあえず俺に一任してきた」

「随分と、都合の良い話ね」

「そうは言うが、そっちの方が俺たちにも都合が良いんだぞ。おかげで深影も処分を保留されている。だが、もし陰陽局が直接深影の処分を下そうとしたら、その時は主《あるじ》である茨木……お前が何か罪を問われる事になるだろう」

「そうなる様に、深影を眷属下に置いたのよ。どうせ、陰陽局の奴らは人間には手を出せない。私は高校生だしね。人間の眷属下にいるあやかしにも、手を出しにくい」

「そうだな。あの八咫烏をひとまず保護したいのなら、それが最善だった。しかし……少なくとも、落ち着いた頃に事情聴取くらいは要求してきそうだな。その時はその時か」

組長は「頭痛《いて》えなあ……」とぼやく。

それでも、あの場で刀を取り、正体がバレてでもミカを眷属下に置いた私を、叱る事は無かった。おそらくまた、後処理で大変な目に遭わせてしまったのに……

「ほんとありがとうね、組長。頭も胃もいっぱい痛めつけて」

「茨木、てめえのやらかした事の後処理には慣れてるからな。もう諦《あきら》めてんだ……俺……」

更にやつれた様な気もする組長を、拝んだりして。

理解のある、頼りがいのある人間も、浅草にはいる。

それがどれほど、人となってしまった私たちにとって救いだったか。親にすら自分の抱える事情を話せないでいる、私たちなのだから。

組長が率いる、浅草地下街あやかし労働組合の存在もまた、私がこの浅草という地を愛する理由の大きな一つだ。


高校生としての学校生活は、何ら変わらない。

あやかしたちのいる日常とは少し違う、私のもう一つの世界。

馨や由理と、ごく当たり前のように送る学生の生活が、私はそこそこ気に入っている。

特に、民俗学研究部の部室での、緩やかな時間は……

「おい真紀、進路調査は書けたのか？　あ、こいつ寝てやがる」

「……んー」

配られていた進路調査の紙を前に、うつらうつらとしてしまった。

向かい側で少年漫画雑誌を読んでいる馨が、いつもの呆《あき》れ顔《がお》でいる。

「由理を困らせるぞ。明日までに進路調査を集めないといけないらしいからな」

「だって……将来やりたい事って言ってもねえ。具体例を挙げろとなると難しいのよ。未来未知数な高校生には」

ふと、窓から見える学校の中庭に目を向けた。

もうすっかり花を散らし、青い枝葉を揺らしているしだれ桜の木。

「……………」

ゆらゆらと揺れるしだれ桜の枝を、私はこの場所からいつも眺めている。

その度に、千年も昔への、郷愁の思いがかき立てられてしまうのだけど……私はもう、これからの事を考えなければね。

この時代、この場所で、私はいったい何を為《な》したいのだろうか。

「……ん？」

しだれ桜の木の下で、不思議な光景を目にする。

瞬きの間に、それはいた。

狐だ。金の狐が静かに佇《たたず》み、私をじっと見ていたのだ。

「あの狐……前に、由理の家にいた……」

「ん？　どうした、真紀」

「ねえ馨。ほら、あのしだれ桜の木の下に、狐が……」

一度馨に目配せし、再び中庭のしだれ桜に目を向けた時、すでに狐は姿を消していた。

「……何もいねーぞ。お前、まだ夢でも見てるんじゃないのか」

「うーん。いたと思うんだけど」

何だったんだろう。私に何か、告げていたように見えたんだけど……

再びぼやっと中庭を見ていたら、晴れているのに夕立が降り始めてびっくりする。

「狐の嫁入りだな……」

馨が何気なく呟《つぶや》いた。

やがて由理が委員会から戻って来て、私たちは帰宅の準備を始め、日誌をどこに隠すか隠さないかで馨と揉《も》め、それを由理が仲裁する。良くある一幕だ。

「委員会って何の会議だったんだ？」

「夏休みの課外活動と、学園祭について……あと生物の新しい先生が来るんだって」

「へえ、変な時期に来るんだな」

馨と由理がそんな話をしながら、部室から出る。

私はその話をなんとなく聞きながら、「ねえねえ」と二人の間に割って入った。

「お腹すいた」

「まじか。まあそろそろかなとは思ってたが」

「あはは。帰りに何か食べて帰ろっか？」

「もんじゃ！　浅草もんじゃが食べたい！」

気がかりな事が沢山あっても、お腹は空く。大好きな浅草に戻って、好物の浅草グルメでもぺろっと頂きましょう。

廊下に入り込む柔らかい黄色と、窓の影。

飛び込んで、飛び越えて、一歩一歩を軽やかに進む。

キュッキュッと上履きの音が複数重なって響く。

「…………」

ふと、立ち止まる。目の前をゆっくり流動する埃《ほこり》が、夕暮れ前の西日によって照らし出され、チラチラと、金色に見えたりする。

それが、なんと言うか、とても印象的だ。

どこか懐かしい匂い。どこかで見た事がある、そんな景色。

不意に胸に迫る、切ない感じ。デジャブって言うのかな、こういうの……

この静かな廊下とは裏腹に、遠く、グラウンドの方向から、野球部のかけ声が響いた。ボールを打った、その高らかな金属バットの音も……

「真紀！　どうした、早く来い」

「あ、うん」

廊下の向こうで、馨と由理が待っていた。私は慌てて駆け寄って行く。

「どうかした？　真紀ちゃん」

「ううん……何でも無い！」

そして私は、クルッと馨と由理の前に回り込み、どこまでも無邪気な、それでいて不敵な笑みを浮かべた。

「私たち、きっと幸せになれるわ」

私たちは一人ではない。これは悲劇的な前世を抱く私たちの、最大の幸運だ。

私は幸せになりたい。あなたを幸せにしたい。

そんな愛が、縁が、私たちの関係を繋《つな》ぎ続けてくれている。

「……はあ。幸せにしてくれ、とは言わないよなお前は」

「ん？」

「馨君も旦那《だんな》のやりがいが無いよねー」

「もう離婚だ離婚」

馨は奴らしいじとっとした目で私を見ている。

由理は眉《まゆ》を八の字にした困り顔で、クスクス笑っている。

「馨ってばまた捻《ひね》くれたこと言って。由理も面白そうに煽《あお》らないでよね。二人とも私の最強無敵バッティングに付き合ってもらうわよ！」

「それだけは遠慮しときます」

私は、相変わらずの鬼嫁ね。

前世はあやかし。だけど今は、ただの高校生。

賑《にぎ》やかで楽しくて、幸せに満ちた私たちの人生に、立ちふさがるものなど何も無い。

あとがき

はじめましての方も、そうではない方も、こんにちは。友麻碧《ゆうまみどり》です。

この物語は、最初から夫婦な関係性を持つ、一風変わった男女の高校生の日常譚《たん》です。

前世の平安《へいあん》時代では悲劇的な最後を迎えた大妖怪《だいようかい》ですが、今世ではただの人間に転生し、浅草《あさくさ》でのささやかな生活や、仲間たちとの繋《つな》がりに小さな幸福を感じているみたいです。

嫌みを言い合いながらも変わらない愛情と信頼を抱き合う高校生夫婦を、賑《にぎ》やかなあやかしたちと共に描けていたらいいなと思っております。

イラストレーターのあやとき様。情緒ある浅草寺《せんそうじ》の夕暮れと、会話が聞こえてきそうな真紀《まき》と馨《かおる》の、彼ららしい様子を描いてくださりありがとうございました。

担当編集様。こちらの物語を書くきっかけをくださり、とてもとても嬉《うれ》しかったです。

何より、お手に取っていただいた皆様に感謝を。自分の大好物をストレートに描いた作品です。楽しんでいただけたらと、切に願っております。

友麻碧

富士見L文庫

浅草鬼嫁日記《あさくさおによめにっき》
あやかし夫婦《ふうふ》は今世《こんせ》こそ幸《しあわ》せになりたい。

友麻《ゆうま》 碧《みどり》

2016年11月15日 初版発行
2023年1月30日 26版発行

発行者 山下直久
発 行 株式会社 KADOKAWA
〒102-8177 東京都千代田区富士見2-13-3
電話 0570-002-301(ナビダイヤル)

印刷所 株式会社 KADOKAWA
製本所 株式会社 KADOKAWA
装丁者 西村弘美

定価はカバーに表示してあります。 ◆◇◇

●お問い合わせ
https://www.kadokawa.co.jp/(「お問い合わせ」へお進みください)
※内容によっては、お答えできない場合があります。
※サポートは日本国内のみとさせていただきます。
※Japanese text only

ISBN 978-4-04-072105-7 C0193